# Nordisch verliebt

## INSELKÜSSE & STRANDKORBGLÜCK
### BUCH EINS

## KARIN LINDBERG

*Impressum*
*Copyright © 2023 by Karin Lindberg*
*K.Baldvinsson*
*Am Petersberg 6a*
*21407 Deutsch Evern*
*Alle Rechte vorbehalten.*
*Lektorat: Dorothea Kenneweg*
*Korrektorat Ruth Pöß - www.das-kleine-korrektorat.de*
*Covergestaltung: Catrin Rausch*
*@Jenny Sturm (shutterstock)*
*@artcreationsdesign (freepik)*

Herstellung und Druck über tolino media GmbH & Co. KG,
Albrechtstr. 14, 80636 München. Printed in Germany.
Fragen zu Produktsicherheit an: gpsr@tolino.media.

# KARIN LINDBERG

# Nordisch verliebt

ROMAN

*Vorwort*

**Was geschieht, wenn vier Autorinnen aufeinandertreffen, die die Leidenschaft fürs Schreiben und Reisen miteinander teilen? Sie planen eine gemeinsame Buchserie!**

Über die Charaktere waren wir uns rasch einig, die Ideen für spannende Geschichten wurden geboren. Es fehlte nur noch der Schauplatz: Eine Nordseeinsel sollte es sein.

Schnell war uns klar, dass eine gemeinsame Reihe besondere örtliche Gegebenheiten erfordert – und so erschufen wir »Nortrum«, eine Insel, auf der wir alles fanden, was wir für unsere jeweiligen Geschichten brauchten: Reetgedeckte Häuser, einen Hafen, ein Dorf, einen Surfstrand, Dünen, einen Leuchtturm und jede Menge skurrile Charaktere.

Wir hoffen, dass dir unsere Serie gefällt. Dass du lachen musst und berührt sein wirst, dass du mitfiebern und miträtseln kannst, wohin das alles führen wird.

Jede Geschichte ist ein in sich abgeschlossener Roman,

aber es erhöht das Lesevergnügen, wenn du mit dem ersten Teil beginnst.

Nimm also Platz, schnall dich an und lass dich von unseren Geschichten nach Nortrum entführen, eine Insel, wie wir sie uns erträumt haben.

Deine

**Karin Lindberg, Stina Jensen, Karin Koenicke und Anne Stevens**

# Über das Buch

Wiebke hat ständig Fernweh und lässt sich von einem Sehnsuchtsort zum nächsten treiben. Die Insel Nortrum, auf der ihre Großmutter wohnt, käme da allerdings kaum in die engere Wahl. Zu viele melancholische Erinnerungen warten dort auf sie. Doch als Oma Griet sich verletzt und Hilfe braucht, springt Wiebke auf die nächste Fähre. Mit gemischten Gefühlen landet sie auf der kleinen Nordseeinsel und trifft prompt auf Thore, ihre Jugendliebe. Ausgerechnet er kümmert sich als Inselarzt um ihre Oma. Noch heute lässt der Blick aus seinen blauen Augen Wiebkes Knie weich werden. Dabei hat er sie einst so schrecklich enttäuscht.

Um sich von ihren Gefühlen abzulenken, räumt sie Opas alte Fahrradwerkstatt aus, trennt Schrott von Brauchbarem und repariert die Fahrräder der Nachbarn. Schnell fühlt sie sich auf Nortrum wieder so zu Hause wie in ihrer Kindheit. Doch gerade als sie und Thore sich wieder näherkommen, deutet alles darauf hin, dass er sich kein bisschen verändert hat ...

_Prolog_

Die Junihitze hing heiß und drückend wie eine Glocke über Berlin. Das war etwas, woran ich mich nur schwer gewöhnen konnte. Die stickige Luft, der aufgeheizte Asphalt, die schwülen Nächte. Nicht mehr lange, sagte ich mir, und automatisch breitete sich ein Lächeln auf meinem Gesicht aus. Bald würde ich dem Großstadtmief entkommen, meine Abreise war organisiert – und das wollte etwas heißen, nicht umsonst war mein zweiter Vorname Chaos. Privat zumindest, beruflich hatte ich mir über die Jahre eine gewisse Struktur angewöhnt. Dafür war ich mit Kreativität gesegnet, wegen meiner vielen guten Ideen liebten mich meine Kunden, meistens zumindest. Und ich liebte es, mich bei meiner Arbeit austoben zu können, neue Konzepte zu entwickeln, ohne mich dabei auf ein spezielles Online-Thema festlegen zu müssen. Der größte Vorteil meiner Tätigkeit als Social-Media-Assistentin bestand jedoch darin, dass ich wohnen und arbeiten konnte, wo ich wollte. Kurz gesagt, mein Leben war unstet. Ich war wie eine Pusteblume im

Wind. Es wurde schlimmer, je älter ich wurde. Die Abenteu-
rerin in mir wollte die ganze Welt entdecken. Der Kick des
Neuen trieb mich immer wieder um in der Hoffnung, in der
Ferne doch noch das zu finden, was mich glücklich machte.
Gleichzeitig sehnte ich mich danach, irgendwo anzukom-
men, anstatt immer wieder an Aufbruch zu denken. Aber
diesen Ort des Glücks hatte ich für mich leider noch nicht
entdeckt...

Während ich den ausschweifenden Ausführungen einer
meiner anstrengenden Kundinnen über die Bluetooth-
Stöpsel zuhörte, ging ich die letzten drei Blocks bis nach
Hause zu Fuß. Zwischen meinen Brüsten lief mir der
Schweiß hinab, auf meiner Stirn perlten salzige Tropfen.
»Natürlich, Carolin, das mache ich«, antwortete ich meiner
Kundin ein wenig atemlos, ehe die Pause im Gespräch zu
lang wurde. Ich machte mir eine geistige Notiz, dass ich mir
ihr Anliegen zu Hause sofort aufschreiben musste, sonst
würde ich es womöglich doch vergessen. »Aber bist du dir
auch ganz sicher, dass du den Newsletter wirklich am Sonn-
tagmorgen um halb neun verschicken willst, ich meine, um
diese Zeit ist doch niemand wach, die Leute haben Familien-
programm und...«

»Klar bin ich mir sicher, Wiebke, sonst würde ich es dir
doch nicht sagen!«, unterbrach sie mich ungeduldig. Ich
verkniff mir einen Kommentar. Ich hatte Carolin, die als
Influencerin für nachhaltige Kosmetikprodukte eher mittel-
mäßigen Erfolg hatte, darauf hingewiesen, dass die Auswer-
tung der Statistik kaum eine schlechtere Uhrzeit für ein
Mailing ergab als diese. Wenn sie meine Einschätzung nicht
teilte, war das ihr Problem. Allerdings wusste ich auch, dass
ich mir im Nachhinein ihr Gejammer anhören durfte, wenn
die Öffnungsrate mal wieder unterirdisch gewesen war. Mit

knirschenden Zähnen überlegte ich, wie ich meinen wirklich gut gemeinten Rat formulieren konnte, damit er bei Carolin hoffentlich auf fruchtbaren Boden fiel. Letztlich wollte ich doch nur sicherstellen, dass es für sie endlich besser lief.

Gerade wollte ich etwas sagen, als mein Telefon mir mit einem Piepen anzeigte, dass noch jemand anrief. Ich verdrehte die Augen. Vermutlich war das eine weitere Kundin, der nach ihrem Feierabend etwas eingefallen war, was sie unbedingt bei mir loswerden wollte. Daran, dass manche Geschäftsfreundinnen glaubten, dass sie vierundzwanzig Stunden meiner Zeit gebucht hätten, hatte ich mich gewöhnt. Was nicht hieß, dass es mir gefiel. »Du, Carolin, bei mir ist es gerade ungünstig, schick mir doch alles per Mail, wie immer. Wir machen es so, wie du es haben willst. Ich muss jetzt leider auflegen, bis dann.« Ich drückte sie weg und nahm den anderen Anrufer an.

»Hallo?«

»Hallo Mäuschen«, ertönte die Stimmer meiner Mutter am anderen Ende, und ich blieb verdattert stehen. Wenn ich eine moderne Nomadin war, dann war sie ein Turbo-Zugvogel. Wir waren in meiner Kindheit so oft umgezogen, dass ich kaum ein Schuljahr an derselben Schule beendet hatte. Mama rief mich nie an, es sei denn …

»Ist etwas passiert?«, platzte es aus mir heraus, und ich setzte meinen Weg fort – schlechte Nachrichten wollte ich nicht mitten auf der Straße erhalten.

»Wie geht es dir?«, erkundigte sie sich, ohne meine Frage zu beantworten.

Sie klang nicht gerade betrübt, und ich atmete erleichtert aus. Vielleicht wollte sie ja doch nur mal hören, wie es mir ging. Während ich den Wohnblock im Prenzlauer Berg erreichte, in dem ich in den letzten vier Monaten ein Zimmer gemietet hatte, fragte ich mich dennoch, was sie von mir wollte. Es war ungewöhnlich, dass sie unangekündigt anrief. Wenn wir miteinander sprachen, dann vereinbarten wir normalerweise vorher eine Uhrzeit und trafen uns über Facetime. Etwas musste also im Busch sein.

Die Haustür stand offen, ich ging über einen schmalen Flur in den Hinterhof, von wo aus ich meine Erdgeschossbude erreichte und aufschloss. Hier unten war es relativ kühl, wenigstens etwas. Leider hörte man auch die Ratten in den Rohren, wenn es mal regnete und die Biester aus der Kanalisation krochen. Nun, heute sah es nicht nach Regen aus, und meine Tage hier waren sowieso gezählt.

»Mir geht es bestens, ich hatte dir doch per E-Mail geschrieben, dass ich in zwei Wochen nach Buenos Aires fliege, von wo aus ich meine Südamerika-Tour starte.«

Wollte sie mich vielleicht begleiten? Es wäre zwar ungewöhnlich, aber nicht ausgeschlossen. Wir hatten solche Trips schon öfter gemeinsam unternommen und verstanden uns gut – bis auf das eine Thema, das sie jetzt garantiert nicht zur Sprache bringen würde. Und ich auch nicht.

»Äh, ja, deswegen melde ich mich«, begann meine Mutter zögerlich, und mir wurde leicht flau im Magen. Da stimmte also doch was nicht.

»Mama? Was ist los?«, hakte ich nach.

»Ich wollte fragen, ob du nach Nortrum fahren kannst, um Oma zu helfen.«

Ich runzelte die Stirn. »Wieso das denn?«

Klar, ich hatte meine Oma schon eine Weile nicht besucht, aber das hatte gute Gründe – ich mied die kleine Nordseeinsel wie ein echter Fischkopp die Südsee. Oma und ich trafen uns regelmäßig, aber nicht auf Nortrum. Glücklicherweise war meine Oma für ihre Fünfundsiebzig fit und verreiste sehr gern. Zuletzt hatten wir uns im Januar für vier Wochen in Lissabon getroffen, wobei sie am Ende der Reise sichtlich erleichtert gewesen war, wieder zurück auf ihre Nordseeinsel zu können. Im Gegensatz zu mir war Oma nicht vor ihrem eigenen Leben auf der Flucht, sie hatte die Zeit in Lissabon sehr genossen. Mein Gewissen regte sich, ich hatte mich in den letzten Wochen nicht so oft gemeldet, wie ich es vielleicht hätte tun sollen ...

»Oma ist im Garten auf die Leiter geklettert, sie hat ihren Buchsbaum beschnitten, du weißt schon, das riesige Teil. Frag mich nicht, wieso gerade jetzt, ist auch egal. Sie ist jedenfalls gestürzt.«

»O Gott«, entfuhr es mir, und mein Herz setzte einen Schlag aus. »Geht es ihr gut?«

»Es geht ihr den Umständen entsprechend gut. Und ehe du ausflippst: Es ist halb so wild. Oma hat sich das Schienbein gebrochen und die Schulter verstaucht. Das Blöde an der Sache ist, ich bin gerade nicht im Lande und habe nächste Woche eine Ausstellung, und die kann ich nicht absagen, aber jemand muss natürlich nach Oma schauen und sie unterstützen. Sie hat sich nämlich selbst aus dem Krankenhaus entlassen – stur wie sie ist.«

Ach du Schande. Sie hatte sich selbst entlassen? Das sah Oma ähnlich. Und dass meine Mutter ihre Ausstellung nicht sausen lassen würde, überraschte mich auch nicht. Mama hatte hart dafür gearbeitet, und es war daher nur verständlich, dass sie erst einmal mich kontaktierte. Es stand außer Frage, dass ich sofort packen und losfahren würde. Ich liebte meine Oma und machte mir schreckliche Sorgen. Ich kam nicht mal zum Antworten, denn meine Mutter plapperte weiter. Ein untrügliches Anzeichen dafür, wie aufgewühlt sie war. »Oma kommt zu Hause unmöglich allein klar. Bitte,

Wiebke, ich würde dich nicht fragen, wenn ich nicht Verpflichtungen hätte! Außerdem hast du Oma schon seit Ewigkeiten nicht besucht.«

Das stimmte, aber ich hatte viel zu tun gehabt … Ich war allerdings nicht überrascht, dass Mama diese Karte ausspielte, und verzog meine Lippen. »Ach, Mama. Du musst mir kein schlechtes Gewissen einreden. Ich wäre auch so hingefahren. Und wann hast du sie zuletzt besucht?«

Diese kleine Spitze konnte ich mir nicht verkneifen. Meine Mutter war allerdings schlau genug, nicht darauf einzugehen. Wir hatten beide ein eher hitziges Temperament. Wie immer, wenn mir das auffiel, fragte ich mich, was ich wohl von meinem Vater hatte. Nicht jetzt, sagte ich mir und verdrängte die großen Fragen meines Lebens so schnell, wie sie aufgetaucht waren.

»Wunderbar!«, trällerte meine Mutter, hörbar erleichtert. »Ich freue mich, dass du es dir einrichten kannst. Ich habe Oma vorhin auch schon gesagt, dass du kommen wirst. In Südamerika ist es gerade sowieso unerträglich heiß, oder? Ein bisschen frischer Wind an der Nordsee wird dir guttun, Mäuschen.«

Sie hatte meiner Oma schon vor unserem Telefonat gesagt, dass ich kommen würde? Wundervoll. Wie schön, dass auch mit fünfunddreißig immer noch über meinen Kopf hinweg entschieden wurde. Sprachlos verzog ich mein Gesicht, auch wenn ich wusste, dass meine Mama es nicht sehen konnte. Während ich gedanklich schon weiter war und mir bewusstwurde, wohin meine baldige Reise gehen würde, machte sich ein flaues Gefühl in meiner Magengrube breit.

»Also kümmern wir uns mal um die Planänderung«, murmelte ich, um nicht sofort in schmerzhaften Erinnerungen zu versinken, die ich mit Nortrum verband.

Nachdem ich das Telefonat beendet hatte, ließ ich mich stöhnend aufs Bett sinken. Dann suchte ich mir die nächsten Zug- und Fährverbindungen heraus. Mit sieben Klicks hatte ich die Reise zu Oma organisiert.

Gerade wünschte ich mir, dass sich all die Rätsel meines Lebens genauso leicht lösen ließen. Denk nicht an ihn, sagte ich mir.

Aber es war unmöglich, mich nicht an diesen einen Sommer zu erinnern, der alles für mich verändert hatte. Obwohl ich es mit allen Techniken, die ich im Laufe meines Lebens zum Thema Ruhe bewahren gelernt hatte, versuchte, konnte ich nicht verhindern, dass mein Herz wild pochte.

Mit dem Grund, warum ich die kleine Nordseeinsel so vehement mied, musste ich mich jetzt wohl gezwungenermaßen auseinandersetzen. Andererseits würde ich *ihn* bestimmt nicht rein zufällig wiedersehen. Ich wusste ja nicht einmal, ob er noch dort lebte. Gleichzeitig hatte ich so eine Vorahnung, dass ich das womöglich schneller herausfinden würde, als mir lieb war.

# Kapitel Eins

Ich hatte vergessen, wie kalt der Wind an der Nordsee sein konnte. Wie frisch. Wie wundervoll. Meine Hände umklammerten die Reling an Deck der alten Fähre. Meine Lungen weiteten sich mit jedem Atemzug ein Stückchen mehr. Die Luft roch nach Meersalz und Freiheit. Ich liebte den Blick über das dunkle, schäumende Meer. Der Dieselmotor rumpelte beruhigend monoton. Einige Möwen begleiteten das Schiff mit ihrem Kreischen. Sie schwebten im Wind, als würden sie darauf tanzen. Der Horizont erstreckte sich weit, geradezu unendlich in der Ferne.

Die Umrisse der kleinen Nordseeinsel Nortrum waren bereits auszumachen, Föhr und Amrum hatten wir längst hinter uns gelassen. Es konnte also nicht mehr lange dauern, bis die Fähre anlegte.

Und dann? Ich hatte keine Ahnung, was mich auf der Insel erwarten würde. Ein wenig Angst hatte ich schon. Gleichzeitig schlug mein Herz höher, wenn ich daran dachte, bald wieder bei Oma zu sein. Für eine Sekunde schloss ich meine Lider und sah das schnuckelige Reetdachhaus vor mir, in dem ich als Kind so oft die Ferien verbracht hatte. Und ich freute mich sehr auf meine quirlige und herzensgute Oma, die mir so viel bedeutete. Ich hatte auf dem Weg vom Zug aus schon mit ihr telefoniert. Sie hatte im Gespräch glücklicherweise topfit gewirkt, und – das sah ihr ähnlich – nicht einmal einen Atemzug darauf verschwendet, um über ihr kleines Missgeschick bei der Gartenarbeit zu sprechen. Ich schmunzelte in mich hinein. Ein warmes Gefühl breitete sich in meiner Brust aus, was meine Nervosität ein wenig abmilderte.

»Urlaub oder Nachhausekommen?«, sprach mich eine klangvolle Frauenstimme an, und ich öffnete meine Augen. Neben mir stand eine schlanke Blondine, die ich ungefähr auf mein Alter schätzte. Ein paar Strähnen hatten sich aus ihrem Zopf gelöst und wehten ihr um die Stupsnase. Sie trug einen Kapuzenpullover zu einer knöchellangen Hose, ihre Füße steckten in schmalen Riemchensandalen. Die Fußnägel waren in einem hellen Rosa lackiert.

Weil ich keine geistreichere Antwort auf die Frage in petto hatte, antwortete ich mit einem Achselzucken und lächelte schief. »Ich weiß noch nicht.« Dabei wusste ich sehr genau, was ich hier vorhatte: Wie immer, wenn ich irgendwo hinreiste, dann nicht, um zu bleiben. So gut kannte ich mich mittlerweile und versuchte erst gar nicht, mir etwas vorzumachen. Ich war nicht dafür gemacht, sesshaft zu werden. Schon gar nicht auf Nortrum. Vielleicht hatte ich früher einmal daran geglaubt, in jenem wundervollen Sommer, aber damals war ich jung und so verdammt naiv gewesen. Heute wusste ich es besser. Viel besser.

Nein. Ich würde mich jetzt nicht auf diesen deprimierenden Pfad meiner Vergangenheit begeben. Deshalb straffte ich mich und schenkte meiner Gesprächspartnerin ein weiteres Lächeln. »Und du?«, wollte ich von ihr wissen.

Sie strahlte mich aus blauen Augen an. »Ich wohne auf der Insel und betreibe ein kleines Geschäft. Ein Café mit Dekoladen. Deswegen war ich auf dem Festland. Ich hatte in Hamburg Termine bei einigen Manufakturen, und jetzt überlege ich, was ich mir zusätzlich in den Laden stellen könnte. Mit Kerzen und Friesentee lockst du heute keinen mehr hinter dem Ofen hervor.« Sie verzog ihre Lippen und lachte.

Wir näherten uns dem Ufer, ich konnte schon die ersten reetgedeckten Dächer erkennen. Mein Magen zog sich nervös zusammen, und das hatte rein gar nichts mit dem leichten Seegang zu tun.

»Das kann ich mir vorstellen. Aber es klingt trotzdem spannend«, gab ich höflich zurück. Meine Gesprächspartnerin war supersympathisch, und unter normalen Umständen hätte ich mich gern mit ihr unterhalten, aber gerade konnte ich mich nicht wirklich darauf konzentrieren. Ich muss ziemlich abweisend auf sie wirken, dachte ich schuldbewusst.

»Vielleicht sieht man sich ja mal. Wie lange bleibst du auf unserer schönen Insel?«

O je. Das war eine weitere Frage, auf die ich keine Antwort hatte. Ich legte mich nicht gern fest, außerdem hatte ich keine Ahnung, wie lange meine Oma mich brauchen würde. »In zwei Wochen will ich eine Reise nach Südamerika antreten, Brasilien und Argentinien unter anderem.« Die Wahrscheinlichkeit war hoch, dass ich die vierzehn Tage bis zu meiner Abreise hier verbringen würde, obwohl mir schon die Vorstellung hektische Flecken bescherte. Ich war seit meinem achtzehnten Geburtstag nie mehr als zwei oder drei

Tage auf Nortrum gewesen, länger hatte ich es nie ausgehalten. Der Gedanke, bald wieder aufzubrechen und ganz weit wegzufahren, war auch jetzt meine Rettung. Einfach alles hinter mir zu lassen, das kam mir immer wie die Lösung aller Probleme vor. Als ob ich nicht schon allzu oft hatte feststellen müssen, dass ich auch am anderen Ende der Welt dieselbe Person blieb, mit all den nervigen Problemen im Gepäck. Trotzdem war jedes Mal wieder die Aussicht auf einen Neuanfang verlockend. Das Abenteuer und der Reiz des Unbekannten konnten mich ja auch eine Weile ganz gut ablenken. Insofern: Brasilien, ich komme!

»O wow. Das ist ja aufregend! Und ich habe mich mondän gefühlt, weil ich heute bis nach Hamburg gekommen bin.« Sie kicherte.

Ihren Humor mochte ich. »Ich bin übrigens Wiebke«, stellte ich mich vor.

»Das klingt nordisch. Dann kommst du aus der Gegend? Ich bin Svantje. Svantje Scheer. Vielleicht sehen wir uns ja mal. Mein Laden heißt *Letj Dekopot*, du findest das Café bestimmt, so groß ist unser Dorf ja nicht.«

Svantjes Frage nach meiner Herkunft überging ich. Das war ein Thema, das ich genauso gern vermied, wie mich festzulegen.

»Ich komme auf jeden Fall vorbei.« Vielleicht gab es in ihrem Geschäft ja W-Lan, dann könnte ich von dort aus arbeiten. Diese Frage sprach ich jedoch nicht aus, ich wollte nicht als Touristin abgestempelt werden, die ohne Internet nicht klarkam. Dass ich meine Brötchen als Social-Media-Assistentin verdiente, musste Svantje nicht wissen. Obwohl ich sie nett fand, wurden aus uns in den paar Tagen bestimmt nicht die dicksten Freundinnen. Ich hatte zwar keine

Probleme damit, Bekanntschaften zu schließen, aber mehr als eine oberflächliche Sache ergab sich selten daraus.

Sie erzählte mir ein bisschen über den Alltag als Ladenbesitzerin, und ehe wir uns versahen, erreichten wir auch schon den Fähranleger im Hafen von Nortrum.

Die meisten Reisenden, die sich noch an Deck befanden, machten sich bereit für die Ankunft. Anders als die größeren Inseln war Nortrum autofrei. Man konnte fast alles zu Fuß oder mit dem Rad erreichen. Ich schätzte, dass viele der Leute an Bord ihren Drahtesel dabeihatten. Beim Einsteigen hatte ich unzählige E-Bikes gesehen. Ein bisschen beneidete ich sie darum, ich war zu Fuß unterwegs. Andererseits, meine Sachen hätte ich ohnehin nicht auf einen Gepäckträger bekommen. Dabei passte mein Leben in zwei Koffer und einen Rucksack. Ich reiste nicht gern mit Ballast. Jedenfalls nicht mit Physischem. Von emotionalen Altlasten schleppte ich mehr als genug mit mir herum.

»Soll ich dich irgendwohin mitnehmen?«, fragte mich Svantje, als könnte sie meine Gedanken lesen. »Ich bin mit meinem Lieferwagen unterwegs, denn ich wusste ja, dass ich ein paar Sachen für den Laden auf dem Festland besorgen wollte.«

Kurz zögerte ich. »Das wäre sehr nett, aber nur, wenn es dir keine Umstände bereitet.«

O je, das klang echt gestelzt, aber nun war es heraus.

»Ach Quatsch, komm mit!« Sie lächelte mich an, und ich folgte Svantje nach unten aufs Autodeck, das so gut wie leer war. Auf der Insel war es nur Ärzten, Polizei und Unternehmen wie Handwerkern erlaubt, Fahrzeuge zu benutzen. Wenig später rollten wir von Bord, Svantjes Caddy war vollgestopft mit allem möglichen Kram und einigen Kisten. Im

Fußraum lagen Bonbonpackungen und zwei leere Flaschen neben Krümeln, Steinchen und vertrockneten Blättern.

»Tut mir leid, wie es hier drin aussieht, ich bin echt eine Schlampe«, erklärte Svantje mit einem entschuldigenden Achselzucken. Auf einmal war sie mir noch sympathischer, ihre Art war so authentisch. Sie war eine Frau, die viel zu viel zu tun hatte und die daher erst gar nicht so zu tun versuchte, als hätte sie alles unter Kontrolle. Das war herrlich erfrischend. »Du hast Kinder?«, fragte ich, als ich ein Spielzeugauto unter einem Stanniolpapier ausmachen konnte.

»Ja, ich habe einen Sohn, er ist gerade fünf geworden. Und du?«

»Äh, nein, noch nicht«, gab ich zurück und schaute aus dem Fenster. Sonnenstrahlen glitzerten auf dem Wasser, einige Möwen schaukelten in Ufernähe auf den sanften Wellen.

Svantje ging nicht weiter darauf ein, was ich als sehr taktvoll und angenehm empfand.

Im Radio dudelte der aktuelle Sommerhit, der mir normalerweise gute Laune bescherte. Trotzdem ergriff mich ein leichtes Gefühl der Beklemmung, je weiter wir uns von der Fähre entfernten. Ich wusste genau, was hinter den Dünen lag und ebenso wie die Küste rechts von der Straße aussah. Wir überholten ein Pferdefuhrwerk, das Gepäck und Touristen über die Insel beförderte. Alles hier kam mir so vertraut und doch vollkommen fremd vor.

»Wo musst du denn überhaupt hin?«, riss mich Svantje aus meinen Gedanken.

»Wiesenweg sieben«, antwortete ich. »Griet ist meine Oma, sie hatte einen kleinen Unfall, und ich kümmere mich ein paar Tage um sie, bis sie wieder auf den Beinen ist.« Ich ging davon aus, dass Svantje meine Oma kannte. So groß war

Nortrum nicht, und meine Oma liebte Kuchen und Gesellschaft. Es war daher anzunehmen, dass sie sich zumindest schon mal im Café begegnet waren.

»Ach, Griet ist deine Oma? Ich habe davon gehört. Tut mir leid. Es stimmt also doch. Die meisten Unfälle passieren im Haushalt. Aber Griet ist doch unmöglich in vierzehn Tagen wieder auf den Beinen?«

»Wir werden sehen.« Mehr wollte ich dazu nicht sagen, denn so gern ich meine Oma hatte, so sehr hoffte ich darauf, bald wieder von der Insel verschwinden zu können. Die Welt zu erkunden war meine Droge, neue Eindrücke, neue Menschen, neue Hoffnungen. Ich suchte nach den fehlenden Puzzleteilen meines Lebens, um endlich Frieden mit mir selbst machen zu können. Irgendwo musste es diesen einen Ort geben, an dem alles für mich einen Sinn ergab. Aber all das wollte ich jetzt nicht erzählen.

Svantje bemerkte, dass ich mich ein wenig versteift hatte. Ich war froh, dass sie auch hier nicht nachhakte. Für einige Minuten fuhren wir schweigend, das hieß, ich hielt die Klappe, und Svantje summte die Lieder aus dem Radio mit. Sie kam mir wie ein Mensch vor, der von Natur aus gut gelaunt war. Irgendwie beneidete ich sie ein wenig darum. Obwohl ich mich nicht als Pessimistin bezeichnen würde, so grübelte ich doch viel zu häufig über die ungeklärten Fragen meines Lebens, ohne jemals passende oder zufriedenstellende Antworten darauf zu finden.

»So, da wären wir«, erklärte sie schließlich mit einem strahlenden Lächeln und zog die Handbremse mit einem Ruck fest.

»Danke fürs Mitnehmen. Was schulde ich dir?«, wollte ich von ihr wissen.

Für eine Sekunde wirkte Svantje irritiert, dann schüttelte

sie energisch den Kopf. »Also bitte, Wiebke! Wir helfen uns hier gegenseitig, ein Gefallen kostet doch nichts.«

O je. Da war ich wohl in ein Fettnäpfchen getreten. Ich wusste nicht, was ich darauf erwidern sollte, was nicht total bemüht klang, daher schwieg ich betreten.

Glücklicherweise war Svantje nicht von der nachtragenden Sorte. »Du kannst erst mal in Ruhe ankommen. Natürlich musst du dich um deine Oma kümmern, aber vielleicht kannst du die Zeit auf der Insel ja sogar ein bisschen genießen.« Was wohl so viel heißen sollte, dass ich sehr gestresst wirkte – und damit traf sie natürlich voll ins Schwarze.

Ich war so gespannt wie die Saite einer E-Gitarre. Die Gründe lagen auf der Hand. Nur ungern kam ich meinen schmerzhaften Erinnerungen so nah, aber irgendwie würde ich schon klarkommen. Das hoffte ich zumindest.

Svantje half mir dabei, meine Koffer aus dem Caddy herauszuziehen. Dann verabschiedete sie sich herzlich von mir und brauste wenige Sekunden später winkend davon.

Ich blieb für einen Moment stehen und hielt inne. Mein Herz pochte viel zu schnell. Ich hatte das Gefühl, kaum Luft zu bekommen. Etwas drückte auf meinen Brustkorb, was sich stark nach Angst anfühlte.

Im Wiesenweg sieben hatte sich wenig verändert. Omas Garten war so gut in Schuss wie eh und je. Ihr ganzer Stolz waren die vielen Hortensienbüsche, die üppig blühten. Bienen summten umher, ein Schmetterling ruhte in der Sonne und breitete seine Flügel aus. Es war angenehm kühl auf der Insel.

Der Buchsbaum neben dem weiß gestrichenen Gartentörchen sah ein wenig ramponiert aus. Davon abgesehen schien mir alles unverändert, und so, wie ich es in Erinnerung hatte. Aus dem grünen Briefkasten am Eingangstörchen ragte eine Zeitung hervor. In den Erkerfenstern standen Topfblumen. Ich atmete hörbar aus.

Diese Idylle machte mich jetzt schon fertig.

Ich verzog meine Lippen und schimpfte mich stumm eine Idiotin, dann setzte ich mich wieder in Bewegung und schleppte mein Gepäck hinter mir her. Der schmale Weg zum schnuckeligen Reetdachhaus war gepflegt. Nicht ein unerwünschter Grashalm wucherte aus den Ritzen zwischen den Pflastersteinen, typisch Oma.

Man konnte durch die Fenster der Haustür nichts erkennen, Oma hatte dort immer noch Gardinen hängen. Ich klingelte nicht und fand es nach wie vor verrückt, dass sie sich selbst aus dem Krankenhaus entlassen hatte. Zum Glück erinnerte ich mich, wo sich der Ersatzschlüssel befand, denn Oma hätte mir sowieso nicht öffnen können. Es war wenig originell, den Schlüssel unter den Blumenpott zu legen, der mit weißen Margeriten bepflanzt war, aber Einbrecher gab es auf der Insel wohl eher wenige. Ich verkniff mir ein Schmunzeln und merkte, wie schön ich es fand, dass hier fast alles beim Alten geblieben war.

Meine Großeltern mit ihrem Häuschen auf Nortrum, waren früher der einzige Fixpunkt für mich gewesen, den man als Zuhause bezeichnen könnte. Hier hatte ich so oft wie möglich die Ferien verbracht – bis zu jenem Sommer, der alles für mich verändert hatte. Und nach Opas Beerdigung vor fünf Jahren war ich dann überhaupt nicht mehr auf die Insel zurückgekehrt.

Ich versuchte mich zusammenzureißen, während die verschiedensten Emotionen auf mich einprasselten. Es war seltsam, wieder hier zu sein. Schmerzvoll und doch irgendwie schön.

Ehe ich mich in Sentimentalitäten verlor, schloss ich die Tür auf und schob mein Gepäck in den Flur. Es roch so vertraut, dass meine Kehle eng wurde. Aus dem Wohnzimmer drang leises Gemurmel an mein Ohr, vielleicht lief der Fernseher oder das Radio. An den Wänden klebten noch immer die blau-weißen Kacheln mit Blumenmuster. Auf der Anrichte stand eine Vase in Papiertütenoptik, darin steckten Stricknadeln wie ein bunter Strauß Blumen. Daneben stand ein grünes Festnetztelefon mit Tasten und gedrehtem, schwarzem Plastikkabel. Das Ding dürfte in etwa mein Alter haben. Ich schmunzelte.

Leise schloss ich die Tür hinter mir, falls Oma gerade ein Nickerchen machte. Sie war heute Vormittag mit dem Krankenwagen vom Festland zurückgebracht worden. Der Pflegedienst war so kurzfristig leider ausgebucht und konnte frühestens in vierzehn Tagen aushelfen – zu spät für mich. Aber auf eine gewisse Weise war ich froh, hier zu sein.

Ich schlüpfte aus meinen abgetretenen Turnschuhen und lief über den knarzenden Dielenboden ins Wohnzimmer. Erst jetzt wurde mir klar, dass die gedämpften Stimmen nicht aus dem Radio kamen, sondern dass Oma mit einem Mann sprach. Er saß neben ihr auf dem Sofa und maß ihren Blutdruck. Omas linker Unterschenkel ruhte in einer Art Schiene auf zwei übereinandergestapelten Samtkissen. Sie trug einen Morgenmantel über ihrem Nachthemd. Ihre kurzen Haare wirkten ordentlich gekämmt, die schwarze, moderne Brille war ein Stück von ihrer Nase gerutscht. Oma biss sich auf die Zunge. Ich wusste, dass sie reden wollte, aber man die Klappe halte musste, während der Blutdruck gemessen wurde. Das dürfte ihr schwerfallen, Oma blieb nicht gerne still.

Ein warmes Gefühl rieselte durch meine Brust, es fühlte

sich viel mehr nach Heimkehren an, als ich es mir vorgestellt hatte. Ich hätte nicht so lange mit einem Besuch warten sollen. Aber ich hatte meine Gründe gehabt. Die hatte ich immer noch. Trotzdem war ich überrascht, wie sehr ich mich freute, hier zu sein. Über die Wiedersehensfreude mit Oma konnte ich für einen Moment all die Gründe vergessen, warum ich Nortrum sonst mied.

Der blonde Mann im aufgekrempelten blauen Jeanshemd und khakifarbenen Chinos schaute weiter immer konzentriert auf seine Uhr. Um den Puls zu bestimmen vermutlich. Niemand von beiden schien meine Anwesenheit zu bemerken, gut, ich hatte mich ja auch angeschlichen. Nicht mal der alte Holzboden hatte mein Kommen anscheinend verraten.

»Hallo Oma, ich bin da«, machte ich daher auf mich aufmerksam. Ich wollte ihr ja nicht zu ihrem Bruch zusätzlich einen Herzinfarkt bescheren.

»Wiebke! Wie schön«, rief Oma und strahlte mich an. Dann zuckte sie schmerzerfüllt zusammen, und ich sah, dass sie sich verkrampfte. Klar, das Bein musste höllisch wehtun. Die Arme!

Der Mann löste indes die Blutdruckmanschette und stopfte sie zurück in seine Tasche, oder nein, in seinen Arztkoffer. O ja, ich Genie! Er musste Omas Hausarzt sein! Da sie sich selbst aus dem Krankenhaus entlassen hatte, musste jemand nach ihr sehen. Ein Glück, dass die medizinische Versorgung auf Nortrum noch funktionierte.

Aber es war nicht Dr. Wortmann, den ich aus Kindertagen kannte. Der war mittlerweile vermutlich in Rente gegangen, den Neuen kannte ich nicht.

In dieser Sekunde stand der Inselarzt auf und drehte sich zu mir um.

Als sich unsere Blicke trafen, stockte mein Atem.

Grundgütiger!

Das konnte doch nicht sein. Ich musste mich irren. Mein dämliches Gehirn spielte mir sicher einen gemeinen Streich.

Aber nein. Auch nachdem ich ein paarmal geblinzelt hatte, wurde aus seinem Gesicht kein anderes.

Er war es.

Thore Mathiesen.

Der Mann, der seinerzeit mein Herz im Sturm erobert und anschließend gebrochen hatte.

Er war es, wie er leibte und lebte.

Verdammt. Wenn ich nicht bald wieder anfing zu atmen, würde ich in wenigen Sekunden in einer peinlichen Ohnmacht versinken. Andererseits, gerade erschien mir die Aussicht, seinem Starren auf diese Weise zu entkommen, verlockend.

Ich konnte mich nicht rühren und glotzte vermutlich wie das sprichwörtliche Reh ins Scheinwerferlicht.

Thore war nicht mehr der schlaksige Junge von damals, sondern ein erwachsener Mann. Davon abgesehen war er derselbe wie früher. Äußerlich zumindest. Ich hatte mich mehr verändert als er.

O Gott. Ihn hier zu sehen, erschütterte mich bis ins Mark. Es war entsetzlich. Darauf war ich nicht vorbereitet, obwohl ich versucht hatte, mich innerlich für ein Wiedersehen zu wappnen. Aber ihm bereits heute und hier zu begegnen, hatte ich nicht geahnt. Sein Anblick warf mich völlig aus der Bahn.

Der Blick aus seinen eisblauen Augen verriet mir, dass es ihm mit mir ähnlich erging.

Thore trug seine blonden Haare auch heute noch ein wenig zu lang, als dass es als Frisur durchgehen konnte. Seine

Schultern waren breiter als früher und die Gesichtszüge ein wenig kantiger. Ich mochte, dass seine Wangen glattrasiert waren. Sein Gesicht war viel zu schön, um unter einem Vollbart versteckt zu werden.

»Wiebke«, quetschte er hervor.

O Scheiße.

Der Klang seiner dunklen Stimme besaß auch heute die Macht, meine Knie weich werden zu lassen. Allem Anschein nach löste mein Erscheinen auch in ihm etwas aus. Nichts Gutes jedoch, so düster, wie sich seine Brauen zusammengezogen hatten.

Aber gut. Da hatten wir also doch noch etwas gemeinsam.

Moment mal? Wieso guckte er mich so finster an, als wäre *ich* die verachtungswürdigste Person auf Erden? Er war doch derjenige ...

Ach was, das alles war Schnee von gestern. Ich wollte jetzt nicht die alte Leier heraufbeschwören, in der ich mich wieder und wieder fragte, wie ich mich so hatte täuschen können. Der Drops war lange gelutscht.

Aber offenbar nicht lange genug.

»Thore«, tat ich es ihm nach und nickte, möglichst nichtssagend, während ich überlegte, wie ich an ihm vorbeikam, ohne etwas Saudummes zu tun.

Da war so ein blöder Impuls in mir – ein Teil von mir wollte ihn küssen, der andere ihn umbringen.

Dieser Mann hatte bedauerlicherweise eine überaus einnehmende Präsenz, die den ganzen Raum auszufüllen schien.

Während ich so tat, als studierte ich die Einrichtung in Omas Wohnzimmer, merkte ich, dass Thore mich anstarrte. Das Häuschen war klein, aber hübsch eingerichtet. Es bestand aus einem Sammelsurium von Erb- und Sammlerstücken. Besonders die Porzellantassen in einer Glasvitrine waren Omas ganzer Stolz. Mein Herz pochte wie verrückt, natürlich waren mir die Tassen gerade scheißegal.

Das war so unangenehm. Mann! Wieso musste ausgerechnet Thore Omas Arzt sein? Ich hatte nicht einmal gewusst, dass er Medizin studieren wollte.

Damals hatte er andere Pläne gehabt.

Hör auf damit, ermahnte ich mich. Es ging mich nichts an und sollte mich nicht interessieren. Leider, und das spürte ich überdeutlich, brannten mir tausend Fragen unter den Nägeln. Fragen, die ich niemals stellen würde. Ich hatte auch meinen Stolz.

Eilig schlüpfte ich an ihm vorbei und gab Oma einen Kuss auf die Stirn. »Mann, Oma, was machst du nur für Sachen«, tadelte ich sie liebevoll, aber leise. Hoffentlich hörte man meiner Stimme so nicht an, wie aufgewühlt ich war.

Thore wandte sich noch einmal an meine Oma, ich spürte seinen bohrenden Blick im Rücken. »Denken Sie daran, sich die Heparin-Spritze zu geben, gegen achtzehn Uhr, so wie im Krankenhaus.«

Oma winkte ab. Ein wenig müde sah sie aus, was nach den Strapazen kein Wunder war. Ich stellte mich neben das Sofa und wagte es, Thore erneut anzuschauen.

»Natürlich denke ich daran, ich bin vielleicht alt, aber nicht senil«, gab Oma spitz zurück. Mir fiel auf, dass sie das R ein bisschen mehr rollte als üblich.

Ich lachte und fing mir dafür einen bösen Blick von Mr. Ich-bin-so-ein-cooler-Doc ein. Der Typ erfüllte jedes Klischee eines heißen Inselarztes. Groß. Breitschultrig. Braungebrannt. Sexy.

Das war gemein. Im Vergleich zu ihm schnitt ich richtig

schlecht ab. Wo ich früher schlank gewesen war, hatten sich dank zu viel Süßem und Frittiertem etliche Kilos angesammelt. Während seine Züge markanter geworden waren und die feinen Linien um seine Augen ihm etwas Verwegenes verliehen, hatte ich lediglich eine Zornesfalte vorzuweisen.

Egal, sagte ich mir. Eitelkeiten spielten jetzt keine Rolle. Wenn ich eines nicht nötig hatte, dann ihm zu gefallen. Ich musste nicht gut für ihn aussehen.

In seiner Nähe kam ich mir vor, als hätte ich alles, was ich jemals über Selbstwert und Emanzipation gelernt hatte, vergessen. Musste wohl im Kampf gegen die Hormone verloren gegangen sein. Mist.

Freiwillig hatte ich meine Grundsätze jedenfalls nicht über Bord geworfen. Meine Unsicherheit war erbärmlich, und ich versuchte, sie zu verbergen. So gut es eben ging.

Trotzdem wünschte ich mir, dass ich wenigstens keinen Fleck auf dem T-Shirt gehabt hätte. Im Zug war etwas Remoulade aus meinem belegten Brötchen darauf getropft, und ich war zu faul gewesen, ein anderes aus dem Koffer zu holen.

Egal. Es war ohnehin zu spät, und wie ich aussah, war nun nicht mehr zu ändern. Ich hoffte nur, dass Thore bald ging, ehe es noch peinlicher wurde.

Irgendwo im Universum schien tatsächlich jemand ein wenig Mitleid mit mir zu haben und meinen Wunsch zu erhören, denn Thore nahm endlich seine Tasche. »Wenn noch was ist, melden Sie sich bitte, Frau Jannen. Jederzeit!«, mahnte er Oma nachdrücklich. »Ich bin nach wie vor der Meinung, Sie wären im Krankenhaus besser aufgehoben gewesen. Dort hätte man Sie mit einer gezielten Schmerzmedikation behandeln können, was zu Hause viel schwieriger ist.«

»Unsinn«, unterbrach Oma ihn. »Meine Enkelin ist jetzt da und unterstützt mich. In meinem eigenen Bett schlafe ich doch dreimal besser als neben der schnarchenden Alten mit der gebrochenen Hüfte. Letzte Nacht habe ich kein Auge zugetan.«

Thore seufzte leise, und fast hatte ich Mitleid mit ihm. Meine Oma konnte anstrengend sein, wenn sie ihren Dickkopf durchsetzte – das hatte ich dann wohl von ihr.

Nach einem kurzen Moment des Schweigens besann sich Oma ihrer guten Manieren. Sie richtete sich ein wenig auf, dabei stützte sie sich auf die Unterarme. Obwohl sie Schmerzen haben musste, ließ sie sich kaum etwas davon anmerken. Lediglich der strenge Zug um ihren sonst oft lächelnden Mund verriet ihre Anstrengung. »Wiebke, sei doch so nett und mach uns einen Kaffee. Dr. Mathiesen kann unmöglich gehen, ohne dass wir ihm etwas angeboten haben. Ich müsste auch ein paar Friesenkekse in der Dose haben ...«

Ich hielt ein Kaffeekränzchen mit Thore für keine gute Idee. Aber niemand verließ dieses Haus, ohne mindestens etwas getrunken zu haben. Noch lieber bekochte Oma Griet ihre Gäste mit deftigen Gerichten oder den süßen Spezialitäten, die es mir so angetan hatten. Schon beim Gedanken an ihre rote Grütze oder die Waffeln mit Pflaumenmus und Schlagsahne lief mir das Wasser im Mund zusammen. Leider war ich eine von der Sorte, die immer essen konnte, was man meinen Hüften auch ansah.

»Tut mir leid, so gern ich auch bleiben würde, aber die Pflicht ruft«, erwiderte Thore zum Glück, und ich atmete erleichtert aus.

Wenn ich auf eines keine Lust hatte, dann auf einen erzwungenen Plausch mit meiner Jugendliebe. Mit meiner großen Liebe. Seit Thore hatte es keinen mehr gegeben, für den ich auch nur ansatzweise so viel empfunden hatte wie seinerzeit für ihn.

Blöderweise beging ich den Fehler, ihm erneut ins Gesicht zu schauen. Er sah aus, als hätte er auf die buchstäbliche Zitrone gebissen. Es war offensichtlich, dass er eine Wurzelbehandlung, ohne Betäubung versteht sich, meiner Gesellschaft vorziehen würde.

Ein blöder Spruch lag auf meinen Lippen, aber ich schaffte es gerade noch, meine spitze Zunge im Zaum zu halten. Ich wollte nicht zickig rüberkommen, auch wenn es mir schwerfiel, die Klappe zu halten.

Zucker würde helfen. Gleich, wenn er fort war, würde ich mir die restlichen Friesenkekse einverleiben, nun gut, natürlich würde ich mit Oma teilen. Den Schock des Wiedersehens musste ich erst mal verdauen.

Wieso nur hatte ich nichts davon gewusst, dass ausgerechnet er der Inselarzt war? Gut, woher sollte ich? Sobald Oma Klatsch und Tratsch von Nortrum ins Gespräch einfließen ließ, klinkte ich mich aus. Immer. Darüber wollte ich beim besten Willen nichts hören. Gerade bereute ich es, denn dann hätte mich die Begegnung mit ihm nicht so kalt erwischt.

Stumm suchte ich Thores Hände nach einem Ring ab, konnte aber keinen entdecken. War dieses irritierende Gefühl, das mich durchströmte, etwa Erleichterung? Ich musste verrückt geworden sein.

»Wiedersehen«, verabschiedete sich Thore von Oma. »Tschüss, Wiebke«, sagte er zu mir, ehe er sich auf den Weg machte.

»Na los, bring den Herrn Doktor wenigstens zur Tür«, raunte mir Oma zu.

Weil ich ihren Zorn nicht auf mich ziehen wollte, von wegen, *wenn wir ihm schon keinen Kaffee gekocht haben, müssen wir wenigstens höflich sein*, folgte ich ihm. In sicherem Abstand natürlich. Nicht, dass ich mich versehentlich an seinen breiten Rücken schmiegte. Thores Schultern sahen leider auch heute so aus, als wären sie dafür gemacht, sich daran anzulehnen, während man den Wellen und dem Geschrei der Möwen lauschte.

O je. Ich hatte doch nicht etwa gerade geseufzt?

Thore hatte die Klinke in der Hand, die Tür hatte er bereits aufgezogen, als er mich mit einem merkwürdigen Blick bedachte, den ich nicht deuten konnte.

Hitze wallte in mir auf. Verdammt. Es war doch viel zu früh für die Wechseljahre. Also musste meine Reaktion etwas anderes bedeuten, was mir noch weniger gefiel.

»Du rufst mich an, ja?«, erkundigte er sich.

Heiliger Strohsack! Was faselte der Mann? Stand er unter Drogen? Ich würde ihn unter keinen Umständen anrufen! Unsere Geschichte war lange vorbei. Trotzdem konnte ich nicht verhindern, dass ich mich über seine Bitte freute, was ich ihm jedoch nicht zeigen würde.

»Wieso sollte ich…?«, erwiderte ich kühl, und dann begriff ich, dass er Oma meinte. Ich sollte ihn anrufen, wenn mit Oma etwas nicht stimmte!

Hilfe! Wie peinlich.

Meine Wangen fingen an zu brennen. Schon wieder.

So schwer von Begriff war ich sonst nicht. Ich räusperte mich, um den Frosch im Hals loszuwerden. »Ich denke, wir bekommen das hier gut allein hin«, ergänzte ich, so würdevoll es mir gerade möglich war.

Thore hob eine Braue und starrte mich mit einer solchen Intensität an, dass ich ihm am liebsten eine geklebt hätte.

»Wie du meinst«, murmelte er schließlich und wich meinem Blick nicht aus. »Ich sehe morgen wieder nach ihr.«

Er betrachtete mein Gepäck für einen Moment, und ich bemerkte, wie er sich verspannte. Schließlich hob er sein Kinn, und ich konnte auch ohne die Worte zu hören verstehen, was in seinem Hirn vor sich ging. *Wie lange wirst du dieses Mal bleiben?*

Und dann, ehe ich etwas Hirnloses von mir geben konnte, war er verschwunden. Ein Glück.

Meine Beine fühlten sich an wie Gummi. Mein Puls raste.

Das unerwartete Wiedersehen war anders gelaufen, als ich es mir vorgestellt hatte. Es war viel schlimmer gewesen. Noch schrecklicher war nur, dass mein Herz beim Gedanken, Thore morgen wieder zu begegnen, einen freudigen Satz machte.

Verräter!

Ich war ein hoffnungsloser Fall von romantischer Dummheit. In all den Jahren hatte ich nichts gelernt. Vermutlich war ich deswegen Single.

Am besten wäre es, ich wäre gar nicht erst hergekommen. Aber dabei hatte ich nicht wirklich eine Wahl gehabt. Meine eigenen Befindlichkeiten über Omas Wohlergehen zu stellen, war keine Option gewesen. So oder so, ich würde für die Zeit meines Aufenthalts damit leben müssen, ihm hin und wieder zu begegnen. Mehr als ein *Moin* und *Tschüss* mussten wir ja nicht miteinander wechseln.

Heute würde ich nicht die gleichen Fehler machen wie früher.

Manchmal fragte ich mich leider immer noch, was gewesen wäre, wenn damals alles anders gelaufen wäre. Wären wir bis heute zusammen? Verheiratet, mit einem kleinen Häuschen, Garten und Kindern?

Unvorstellbar.

Allein der Gedanke daran löste blanke Panik in mir aus. Ich war nicht geschaffen für ein solches Leben. Ich war wie ein Vogel im Wind, ließ mich gern treiben, blieb nie lange am selben Ort. Da ich keinen Vater hatte – nicht einmal wusste, wer er war oder ob er überhaupt noch lebte – hatte ich keine Ahnung, wohin ich gehörte. Also konnte ich nirgends Wurzeln schlagen. Immer war ich rastlos auf der Suche. Eine Beziehung mit Thore hätte niemals Bestand gehabt, denn er war früher schon der bodenständige Typ gewesen, der sich genau das für die Zukunft gewünscht hatte. Etwas, was ich ihm keinesfalls hätte geben können: Stabilität.

Nach all den Jahren konnte ich endlich aufhören, mich selbst zu belügen: Ich hatte damals nicht fortgehen wollen. Aber ich hatte auch nicht bleiben können.

## Kapitel Zwei

»Wiebke!«, rief meine Oma aus dem Wohnzimmer, und ich zuckte zusammen, weil ich so in Gedanken versunken gewesen war, dass ich nichts um mich herum mitbekommen hatte.

Verdammt. Wie lange hatte ich hier regungslos im Hausflur gestanden? Zu lange vermutlich. Ich rieb mir mit der Hand über das Gesicht und riss mich zusammen. »Bin gleich da«, rief ich und kehrte zu ihr zurück. »Kann ich dir was bringen, brauchst du was?«

»Nicht doch, ich habe alles. Du kennst Dr. Mathiesen?«

Mit dieser Frage hätte ich natürlich rechnen können, trotzdem fühlte ich mich darauf gänzlich unvorbereitet. Auch, weil Oma mich dabei sehr intensiv musterte. Kurz fragte ich mich, ob sie damals doch etwas mitbekommen hatte, aber ich glaubte nicht. Immerhin hatte ich ein großes Geheimnis um meine erste Liebe gemacht.

Ich entschied mich für die halbe Wahrheit. »Wir sind uns

früher ab und zu begegnet, die hatten doch den Strandkorb-verleih, weißt du noch? Ich war ja ständig am Meer, da sieht man sich schon mal«, erklärte ich und merkte, dass mir schon wieder unangenehm warm wurde. Ich war eine lausige Lügnerin. Dass ich meine Liebe zu Thore damals geheim gehalten hatte, erschien mir heute merkwürdig. Seinerzeit hatte es sich richtig angefühlt, weil ich gespürt hatte, dass meine Großeltern allzu sehr darauf bedacht waren, dass sich Mamas Geschichte mit mir nicht wiederholte. Schwanger mit achtzehn. Musste ja nicht sein. Ein Kind ohne Unterstützung des Vaters zu bekommen, das sollte der Enkelin natürlich nicht passieren.

Nun, es war nicht passiert. Ich war auch heute noch so weit davon entfernt, eine Familie zu gründen, wie zusammen mit Elon Musk einen Ausflug mit seiner Rakete ins All zu unternehmen.

»Ach, er gehört zu *den* Mathiesens, ist ja kein seltener Name hier«, meinte sie schließlich.

»Ach, komm! Du kennst sehr wohl jeden auf der Insel, Oma«, erwiderte ich mit einem Lächeln.

Sie winkte ab. »Würde ich jetzt nicht sagen, aber was ist mit dir? Hast du gegessen? Im Kühlschrank müsste ...«

Was für eine Überleitung, dachte ich amüsiert. Oma konnte es nicht sein lassen und musste sogar vom Kranken-bett aus noch die Kümmerin spielen. Den Zahn würde ich ihr ziehen. »Oma, hör auf«, unterbrach ich sie deshalb und kniete mich neben das Sofa, während ich ihre Hand in meine nahm. »Ich bin durchaus in der Lage, mich zu versorgen, jetzt geht es mal um dich. Also noch mal: Brauchst du etwas?«

Oma schloss die Augen, und ich wusste, dass sie es hasste, so hilflos zu sein. Sie war eine Macherin, es lag ihr im Blut, ihre Lieben zu verwöhnen, sie zu umsorgen. Dass diese starke, kämpferische Person jetzt Unterstützung von jemandem annehmen musste, machte ihr zu schaffen. Ich wollte sie beschwichtigen, ihr sagen, wie lächerlich es war – schließlich brauchte jeder hin und wieder Beistand –, bis ich kapierte, dass ich die gleiche Macke hatte. Lieber brach ich mir einen Ast ab, als andere um etwas zu bitten. Deshalb hielt ich den Mund, sie würde sich schon daran gewöhnen, dass ich hier war und zur Abwechslung mal nicht von ihr bedient werden musste.

Ich wollte ihr erst einmal Wasser und ein paar Kekse hinstellen, ob sie nun wollte oder nicht. Letztlich brauchte Oma vor allem Ruhe, sie sah nach den Strapazen ganz schön mitgenommen aus.

»Willst du nicht erst einmal auspacken?«, meinte Oma dann, ich verstand es als Aufforderung, ihr ein paar Minuten Frieden zu gönnen.

»Das mache ich, gute Idee! Eine Dusche könnte auch nicht schaden. Das Kofferschleppen über die Gleise und dann zur Fähre war ganz schön anstrengend. Ich war schon mal besser in Form«, plauderte ich betont fröhlich, um sie ein wenig aufzumuntern. »Ruh dich mal aus«, meinte ich dann, legte ihr kurz eine Hand auf die Schulter und drückte sie liebevoll. Anschließend guckte ich in die Medikamententüte, die auf einem Beistelltisch neben dem Sofa stand. Schmerzmittel und Spritzen entdeckte ich darin. Das sollten wir doch zusammen hinbekommen.

Nachdem ich Oma Wasser und Kekse hingestellt hatte, nicht ohne mir vorher selbst ein paar in den Mund zu stopfen, wuchtete ich meine Koffer die schmale Treppe nach oben. Den Rucksack hatte ich auf dem Rücken. Blöderweise blieb ich damit an einem Bilderrahmen hängen, der sich daraufhin vom Haken löste und herunterfiel. Ich versuchte ihn zu retten, dabei wäre ich fast selbst gestürzt. Ich stieß einen derben Fluch aus, bevor ich mich gerade noch fing. Mit einem lauten Ächzen erreichte ich den oberen Treppenabsatz. »Ich hätte ja auch ein Gepäckstück nach dem anderen tragen können, aber nein, es muss ja immer alles sofort und gleichzeitig sein«, schimpfte ich und nahm mir vor, mit den Selbstgesprächen aufzuhören, während ich mich um das von mir angerichtete Malheur kümmerte.

Den kaputten Bilderrahmen klaubte ich von der untersten Stufe. Wenigstens das Glas war nicht zerbrochen, Glück im Unglück also. Das Holz konnte ich leimen, dafür würde ich nachher in Opas alte Werkstatt gehen. Dort lag bestimmt irgendwo noch etwas herum, was ich verwenden konnte. Hauptsache, das Ding hing wieder an der Wand, ehe Oma etwas davon mitbekam. Wenn ihr eines heilig war, dann ihre Andenken.

Bei dem Foto handelte es sich um eine Aufnahme meiner Mutter. Sie saß auf einer Bank und trug ein hübsches Sommerkleid. Sie strahlte in die Kamera, ihre Augen hatten einen besonderen Glanz. Sie musste sehr jung gewesen sein. Es war merkwürdig anzusehen, denn – so ungern ich es zugab – diese Leichtigkeit hatte sie mit meiner Geburt verloren. Ich wusste, dass die Bürde, in so jungen Jahren ein Baby zu bekommen, ihre Jugend schlagartig beendet hatte. Mama hatte mir zwar nie das Gefühl gegeben, eine Last zu sein, aber ein Kind ohne Vater aufzuziehen, war auch mit Hilfe der Großeltern keine leichte Sache.

Die Beziehung zu meiner Mutter war herzlich und liebevoll, aber wir hatten auch unsere Probleme, die immer wieder zu Spannungen führten. Vor allem gerieten wir immer wieder in Streit, wenn es um meinen Vater ging, von dem ich keine Ahnung hatte, wer er war. Über die Jahre hatte ich tausend Mutmaßungen angestellt, aber nie auch nur den leisesten Hinweis von ihr dazu erhalten. Mittlerweile war ich das Thema so leid. Ich hasste es, dass sie mich über meine familiären Wurzeln im Dunkeln ließ, aber weil ich nichts daran ändern konnte, dass meine Mutter sich darüber ausschwieg, versuchte ich so selten wie möglich daran zu denken.

Gerade als ich wieder nach oben gehen wollte, bemerkte ich etwas anderes auf der Stufe. Ein Stück Papier. Vermutlich hatte es im Rahmen gesteckt, um das Bild hinter dem Passepartout zu fixieren. Ich wollte den Zettel wieder hineinschieben, als ich entdeckte, dass etwas darauf geschrieben war. In einer Handschrift, die ich nicht kannte:

*Ich muss dich sehen. Dich fühlen. Dich schmecken. Ich denke die ganze Zeit nur an dich.*

Was war das denn? Mein Magen zog sich nervös zusammen. Das klang sehr nach einem Liebesbrief. Besonders poetisch ist es nicht gerade, schoss es mir durch den Kopf.

Fassungslos blieb ich stehen und starrte weiter darauf. Natürlich mutmaßte ich sofort, dass das etwas mit meiner Herkunft zu tun haben könnte. Das Foto meiner Mutter müsste in etwa in dem Zeitraum aufgenommen worden sein, in dem sie mit mir schwanger geworden war.

Mir war klar, was diese Nachricht bedeuten konnte. Vielleicht hatte mein Vater diese Worte an meine Mutter geschrieben. In meiner Phantasie war es eine große Liebe, die zerbrochen war. Oder mein Vater war schwer verunglückt, oder vielleicht war er ein Star gewesen?

Ich hatte mich schon den absurdesten Fantasien hingegeben. Noch immer lechzte ich so sehr nach einem Hinweis, dass ich am ganzen Leib bebte. Mit zitternden Fingern schaute ich auf die Jahreszahl, die hinten auf dem Foto aufgedruckt war: 1986.

Ich wusste, dass meine Mutter im Jahr 1986 die Schule abgeschlossen hatte. Im Jahr darauf war ich im März geboren worden. Ein Vater war nicht in meiner Geburtsurkunde eingetragen.

Die Tatsachen lagen auf der Hand: Der Verfasser dieser Zeilen war mit der größten Wahrscheinlichkeit mein Vater. Meine Mutter brauchte ich dazu jedoch gar nicht erst zu befragen. Sie wich mir seit fünfunddreißig Jahren aus, sobald ich das Thema zur Sprache brachte, und auch dieses Mal würde es nicht anders sein. Unzählige Streitgespräche hatten wir darüber geführt, und gerade hatte ich keine Lust, mich zu zoffen.

Mein Nervenkostüm war nach der Begegnung mit Thore schon dünn genug. Ich ließ mich auf die Treppenstufe sinken und starrte blicklos auf den Zettel. Ich hatte keine Ahnung, was ich jetzt damit anfangen sollte.

Mann! Dass meine Mutter so ein Mysterium daraus machte, fand ich unfair. Mehr als das. Ich hatte ein Recht auf die Wahrheit. Aber sie sah das anders.

Während ich an meiner Unterlippe nagte, dachte ich nach. Mama hätte den Zettel nicht aufbewahrt, wenn er ihr nichts bedeutet hätte. Oder? Das konnte kein X-beliebiger Liebesbrief gewesen sein.

Aber was brachte mir das?

Richtig. Gar nichts.

Ohne Unterschrift, ohne Namen, wusste ich nicht, wo oder nach wem ich suchen sollte.

Jeder Typ konnte diese Zeilen geschrieben haben. Nicht mal, dass es sich um einen Inselbewohner handelte, war sicher.

Verdammt. Ich hasste es, ahnungslos zu sein. Mein Leben war ein Puzzle, bei dem die Hauptteile fehlten.

»Wiebke, ist alles in Ordnung?«, rief Oma aus dem Wohnzimmer.

Dieser Frau blieb sogar auf dem Krankenlager nichts verborgen. »Alles bestens, das war's mit dem Krach, Oma, die Koffer sind oben!«, gab ich zurück und stand auf.

Mit einem Augenrollen stakste ich hinauf und brachte den Bilderrahmen erst einmal in mein Zimmer. Nachdem ich die Tür geöffnet hatte, blieb ich kurz stehen. Es duftete leicht nach Lavendel, über dem Bett war eine Tagesdecke ausgebreitet, die mit dem Rosenmuster eher an ein englisches Landhaus erinnerte als an die norddeutsche Küste. Auf dem Fensterbrett stand eine grüne Topfpflanze.

Früher war das Mamas Jugendzimmer gewesen, später hatten wir es uns bei Besuchen geteilt. Danach waren wir äußerst selten zusammen hier gewesen. Meine Mutter mied Nortrum ebenso wie ich. Das begriff ich erst in dieser Sekunde, vorher hatte ich immer nur angenommen, sie wäre einfach viel beschäftigt, denn sie war wegen ihrer Kunst ständig unterwegs.

Ich legte den kaputten Bilderrahmen auf den Schreibtisch und stellte meinen Rucksack daneben. Dann klappte ich meine Koffer auf und fing an auszupacken. Glücklicherweise roch es im Schrank nicht nach Mottenkugeln, sondern ebenfalls nach Lavendel.

Weil ich verschwitzt und total verspannt war, gönnte ich mir doch erst eine kurze Dusche. Leider bekam ich dadurch den Kopf auch nicht frei. Aber nachdem ich mir frische Sachen angezogen hatte, fühlte ich mich wenigstens ein bisschen besser. Ich stopfte das schmutzige Shirt in eine Tüte. Das mit dem Fleck war aber auch zu peinlich gewesen.

Warum ich schon wieder an Thore, an seinen durchdringenden Blick und an die verdammte Kompetenz, die er ausgestrahlt hatte, dachte, regte mich auf. Ich wollte nicht an ihn denken.

Nein, ich würde mich jetzt nicht auf diesen Pfad begeben. Nicht schon wieder.

Koffer auspacken, erinnerte ich mich. Weil ich es mit Ordnung nicht so hatte, machte ich mir keine große Mühe, meine Klamotten auf Bügel zu hängen. Angst vor Knitterfalten hatte ich jedenfalls keine. Pingelig war ich nie gewesen, und ich würde auch heute damit nicht anfangen. Gerade balancierte ich einen Stapel Pullover und Shirts auf dem Weg zum Schrank in den Armen, als mein Handy anfing zu bimmeln. Es brummte penetrant in meiner Hosentasche.

Bestimmt meine Mutter, dachte ich, nachdem ich die Kleidung im Schrank abgeladen hatte und guckte aufs Display. Die kam mir wie gerufen,

»Hey, Mama«, beantwortete ich und versuchte fröhlich zu klingen.

»Hallo, Wiebke. Wie geht es Oma? Ich habe es auf dem Festnetz probiert, aber da ging niemand ran.«

Ja, danke, mir geht's auch gut, dachte ich sarkastisch. Ich zog eine kurze Schnute und nahm mir vor, ruhig zu bleiben, egal, wie ausweichend meine Mutter auf die Fragen reagieren würde, die ich ihr gleich stellen wollte.

»Habe ich gar nicht gehört.«

»Ist ja auch egal, ich habe dich ja jetzt auf dem Handy erreicht. Also, wie geht es ihr?«

»Ich würde sagen, den Umständen entsprechend. Sie ist ein bisschen mitgenommen, was natürlich nicht überraschend ist.« Vermutlich bescherte ich meiner Mutter damit ein schlechtes Gewissen, aber lügen wollte ich auch nicht. Ich hatte viele Fehler, aber immerhin blieb ich immer bei der Wahrheit.

»Aber sonst ist alles okay?«

»Abgesehen davon, dass sie eine Fraktur am Unterschenkel und Schmerzen hat, ja. Der Hausarzt war vorhin da und hat sie untersucht.«

»Hm, okay, gut.« Meine Mutter wirkte abwesend, und ich furchte die Stirn. So wortkarg war sie sonst nicht.

Womöglich war das die beste Zeit für einen Frontalangriff. Je weniger Möglichkeiten sie hatte, sich darauf vorzubereiten, desto eher würde sie vielleicht mit der Wahrheit rausrücken. So viel zur Theorie.

»Hör mal, erinnerst du dich noch, wer dir diese Nachricht geschrieben hat? Moment, ich lese mal vor: *Ich muss dich sehen. Dich fühlen. Dich schmecken. Ich denke die ganze Zeit nur an dich.*«

Ich bekam mit, wie Mama am anderen Ende nach Luft schnappte. »Wo hast du das her? Du hast doch wohl nicht auf dem Dachboden in meinen Sachen gewühlt?«

Dachboden? Da oben gab es mehr? Und dass sie sich daran erinnern konnte, sagte doch alles, was ich wissen musste. Es war kein unwichtiges Liebesgesäusel.

»Mehr hast du nicht dazu zu sagen? Vielleicht so was wie: Ja, Wiebke, das ist die Handschrift deines Vaters?«

Mist. Meine Stimme klang verbissen und sogar ein wenig verbittert. Aber das beschrieb nun mal ziemlich genau, was in mir vorging. Wie ich mich seit Jahren fühlte: Um die Wahrheit betrogen.

»Du hast kein Recht, in meinen Sachen zu wühlen!«, zischte sie.

»Ich habe kein Recht? Es geht hier wohl auch um mich,

oder?« Ich merkte, dass mein Puls höherschlug, während sich die Wut weiter in mir ausbreitete.

Ich hatte es so satt. Was konnte denn so schlimm daran sein, mir zu sagen, wer mein Vater war?

»Hör auf, in der Vergangenheit zu graben!«

»Kannst du nicht verstehen, dass ich wissen will, wer meine Eltern sind? Beide?«

»Habe ich dir nicht immer alles gegeben, was du gebraucht hast? War meine Liebe nicht genug?«, schluchzte sie auf einmal los.

Ich hatte geahnt, dass sie damit ankommen würde. Sie wollte es einfach nicht verstehen. »Darum geht es doch gar nicht, Mama!«, erwiderte ich mit einem Seufzen.

»Ich habe alles in meiner Macht Stehende getan, damit du deine Flügel ausbreiten und fliegen konntest.«

Das stimmte, trotzdem hatte mir immer ein Vater gefehlt. Oder zumindest die Vorstellung, woher ich stammte. Meine Kindheit war nicht schlecht gewesen, ich hatte mit meiner Mutter die Welt bereist, sprach fließend Spanisch, Französisch und Englisch. Aber Wurzeln hatte ich keine. Und genau das war es, wonach ich suchte. Hinter meinen Schläfen fing es an zu pochen. Ich bekam Kopfschmerzen.

»Ich weiß, dass du alles für mich getan hast, und dafür bin ich dankbar«, erklärte ich resigniert. »Ich muss Schluss machen. Bis dann, Mama.«

Ich legte auf, ehe aus der Unterhaltung doch ein Anschreien wurde. Es wäre nicht das erste Mal. Dann warf ich mein Handy aufs Bett und ließ die Schultern hängen. Ich brauchte frische Luft. Dringend.

Mein Telefon ließ ich hier, ich hatte keine Lust auf weitere Gespräche mit meiner Mutter oder sonst wem. Ein Vorteil in meinem Job, ich konnte arbeiten, wann ich wollte, solange ich meinen Kram erledigte. Und das konnte ich auch heute Nacht noch tun. Mir war jetzt schon klar, dass ich nach den Erlebnissen nachher kein Auge zutun würde. Es war alles viel zu aufwühlend.

Apropos. Mein Magen meldete sich mit starkem Zuckerbedarf, deshalb schaute ich erst nach Oma – sie machte ein Nickerchen – und tapste dann so leise wie möglich in die Küche. Dort schob ich mir einen weiteren Keks in den Mund. Mein Blick fiel auf Hektors leeren Futternapf. Omas Kater war nirgends zu sehen. Es gab eine Katzenklappe in der Tür, er konnte ein- und ausgehen, wie er wollte.

Der Kühlschrank war nicht gerade prall gefüllt, Oma hatte ja nicht mit Besuch gerechnet. Eine Packung Margarine, selbst gemachte Marmelade, ein Glas Gurken, Heringe und ein Stückchen Käse lagen darin. Kurz hob ich die Milchtüte an, da war kaum mehr als ein Tropfen übrig. Okay, als Erstes musste ich einkaufen gehen. Das war gut, eine sinnvolle Aufgabe würde mir helfen, wieder auf den Boden zu kommen. So ruhig ich mich äußerlich verhielt, es entsprach nicht dem, wie ich mich fühlte. Ich war aufgekratzt, verletzt und völlig neben der Spur. Das war das, was Nortrum mit mir machte.

Es lag nicht an der Insel selbst, aber an allem, was ich damit verband. Und dann diese Entdeckung, in die ich womöglich viel zu viel hineininterpretierte.

Um Oma nicht zu wecken, legte ich ihr einen Zettel hin, auf den ich geschrieben hatte, dass ich ein paar Dinge besorgen wollte. Dann sperrte ich die Küchentür auf, von der aus man in den hinteren Teil des Gartens gelangte. Ich trat hinaus in die Nachmittagssonne. Ein paar Schleierwolken zogen über den blauen Himmel. Spatzen zwitscherten in der Nähe, vielleicht hing irgendwo ein Nest unter der Rinne.

Erst jetzt nahm ich das Schnattern von Omas Laufenten wahr, die gerade aus dem Gebüsch gewatschelt kamen. Sie interessierten sich nicht für mich, sondern pickten ein paar Würmer aus dem Boden – oder was auch immer Laufenten so aus dem Gras holten. Ich hatte keinen Schimmer. Weil es mich dann doch interessierte, auch weil ich womöglich Futter für sie besorgen musste, wollte ich Google befragen, aber mein Handy war noch oben. Egal, dann schaute ich eben später nach.

Etwas Dunkles huschte an meinen Beinen vorbei, und ich stieß einen leisen Schrei aus. Dann begriff ich, dass es Hektor war. Der Kater war schwarz, bis auf einen hellen Fleck um die Nase herum, was irgendwie süß aussah. Hektor huschte ins Haus. Ich würde mich nachher um sein Futter kümmern. Bestimmt hatte er sich irgendwo schon ein paar Mäuse gefangen. Verhungert hatte er jedenfalls nicht ausgesehen, eher ein bisschen zu pummelig. Bei Oma hatten es eben nicht nur die Gäste gut.

Der Rasen strahlte in einem üppigen Grün, Rosen rankten sich um den alten Schuppen, die Blätter des Apfelbaumes raschelten im Wind. Irgendwo klapperte etwas. An der Hauswand standen zwei mit Erde gefüllte Olivenölkanister, die Oma und Opa irgendwann mal aus Italien mitgebracht hatten. Aus ihnen reckten sich Tomatenpflanzen dem Himmel entgegen. Sie waren immer gern in Italien gewesen. Vielleicht ist mein Vater ein Italiener, schoss es mir durch den Kopf. Fragen, die ich mir immer stellte, wenn ich daran dachte, was meine Mutter in jungen Jahren wohl erlebt hatte. Aber nein, Italiener konnte ich fast ausschließen, der Text war auf Deutsch verfasst gewesen. Wobei, das konnte ja auch von einem x-beliebigen Typen stammen. Aber das glaubte ich nicht, nicht nach ihrer Reaktion vorhin. War es jemand von der Insel? Ein Tourist? Ein Mitschüler? Ein Lehrer?

O Gott. Hoffentlich nicht Letzteres.

Ich vertagte weitere Grübeleien auf später, es hatte ja sowieso keinen Sinn. Ich würde nie etwas aus ihr herausbekommen. Viel eher würde ich nun in den kommenden Tagen wohl auf den Dachboden krabbeln und selbst auf Spurensuche gehen.

Ich schnaubte ironisch, denn ich glaubte keine Sekunde, dass ich da oben etwas Brauchbares finden würde. Wer auch immer mein Vater war, meine Mutter hatte garantiert dafür gesorgt, dass niemand von ihm erfuhr, sonst wüsste ich es ja längst. Aber die Hoffnung starb ja bekanntlich zuletzt, so auch bei mir.

Leise schloss ich die Tür hinter mir und öffnete den Schuppen, um Omas Rad herauszuholen. Genervt musste ich feststellen, dass es einen Platten hatte. Hatte sich wirklich die ganze Welt gegen mich verschworen? Fehlte nur noch, dass mir eine Möwe auf den Kopf schiss. Wobei, das sollte ja Glück bringen ...

Entgegen meiner Vorsätze, etwas Essbares in den Kühlschrank zu schaffen, ging ich erst einmal in Richtung Strand.

Von Omas Haus waren es nur ein paar Hundert Meter bis zu den Dünen. Ich merkte, wie sich meine Anspannung ein wenig löste, als der Wind rauer und das Gras höher wurde. An den Holzbohlen angekommen schlüpfte ich aus meinen Schuhen und Socken und lief über den lauwarmen Sand zum Ufer. Es tummelten sich ein paar Familien am

Strand, ebenso wie Spaziergänger und Sonnenanbeter in Strandkörben.

Gut, wenigstens brauchte ich keine Angst zu haben, dass ich hier Thore über den Weg lief, der hatte ja einen anderen Berufsweg eingeschlagen. Strandkörbe Mathiesen, stand jedoch immer noch auf den Schildern der Körbe. Ich achtete nicht weiter darauf, denn ich wollte nicht an ihn und unsere Vergangenheit denken. Leider ließ sich das nicht gänzlich vermeiden, denn wir hatten so viele schöne Stunden am Strand miteinander verlebt, dass ich es nicht verhindern konnte. Hier hatten wir uns kennengelernt, kurz nachdem ich das Abitur bestanden und den Sommer vor dem Studium bei Oma und Opa verbracht hatte. Thore hatte mir nicht nur einen Strandkorb vermietet, sondern auch mein Herz erobert mit seinem Lächeln im stürmischen Nordseewind. Verstanden hatte ich sein Interesse nicht, denn ich war die merkwürdige Außenseiterin in Batikshirts und Birkenstock gewesen, lange bevor Heidi Klum sie zu einem It-Piece gemacht hatte. Thore, ein supercooler und verteufelt attraktiver Neunzehnjähriger, hatte sich nicht daran gestört. Er hatte hinter die Fassade des schüchternen und merkwürdig gekleideten Mädchens geblickt und sich in mich verliebt. Es war unfassbar, wie kitschig unsere Teenagerliebe angefangen hatte. Nach der ersten Begegnung hatten wir uns täglich getroffen, wir waren ein Herz und eine Seele. Nun ja, bis zum Ende des Sommers jedenfalls. Woraufhin ich mich seither fragte, ob alles nur Lüge gewesen war, oder ob Thore erst am Ende damit angefangen hatte, der Wahrheit auszuweichen.

Ich stapfte weiter über den Sand, bis ich das Ufer erreichte. Das Wasser zog mich magisch an. Ich lief ein paar Schritte hinein, ließ mir die Füße von der schäumenden

Brandung umspielen und schloss die Augen. Einatmen. Ausatmen. Einfach sein.

Wundervoll. Ich schüttelte die unliebsamen Gedanken ab und konzentrierte mich auf die Gegenwart.

Ich spürte, wie sich meine Lungen ein Stück weiteten, wie sich mehr von dieser schrecklichen Anspannung löste. Es gab zu vieles in meinem Leben, worauf ich keinen Einfluss hatte. Ich könnte es besser haben, wenn ich es endlich akzeptieren würde. Wenn das nur so einfach wäre.

Eine Weile spazierte ich am Ufer entlang, sog den Geruch von Meersalz in mich auf und ließ mir den Wind um die Nase pusten. Es war herrlich erfrischend und belebend.

Hier, an der See, wo der Horizont in unendlicher Weite lag, konnte ich meine Arme ausbreiten und fliegen, ohne das Gefühl zu haben, in einem Käfig zu stecken. Es war wundervoll. So befreiend, als würde der Elefant seinen Fuß endlich von meinem Brustkorb nehmen. Zum ersten Mal, seit ich von Omas Unfall gehört hatte, kam ich für einen Augenblick zu Atem.

Ich hatte keine Ahnung, wie viel Zeit ich am Wasser verbrachte, aber irgendwann erinnerte ich mich daran, dass ich Pflichten hatte. Oma wartete bestimmt schon auf mich.

Einkaufen, ach ja, ich musste das noch erledigen. Zum Glück war auf Nortrum fast alles fußläufig erreichbar. Das Fahrrad wollte ich später trotzdem wieder in Schuss bringen. Vielleicht nicht mehr heute, aber das war etwas, was ganz oben auf meine Liste kam.

Als ich den Supermarkt erreichte, war mir warm geworden, im Dorf wehte nicht so ein raues Lüftchen wie am Strand. Ich schnappte mir einen Einkaufswagen und schob ihn in den kleinen Laden, der sich auf den ersten Blick kaum verändert hatte. In der Gemüseabteilung packte ich eine

Gurke, Salat und Kartoffeln ein. Es folgten Toast, Nutella, Eier, Milch und Kaffeepulver. Ohne Koffein war ich aufgeschmissen, da wollte ich lieber kein Risiko eingehen. Außerdem besorgte ich Nudeln, Parmesan und Pesto. Sicher war sicher, wobei ich davon ausging, dass Oma bestimmt ein paar Portionen von irgendwas Leckerem im Tiefkühler hatte.

Ich stand gerade vor dem Schokoladenregal, als ich einen Jungen hörte: »Mama hat gesagt, dass ich heute noch ein Eis essen darf! Bitte, Papa!«

»Es spielt keine Rolle, was Mama gesagt hat, und sie meinte bestimmt nicht zum Abendessen. Also ich sage Nein. Zu viel Zucker ist nicht gut für dich, und du weißt das auch.«

Oh, oh. Diese Stimme kannte ich.

Mir wurde wechselweise heiß und kalt.

Wenn ich einem heute kein zweites Mal begegnen wollte, dann war es Thore Mathiesen.

Mit seinem Sohn!

Ich klammerte mich an meinem Einkaufswagen fest und schaute mich nach Fluchtmöglichkeiten um. Weg vom Süßigkeitenregal war jedenfalls schon mal eine gute Idee, denn der Junge und ich hatten offenbar eine Gemeinsamkeit: Wir liebten Zucker!

Eilig schob ich meine Einkäufe in die Reihe mit den Putzmitteln, und, so erbärmlich es auch klingen mochte, versteckte mich vor meinem Ex.

Leider war ich eine sehr neugierige Person, und vielleicht steckte auch ein bisschen was von einer Masochistin in mir, denn im nächsten Moment ließ ich den Wagen stehen und lugte vorsichtig um die Ecke, ehe ich mein Gehirn einschaltete. Thore stand vor der Tiefkühltruhe, neben ihm sein Sohn, und sie schauten gemeinsam hinein. Der Junge hatte die gleichen blonden Haare wie Thore und sah super süß aus. Ich musste schlucken.

Er hatte es also geschafft. Eine Familie. Ein Heim. Eine Ehefrau.

Mein Mund wurde noch trockener, denn all das hätte ich auch haben können. Vielleicht.

Oder auch nicht.

Es spielte keine Rolle, es war lange her, und es ging mich nichts an.

Ich sollte mich für Thore freuen, er war ein guter Mensch. Jedenfalls hatte ich das früher gedacht – bis an meinem letzten Tag auf der Insel alle Gewissheiten von einem Moment auf den anderen in Scherben lagen.

Ich beobachtete, wie er seinem Sohn zärtlich über den Kopf strich und seine Lippen sich zu einem nachgiebigen Lächeln verzogen. Meinem Herz versetzte das einen wehmütigen Stich.

Ach du Schande.

Was sollte das denn?

Sprang auf einmal die viel besprochene biologische Uhr an und riss mich, mit einem ersten Klingeln, aus dem Ich-will-keine-Mutter-werden-Schlaf?

Ich war davon überzeugt, dass ich eine lausige Mama abgeben würde. Ich konnte mich ja kaum um mich selbst kümmern. Gut, das war vielleicht ein bisschen überzogen, aber meinen emotionalen Berg an Seelenmüll wollte ich keinem Kind aufbürden. Davon mal abgesehen gab es auch keinen Mann an meiner Seite, mit dem ich hübsche Babys machen könnte.

Der eine, der meinen Eierstöcken gefallen würde, war bereits vergeben.

Zum Glück!

Denn Thore wollte mich nicht, erinnerte ich mich. Und ich wollte ihn auch nicht. Je eher ich das verinnerlichte, desto weniger Probleme würde ich während meiner Zeit auf Nortrum bekommen.

Beziehungen waren das Gegenteil von Eintopf, aufgewärmt schmeckten sie nicht besser.

# Kapitel Drei

Es war kurz nach achtzehn Uhr, als ich mit den Lebensmitteln nach Hause zurückkehrte. Oma war wach und guckte ein bisschen Fernsehen.

»Ich bin wieder da«, verkündete ich. »Ich war einkaufen, soll ich uns etwas zum Abendessen machen?«

Oma winkte ab. »Ach, lass mal. Ich habe gar keinen Appetit.«

Ich trat näher und ging nicht darauf ein. »Hast du dir schon das Heparin gespritzt?«

Sie schaute mich entsetzt an. »Das Zeug brauch' ich nicht.«

»Doch, das ist ein Blutverdünner, damit du keine Thrombose bekommst. Natürlich brauchst du das!«

»Als Erstes müsste ich mal aufs Klo«, meinte sie ausweichend.

»Natürlich, warte, ich helfe dir.«

Wenige Minuten später war uns beiden klar, dass es so nicht gelingen würde. Oma hatte starke Schmerzen, schon die kleinste Bewegung war geradezu unerträglich für sie, dabei hatte sie sich einfach nur mit meiner Hilfe aufgesetzt. Weit waren wir also noch nicht gekommen. Der Weg bis zum Badezimmer erschien uns auf einmal schier unüberwindbar, das musste ich auch nicht aussprechen, wir wussten es beide.

»Wo ist denn das verdammte Schmerzmittel?«, brummte Oma stattdessen und legte die Hand über die Augen.

So kannte ich sie nicht, Oma beschwerte sich sonst nie, und Schwäche zuzugeben, war schon gar nicht ihr Ding. Sorgenvoll betrachtete ich sie. »Hier, bitte nimm die«, erwiderte ich und reicht ihr ein Glas Wasser. Dann drückte ich zwei Pillen aus dem Alustreifen. »Damit geht's bestimmt besser. Bis die wirken, dauert es ein bisschen. In der Zwischenzeit kannst du dir die Spritze geben, dann ist das wenigstens schon mal erledigt.«

Oma schluckte und gab mir das Glas zurück. »Ich kann das nicht selbst. Du musst das für mich machen!«

»Ich?«, stieß ich fassungslos hervor. Ich konnte nicht mal einer Fliege was zuleide tun, und jetzt sollte ich meiner Oma eine Nadel – wohin überhaupt – rammen? »Nee, auf keinen Fall! Woher sollte ich wissen, wie das geht?«

»Ist ganz einfach, ich ziehe mein Nachthemd hoch und du drückst mir das Ding in den Speck. Diese Teile sind idiotensicher, hat der Doktor gesagt.«

»Grundgütiger«, seufzte ich und verdrehte die Augen.

»Bitte, Wiebke. Ich schaffe das nicht allein.«

Ich seufzte und gab mich geschlagen. Es war Oma sicher nicht leichtgefallen, das zuzugeben, also wollte ich kein Theater veranstalten und drängte meine eigenen Bedenken zurück. »Na schön.«

Mir war mulmig zumute, als ich das Ding aus der Verpackung holte. Zur Sicherheit las ich die Anleitung ungefähr siebzig Mal, bis Oma ungeduldig wurde. »Nun mach schon, Wiebke, für mich ist das auch kein Spaß.«

Fast wäre mir die Bemerkung rausgerutscht, dass sie doch im Krankenhaus hätte bleiben können, aber das ließ ich sein. Ich meinte es nicht so, ich hatte nur Angst, etwas falsch zu machen. Trotzdem. Die Vorstellung, dass ich ihr zukünftig die Spritzen verabreichen sollte, löste blanke Panik in mir aus. Kurz dachte ich daran, dass ich ja Thore anrufen könnte. Hatte er vorhin nicht gesagt, wir sollten uns melden, wenn es Probleme gab?

Nein, entschied ich. Eher fror die Nordsee zu, als dass ich seine Nummer freiwillig wählte.

Wo war die überhaupt? Ich hatte sie nirgends entdeckt...

Ach da, in der Medikamententüte steckte seine Visitenkarte. Ich zog sie heraus und ließ sie sofort wieder fallen, als hätte ich mich daran verbrannt. Wie albern.

»Gut, dann bringen wir das mal hinter uns«, stieß ich hervor und biss die Zähne zusammen. Ich weiß nicht, ob ich Oma Mut damit machen wollte oder mir selbst.

Während ich an meiner Unterlippe nagte, kniete ich mich vor das Sofa und verpasste Oma, ohne zu zögern – sonst überlegte ich es mir eventuell doch anders – die verdammte Spritze in den Bauchspeck. Sie zuckte nicht einmal, aber ich war dafür bereits schweißgebadet.

»Geht's?«, wollte ich von ihr wissen.

»Ja, und jetzt hilf mir in den verfluchten Rollstuhl, ich muss wirklich mal pieseln.«

Bis zum Rolli, der neben der Vitrine stand, war es nicht weit. Krücken hatte Oma auch vom Krankenhaus gestellt bekommen, aber die zu benutzen, kam derzeit nicht infrage. Sicherheitshalber rückte ich das Ding noch ein Stück zum Sofa heran und versicherte mich, dass die Bremsen festgestellt waren.

»Erst mal durchatmen«, riet ich ihr, als hätte ich Ahnung, wovon ich sprach. »Damit sich der Kreislauf stabilisiert.«

Mein gesamtes medizinisches Wissen hatte ich von *Grey's Anatomy* und *Dr. House*. Es dürfte in der Realität also nicht hilfreich sein, sofern mir kein Mensch mit einer seltenen Krankheit wie Lupus begegnete, was äußerst unwahrscheinlich war.

Die folgenden fünfzehn Minuten verlangten meinem Nervenkostüm einiges ab. Im Geiste verfluchte ich den Arzt, der Omas Entlassungspapiere unterschrieben hatte. Sie hatte schreckliche Schmerzen, das Aufstehen und die dadurch entstehenden Erschütterungen waren einfach zu viel für sie und ihren Bruch. Trotzdem zogen wir es durch, dabei starb ich (und sie wohl auch) tausend Tode, weil ich es schwer aushalten konnte, meine Oma leiden zu sehen.

Als sie endlich wieder auf dem Sofa lag, wischte ich mir den Schweiß von der Stirn und betrachtete sie mit sorgenvoller Miene. Die kurze Anstrengung hatte Oma völlig erschöpft, und mein Rücken fühlte sich an, als wäre ich einem Bandscheibenvorfall nahe. Dann schimpfte ich mich eine Memme. Schließlich war Oma diejenige, der es so schlecht ging, und nicht ich.

Gerade als ich etwas Beruhigendes zu ihr sagen wollte, klingelte es an der Tür. Wer konnte das jetzt sein?

Kurz dachte ich an unseren attraktiven Inselarzt, und tatsächlich spürte ich einen Anflug von Erleichterung. Mir war die Verantwortung für meine Großmutter gerade deutlich zu viel. Was, wenn es doch Komplikationen gab? Ich wusste nicht, ob ihre Schmerzen normal waren oder ob ihr Zustand Grund zur Sorge gab. Eine Sepsis konnte innerhalb kürzester Zeit tödlich verlaufen ....

Scheiße.

Ich musste einen Krankenwagen anrufen!

Okay, ruhig, sagte ich mir, während ich mit rasendem Puls zur Tür hastete. Ich hatte ein »Gut, dass du vorbeischaust«, auf den Lippen, aber es war nicht Thore, dem ich ins Gesicht schaute, sondern eine grauhaarige Frau, deren Name mir gerade nicht einfiel.

»Wiebke, Moin! Wie schön, dass du gekommen bist. Wie geht's Griet?«

Jetzt fiel der Groschen. Vor mir stand Marieke, die ehemalige Inselhebamme, Kirchenvorsteherin und größte Klatschtante der gesamten nördlichen Hemisphäre. Sie trug ein ärmelloses Shirt und eine kurze Hose, ihr schneeweißes Haar musste kürzlich eine neue Dauerwelle verpasst bekommen haben und hatte einen leichten Lilastich. Auf der Nase trug sie eine Brille mit dicken Gläsern. Auch wenn Marieke ein bisschen viel herumerzählte, war sie wirklich nett und bei ernsten Themen äußerst loyal. Daran erinnerte ich mich jedenfalls vage. Weil ich nicht unhöflich sein wollte, bat ich sie herein. Vielleicht konnte Marieke Oma ja davon überzeugen, dass sie lieber wieder ins Krankenhaus gebracht werden sollte.

»Kann ich dir was anbieten?«, erkundigte ich mich höflich, weil ich wusste, dass Oma das so machen würde.

»Gern, wenn du hast, nehme ich einen Tee mit Kluntjes und Sahne, bitte, falls du vergessen hast, wie man einen ordentlichen Friesentee serviert.« Sie lachte und setzte sich neben Oma auf den blau gepolsterten Fernsehsessel. Marieke ließ mich gar nicht erst zu Wort kommen. »Mensch, Griet, was machst du denn für Sachen? Fällst von der Leiter? Sonst bist du doch nicht so ungeschickt!«

Oma stieß ein Brummen aus. »Genau das, was ich bisher noch gar nicht gehört habe, Marieke.«

Ich schmunzelte, die beiden schienen sehr gut miteinander befreundet zu sein. Um den Tee zuzubereiten, verkrümelte ich mich wortlos in die Küche. Hektor tigerte vor seinem Napf auf und ab und maunzte dabei wie verrückt. Der Arme, den musste ich auch noch versorgen. Nachdem ich alle Küchenschränke durchgeguckt hatte, fand ich Trockenfutter und kippte ihm etwas in sein Schüsselchen und gab ihm frisches Wasser. Dann setzte ich den Teekessel auf.

»Ich halte das für keine gute Idee«, vernahm ich Mariekes Stimme hinter mir.

»Was meinst du?« Konnte ich bei einer so simplen Sache wie Wasser zu kochen, etwas falsch machen? Ich meinte, als super Köchin war ich nicht bekannt, aber das sollte ich doch wohl schaffen...

»Na, Griet natürlich. Sie kann doch nicht für die Dauer ihrer Genesung auf dem Sofa herumliegen.«

Ach, das! Erleichtert atmete ich aus.

»Meine Rede«, bestätigte ich ihr. »Aber Oma lässt nicht mit sich verhandeln, obwohl es so ja wohl eine Zumutung für sie sein muss.«

»Wie willst du sie denn nach oben in ihr Bett bekommen? Mit einem Kran?«

Ich dachte an die Aktion mit dem Toilettengang zurück und erschauderte. Es war unmöglich, Oma zu Hause vernünftig zu pflegen. »Zumindest eine Person mit Fachwissen würde helfen, ich fühle mich hilflos«, gab ich zu. »Ich habe Angst, dass ich etwas falsch mache und ihr dadurch noch mehr Schmerzen verursache.«

»Das kann ich gut verstehen«, Marieke legte mir tröstend eine Hand auf den Oberarm. »Lass uns Dr. Mathiesen anrufen, vielleicht können wir einen Platz für Kurzzeitpflege im Seniorenheim für sie bekommen, da haben sie wenigstens elektrische Betten und Pflegepersonal.«

»Ich höre euch«, schimpfte Oma von drüben. »Ich gehe nirgendwo hin! So weit kommt's noch! Ihr wisst genau, dass es aus dem Altersheim nur einen Weg raus gibt: mit den Füßen zuerst! Nur über meine Leiche! Ja, genau, das ist ein Wortspiel. Und jetzt hört auf, hinter meinem Rücken über mich zu reden. Irgendwie komme ich schon in mein Bett. Ich glaube, ich spinne!«

Marieke und ich tauschten einen Blick, dann lachten wir leise. »Okay, so schlecht scheint es ihr nicht zu gehen«, äußerte Marieke mit einem Achselzucken und zeigte zum Herd. »Liebes, das Wasser kocht.«

»Ja, natürlich«, erwiderte ich und fühlte mich wie ein Kleinkind, dem man erklärt hat, dass es sich den Mund abwischen muss.

Egal, ich versuchte, es nicht persönlich zu nehmen, bereitete Marieke und auch für Oma einen Tee zu und brachte alles ins Wohnzimmer. Zusätzlich reichte ich den beiden Leberwurstschnittchen, die ich in mundgerechten Stückchen auf einem Brett angerichtet hatte. Oma knabberte sogar ein oder zwei. Bis Marieke sich verabschiedete, hatte ich, ohne es zu wollen, den neusten Dorfklatsch mitanhören müssen. Nur von Thore war nicht die Rede gewesen, was ein dämlicher Teil von mir schade fand.

Mir war einfach nicht zu helfen.

»Wie schaffen wir dich denn die Treppen hinauf?«, fragte ich Oma, während ich das Geschirr zusammenräumte. »Hast du keinen hilfsbereiten starken Nachbarn?«

Sie schaute mich schräg an. »Wiebke, ich bin fünfundsiebzig! Was glaubst du, wie alt meine Freunde sind? Die können dir mit ihren Rollatoren nicht zur Hand gehen.«

Sie schaute mich an, nicht mitleidig oder böse, einfach ehrlich erschöpft. »Weißt du was, Wiebke? Die eine Nacht werde ich auf dem Sofa schlafen. Es war ein anstrengender Tag.«

Diese Lösung gefiel mir ganz und gar nicht. »Bin gleich wieder da, ich bringe das erst mal in die Küche, ja? Dann reden wir weiter.«

Während ich die Tassen abwusch – leider hatte meine Oma keine Spülmaschine – überlegte ich. Es war unmöglich, Oma allein nach oben zu schaffen, sie konnte die Krücken nicht benutzen, dafür war sie zu schwach. Die Treppen waren außerdem sehr steil. Nicht, dass sie sich zu allem Überfluss wegen meiner Unfähigkeit dann auch noch den Oberschenkelhals brach.

Obwohl ich die Idee, sie auf dem Sofa übernachten zu lassen, schrecklich fand, hatte ich gerade keinen besseren Einfall.

Oder?

Vielleicht gab es ja eine andere Möglichkeit, das musste ich mir aber erst einmal angucken. Im Erdgeschoss gab es ein weiteres Zimmer.

Opa hatte seinen Schreibkram nie in der Werkstatt, sondern zu Hause erledigt. Ich hatte sein Büro als dunkel und ein bisschen gruselig in Erinnerung. Das konnte auch daher rühren, dass ich nie hatte reingehen dürfen. Oft hatte ich durchs Schlüsselloch geguckt, was den Raum nur geheimnisvoller gemacht hatte. Mein Opa hatte einfach nicht gewollt, dass ich seinen Papierkram durcheinanderbrachte – was ich heute gut nachvollziehen konnte. Ich war schon als Kind neugierig gewesen, denn mein Leben hatte sich von

Anfang an wie ein einziges großes Rätsel vor mir ausgebreitet. Gerade befürchtete ich, dass ich es vermutlich niemals lösen konnte. Jedenfalls nicht mit Mamas Hilfe, und Opa und Oma hatten bestimmt auch nichts gewusst.

Alles zu seiner Zeit. Zuerst musste ich mich um Omas Bedürfnisse kümmern und nicht um das Desaster meines Lebens.

Ich ging über den Flur zum Büro. Die Tür war nicht abgeschlossen. Ich drückte die Klinke und trat ein. Es roch muffig, die braunen Vorhänge waren zugezogen. Einige Papiere lagen auf dem Tisch, die Geschäftsordner standen im Regal, als könnte Opa jede Minute hereinspazieren. Eine Welle der Trauer überrollte mich. Sogar seine Lesebrille lag nach wie vor neben dem Brieföffner.

O verdammt. Ich vermisste ihn. Dass er schon fünf Jahre tot war, änderte daran rein gar nichts.

Ich riss erst die Vorhänge und dann das Fenster auf. Frische Luft strömte in den Raum und ließ mich wieder atmen. Würde ich Oma wirklich einen Gefallen tun, ihr hier ein Quartier einzurichten?

Nun, wenn ich es wohnlich für sie gestalten könnte, dann hoffentlich.

Ich könnte das Bett von oben abbauen und in Einzelteilen heruntertragen, Das würde ich schaffen.

Wie lange würde ich dafür brauchen? Zu lange vermutlich. Mit einem Seufzen gab ich mich für den Moment geschlagen und kehrte zu ihr zurück. Im Fernseher liefen gerade die Acht-Uhr-Nachrichten. »Musst du noch mal aufs Klo? Sollen wir dann versuchen, nach oben zu gehen?«, bot ich ihr an.

»Für heute habe ich genug, Liebes. Wirklich. Morgen sehen wir weiter, ja?«

Mein Herz wurde schwer. Es war hart für mich zu erleben, wie mitgenommen sie war. Hoffentlich hatte sie recht, und morgen ging es besser. Ich wollte mich gerade erschöpft in den Sessel sinken lassen, als es erneut an der Tür klingelte.

»Wer ist das denn jetzt noch?«, murmelte ich und setzte mich in Bewegung. Vermutlich ein weiterer Bekannter, der nach Oma gucken wollte. Marieke hatte sicher den Dorftratsch in Gang gesetzt – womöglich war es Hilfe in Form eines starken Mannes.

Nachdem ich geöffnet hatte, erstarrte ich. Vor mir stand tatsächlich ein stattlicher Kerl, leider war es genau der eine, den ich nicht hatte sehen wollen. Und irgendwie doch.

»Thore«, stieß ich hervor. Anscheinend konnte er auf meinem Gesicht ablesen, wie wenig erfreut ich war, ihn zu sehen.

»Marieke hat mich angerufen«, fing er an. »Es tut mir leid, dass ich nicht früher daran gedacht habe, so geht das hier natürlich nicht.« Er wollte gerade an mir vorbeitreten, als ich meine Hand hob, um ihn aufzuhalten.

»Moment mal, was soll das?«, fragte ich misstrauisch.

»Ich werde mit deiner Oma sprechen, dass wir das mit ihrer Versorgung anders regeln müssen.«

Ich verschränkte die Arme vor meiner Brust. Von ihm würde ich mir bestimmt nicht sagen lassen, was zu tun war. »Sie will nicht, okay? Oma liegt gut auf dem Sofa, und morgen sehen wir weiter. Für heute hat sie genug Stress ausgehalten.«

Thore hielt inne. »Ist das dein Ernst?«

»Sehe ich aus, als würde ich Witze machen?« Ich fühlte mich nach diesem langen und nervenaufreibenden Tag nicht mehr in der Lage, eine vernünftige Diskussion mit ihm zu führen. »Bitte, egal, was es ist, vertagen wir es auf morgen.«

Er betrachtete mich für einen Augenblick schweigend. »Bist du sicher?«

»Keine Ahnung, ob das hier richtig ist, aber sie ist nicht mehr im Krankenhaus, und für heute wird kein Transport nirgendwohin mehr organisiert. Auf Dauer ist das so natürlich nichts«, gab ich zu.

»Weil du wieder abreisen möchtest?«, erkundigte er sich kühl.

Als ob ihn das etwas anginge. »Können wir uns darauf einigen, dass wir es für den Moment dabei belassen, Dr. Mathiesen?«

Mir war klar, dass diese Anrede albern klang, aber ich wollte mich selbst daran erinnern, dass ich nicht mit meinem Thore redete, sondern mit Omas behandelndem Arzt.

»Natürlich. Ich gehe davon aus, dass dir klar ist, dass ein Sofa kein Dauerzustand für eine Fünfundsiebzigjährige sein kann. Da muss eine Lösung her.«

»Danke für die Belehrung. Und ja, es ist mir sehr bewusst, vielen Dank auch.«

Er sah aus, als ob er etwas sagen wollte, aber er schwieg. Nach einem Moment der unangenehmen Stille nickte er knapp. »Gut, dann sehen wir uns morgen. Wenn doch was sein sollte, melde dich.«

»Klar«, log ich. Und dann knallte ich ihm die Tür vor der Nase zu und kehrte ins Wohnzimmer zurück. Mittlerweile lief irgendein Spielfilm auf dem Zweiten, Oma hatte die Augen geschlossen. Für einen Moment glaubte ich, sie würde schon schlafen, bis sie sagte: »Schau mal oben in den Badezimmerschrank, da sind Schlaftabletten drin. Bring mir mal bitte eine.«

»Schlaftabletten? Seit wann nimmst du so was?«

»Die sind von Opa. Er hat sie genommen, wenn er es mit der Hüfte hatte.«

»Von Opa?«, wiederholte ich und biss mir auf die Lippe. Die waren garantiert seit Ewigkeiten abgelaufen.

»Tabletten gehen nicht kaputt«, meinte sie, als ob sie meine Gedanken lesen könnte.

Ich wagte nicht zu protestieren und ging nach oben. Ich hoffte wirklich, dass ich die Dinger nicht fand. Leider war alles bei Oma penibel aufgeräumt, und ich hatte keine Schwierigkeiten. Kurz überlegte ich, ob ich Thore doch noch einmal anrufen sollte, damit er mir wenigstens neue besorgte. Ich entschied mich dagegen.

Nach einer kurzen Google-Befragung war ich guter Hoffnung, dass sie eine Pille bestimmt nicht umbringen würde.

»Das war leider die letzte«, log ich, als ich nach unten kam. Nicht, dass sie morgen erneut die Idee hatte. Dann ging ich in die Küche und schmiss die Packung in den Mülleimer.

# Kapitel Vier

Ich lag im Bett und hatte die Augen weit aufgerissen. Der Schein des Mondes leuchtete durch einen Spalt im Vorhang in mein Zimmer. Ich hörte nichts außer dem leisen Rauschen des Windes.

Daran musste ich mich nach den letzten Monaten in Berlin erst einmal gewöhnen. In meinem Kopf war dafür umso mehr los. Mein Gedankenkarussell wurde minütlich schlimmer. Ich stand noch einmal auf, weil ich es nicht mehr aushielt. Zum dritten Mal tapste ich nach unten und guckte, wie es Oma ging. Sie schlief. Sie atmete. Mehr konnte ich wohl für diese Nacht nicht erwarten.

Nachdem ich ein Glas Milch getrunken hatte, schlurfte ich wieder nach oben und schmiss meinen Laptop an, wo ich die zig Emails meiner Kunden beantwortete und gefühlt hundert Social-Media-Posts für die kommenden Tage plante, bis mir die Augen zufielen.

Das Nächste, woran ich mich erinnerte, war ein schrilles

Türklingeln. Ich schrie auf und fiel quasi aus dem Bett. Dabei schmiss ich meinen Laptop auf den Boden.

»Scheiße«, schimpfte ich. Hoffentlich hatte er den Sturz überlebt.

Verdammt, ich war gar nicht richtig wach. Mein Herz pochte wie verrückt, in meinem Mundwinkel hing getrockneter Sabber. Ich fühlte mich wie durch den Wolf gedreht.

Erneut ertönte das Klingeln, bis ich mich endlich aufgerafft hatte.

Auf dem Weg zur Tür erhaschte ich einen Blick auf Oma, die noch immer auf dem Sofa lag. Natürlich. Aber sie hatte die Augen geöffnet, und der Fernseher lief. Immerhin.

Wie spät war es? Ich musste ewig geschlafen haben.

Im Pyjama öffnete ich und freute mich überhaupt nicht, schon wieder in Thores Gesicht zu schauen. »Moin«, grüßte er. »Habe ich dich geweckt?«

Als ob das nicht offensichtlich wäre. Idiot. »Moin!«, erwiderte ich distanziert.

Mir lag ein blöder Spruch auf den Lippen, den ich nur verhindern konnte, indem ich meine Kiefer fest zusammenpresste. Vor dem ersten Kaffee konnte ich nicht nett sein.

Er trug ein aufgekrempeltes Hemd zu einer Chino. Überhaupt kein Arzt-Outfit. Aber was wusste ich schon, was sich hier auf der Insel gehörte. Ich wollte es auch gar nicht wissen. Dass er sich für mich in Schale geschmissen hatte, konnte ich gut und gerne ausschließen.

»Du willst sicher nach Oma sehen«, brummte ich und ging wieder nach oben. Ohne ihn erneut anzusehen, denn im Gegensatz zu mir sah er frisch und rosig aus.

Ich spürte seinen Blick im Rücken, er war bohrend und unangenehm. Die Tür zum Bad schloss ich mit einem lauten Knall hinter mir – total kindisch, das war mir klar. Dann sprang ich kurz unter die Dusche und atmete erst einmal durch.

Ein paar Minuten später kehrte ich mit nassen Haaren, aber frischen Klamotten nach unten zurück. Oma und Thore unterhielten sich in so leisem Ton, dass ich nicht hören konnte, worum es in ihrer Diskussion ging, aber ich hatte natürlich eine Vermutung.

»Kaffee?«, fragte ich in die Runde und vermied es dabei, ihn anzusehen.

Bestimmt musste Oma mal auf Toilette, aber konnte ich Thore darum bitten, mir zu helfen? Hatte ich überhaupt eine Wahl? Ich wollte sie aber auch nicht in Verlegenheit bringen.

»Oma, sollen wir dich mal ins Bad schaffen?«, schlug ich trotzdem vor, weil ich noch gut in Erinnerung hatte, wie schwierig es gestern allein mit ihr gewesen war.

Sie wirkte nicht begeistert. »Lässt sich nicht vermeiden.«

»Eine Bettpfanne habt ihr wohl nicht?«, erkundigte Thore sich.

»Bettpfanne?«, wiederholte ich.

»Nein, haben wir nicht und brauchen wir auch nicht. Gib mir mehr Schmerzmittel, dann wird's schon gehen«, forderte Oma.

Thore und ich tauschten einen Blick, und für einen Wimpernschlag glaubte ich Verständnis und Sympathie darin zu erkennen. Dann war der Moment verflogen, als er seinen Mund aufmachte. »Wir sprechen gleich darüber, Wiebke. Deshalb bin ich auch hier. Aber erst mal die Patientenversorgung. Kommen Sie, Frau Jannen, wir machen das zusammen.«

Thore wirkte so verdammt souverän, in allem, was er tat, dass mir ganz schlecht wurde. Es wäre leichter für mich gewesen, wenn er hässlich und doof geworden wäre.

In seiner Gegenwart benahm ich mich leider wie ein pubertierender Teenager, auch wenn ich versuchte, das zu verbergen. Omas Schmerzenslaute holten mich jedoch schnell in die Realität zurück. Mit einem Satz war ich bei ihr, aber das half ihr natürlich auch nicht. Diese Tortur zehrte an meinen Nerven, das konnte ich gut und gerne zugeben.

Eine Viertelstunde später – Oma hatte sich von Thore und mir versorgen lassen, ruhte sie wieder auf dem Sofa. Er hatte ihr gerade eine Schmerzspritze verpasst, die sie leicht wegdösen ließ. Ihr Frühstück, eine Scheibe Marmeladenbrot und Kräutertee, hatte ich in Reichweite für sie bereitgestellt.

»Ich brauche erst mal Koffein«, murmelte ich und verließ das Wohnzimmer. Obwohl ich ihn nicht aufgefordert hatte, mir zu folgen, hörte ich seine Schritte hinter mir.

»Hast du Zeit für eine Tasse?«, bot ich ihm aus Höflichkeit an.

Hoffentlich nicht, dachte ich.

»Natürlich. Gern.« Er zog einen Stuhl zurück und setzte sich an den kleinen Tisch mit der rot-weiß-karierten Wachstuchtischdecke.

Mist.

»Super, es dauert nur einen Moment.« Während ich die Maschine mit fahrigen Bewegungen bediente, warf ich einen Blick auf die Wanduhr.

Schon zehn Uhr durch.

Der Typ hielt mich wahrscheinlich auch noch für stinkend faul.

Na gut. Sollte er doch. Ich war ihm keine Rechenschaft schuldig und musste ihm auch nicht erzählen, dass ich bis zum Morgengrauen meinem Job nachgegangen war. Gähnend schaltete ich Omas altes Filtergerät an und hypnotisierte es, auch, weil ich vermeiden wollte, in Thores

Gesicht zu schauen. Was jedoch nichts daran änderte, dass ich mich von ihm beobachtet fühlte. Aber entweder er war auch ein Morgenmuffel – woran ich mich nicht erinnern konnte – ich hatte ihn früher immer gut gelaunt erlebt, oder er hatte mir nichts zu sagen. Was auch unlogisch war, denn sonst könnte er ja gehen und müsste nicht auf den Kaffee warten. So oder so, das Schweigen im Raum war unangenehm.

»Ich würde dir gern etwas vorschlagen«, fing er an.

Weil ich keine Ahnung hatte, was das sein sollte, blickte ich ihn nur mit einem Stirnrunzeln an. »Aha?«

Hektor kam durch die Klappe herein und streifte um meine Beine, dabei schnurrte er. Wenigstens einer, der mich mochte.

Thore zückte sein Handy und tippte etwas darauf herum. Auch gut, dachte ich mir. Warum kommt er nicht zum Punkt? Ich schwieg und wartete ab. Die unangenehme Spannung nahm mit jedem Atemzug zu.


Ich stieß einen Seufzer der Erleichterung aus, als das Blubbern der Kaffeemaschine irgendwann aufhörte und sich ein köstlicher Duft in der Küche ausgebreitet hatte. Hektor hatte ich mittlerweile Futter und frisches Wasser gegeben, der wirkte selig und schlang alles in sich hinein.

Aus Omas Schrank holte ich zwei Kaffeepötte und goss ein. »Milch dazu?«, wollte ich wissen.

»Nein, immer noch schwarz.«

Immer noch.

Sogar so ein simpler Satz konnte aus seinem Mund wie eine Anklage klingen. Ich ging nicht darauf ein, denn ansonsten bestand die Gefahr, dass ich ihn doch anschrie.

Offenbar waren die alten Wunden längst nicht verheilt, was mich nicht weiter überraschte.

Es war nun mal nicht leicht zu verdauen, dass jemand, der einem die große Liebe vorgegaukelt hatte, fünf Minuten später am Hals einer anderen hing.

Ich schüttelte die Gedanken an jenen Sommer ab und goss Milch in meine Tasse, setzte mich aber nicht zu ihm. Es war vermutlich besser, wenn wir einen gewissen Sicherheitsabstand einhielten. Für wen, konnte ich nicht so genau sagen. Meine Emotionen schwangen sekündlich um. In einem Moment wollte ich meine Lippen auf seine pressen, und im nächsten war ich bereit, ihm ein Messer ins Herz zu rammen.

Beides waren keine guten Ideen, wobei mich nur eine lebenslänglich hinter Gitter bringen würde.

Ich genoss meinen Wachmacher in kleinen Schlucken, dann fühlte ich mich für ein Gespräch bereit. »Worum ging es, Thore?«

»Ah, du hast ausgetrunken, wunderbar. Dann lass uns gehen.« Er stand auf und stellte seine Tasse in die Spüle.

Hä? Was sollte das denn? Ich musste so irritiert aussehen, wie ich mich fühlte, denn er legte mir eine Hand auf die Schulter und löste damit ein warmes Prickeln in mir aus. Sofort zog er sie zurück, als hätte er zu spät begriffen, dass solche Vertraulichkeiten zwischen uns nicht angebracht waren. Nicht mehr. Das Kribbeln war nun einem Verlustgefühl gewichen, das mich schier wahnsinnig machte. Es regte mich auf, dass ich nach all den Jahren so heftig auf Thores Berührungen reagierte. Und sei es nur an der Schulter durch ein Shirt. Erbärmlich. Ich war erbärmlich.

Ich sammelte mich. Oder ich versuchte es zumindest. »Wohin sollte ich mit dir gehen?«, fragte ich misstrauisch. Er glaubte doch nicht allen Ernstes, dass wir da weitermachen konnten, wo wir damals aufgehört hatten?

»Ich habe mit einer Bekannten telefoniert. Sie hätten in ihrer Pflegeeinrichtung die Möglichkeit, deine Oma für ein paar Tage zu versorgen, bis es ihr besser geht. Das wäre zwar immer noch nicht zu Hause, aber dort könnte man ihr das Leben sicher ein wenig erleichtern.«

»Oh«, löste sich von meinen Lippen.

Er hatte gar nicht vorgehabt, mit mir etwas zu unternehmen ...

Mensch. Dass ich schon wieder etwas falsch interpretiert hatte, machte mir zu schaffen. Hoffentlich würde sich das bald geben.

Thore verließ die Küche und ging über den Flur hinaus, ich folgte ihm. Oma war ja erst einmal versorgt. Sicher würde es nicht schaden, mir diese Einrichtung anzusehen, obwohl mir klar war, dass Oma das partout ablehnen würde. Nach den letzten zwanzig Stunden war ich jedoch bereit, zumindest darüber nachzudenken. Alleine packte ich das hier nicht.

Ich trat in die frische Morgenluft hinaus. Im Gegensatz zu gestern war der Himmel heute von dunklen, tief hängenden Wolken bedeckt. Von Sonne keine Spur, aber das machte nichts. Auf Nortrum hatte jedes Wetter etwas, was ich mochte. Heute wehte eben ein raues Lüftchen.

Thores Dienstwagen, ein VW Touareg mit weißen und roten Beklebungen und Blaulicht, stand vor der Tür. Auf der Straße radelte gerade die alte Bürgermeisterin, Frau Hansen vorbei. Als sie mich entdeckte, presste sie ihre ohnehin schon schmalen Lippen fester aufeinander.

»Moin«, grüßte ich. Frau Hansen schnaubte nur und beschleunigte ihr E-Bike.

Keine Ahnung wieso, aber sie war schon immer so

unfreundlich zu mir gewesen. Dabei hatte ich ihr nie etwas getan. Aber gut, solche Menschen gab es überall. Wahrscheinlich hatte das gar nichts mit mir zu tun. Schlechtgelaunte Muffel waren, nach meinen Erfahrungen der letzten Jahre, gerade in Deutschland häufig vertreten.

»Kommst du?«, rief mir Thore zu, der die Beifahrertür bereits für mich geöffnet hatte.

Kommentarlos setzte ich mich, zog die Tür zu und schnallte mich an. Im Wagen duftete es leider nach seinem Aftershave. Nicht, dass es unangenehm gewesen wäre, im Gegenteil. Ich mochte es. Ich mochte es ein bisschen zu sehr. Der Geruch von Sandelholz, Bergamotte und seiner ganz eigenen Note löste eine Gänsehaut bei mir aus.

Ich hätte mir einen Pullover mitnehmen sollen. Natürlich war mir klar, dass das auch nichts geholfen hätte, aber ich hätte zumindest meine Reaktion besser vor ihm verbergen können.

Eine seltsame Spannung lag in der Luft, leider dudelte auch kein Radio, so wirkte die Stille intensiver.

Offenbar wusste niemand von uns, was er sagen sollte.

Erleichtert atmete ich erst wieder aus, als Thore den Wagen vor einem gelben mehrstöckigen Haus parkte. Im Vorgarten blühten weiße Hortensien, nicht so üppig wie bei Oma, aber durchaus ansehnlich. Über der Eingangstür hing ein Schild. Seniorenresidenz Dünenglück stand darauf.

Mit einem mulmigen Gefühl im Bauch folgte ich ihm hinein. Der Geruch von Desinfektionsmitteln hing in der Luft. Obwohl die Lobby hübsch eingerichtet worden war, überfiel mich ein Gefühl der Beklemmung. Mein Gewissen regte sich. Oma würde es nicht gutheißen, was ich da tat. Aber hatte ich eine Wahl? Und ich konnte ja immer noch Nein sagen.

Thore meldete sich am Empfang, wo ihn eine Pflegekraft freundlich anlächelte. An ihrem rosafarbenen Oberteil war ein Namensschild mit der Aufschrift *Ute* befestigt. Man kannte sich auf der Insel. Natürlich. Sicher war Thore der Schwarm aller Frauen.

Nun. Meiner nicht mehr.

Vielleicht glaubte ich es ja, wenn ich es mir lange genug einredete.

Ute ging voraus und lächelte mich an. Hier und da schlurfte eine ältere Frau mit ihrem Rollator über den Gang, die meisten Zimmertüren waren geschlossen. Wir kamen am Aufenthaltsraum vorbei, dort saßen drei ältere Herren und schwiegen sich an. Sie starrten blicklos vor sich hin. »Demenz«, erklärte mir Ute. »Man sieht es den meisten nicht an, aber das mit dem Reden wird dann irgendwann schwierig.«

»Verstehe«, meinte ich und es gruselte mich.

Die Einrichtung war großartig, modern und hell. Da gab es nichts zu beanstanden. Aber die Vorstellung, meine Oma hier sozusagen – abzugeben, lähmte mich.

»Die Pflegekräfte hier sind kompetent, ich habe auch schon mit der Versicherung telefoniert. Sie würden den Hauptbetrag übernehmen, deine Oma kann sich ja schließlich nicht selbst versorgen«, raunte mir Thore zu.

»Schön, dass du das alles geklärt hast«, erwiderte ich matt.

Ja, ich war dankbar, gleichzeitig schoss mir immer nur eine Frage durch den Kopf: Wie konnte ich es selbst mit Oma zu Hause hinkriegen?

Ute erklärte mir alles Mögliche über die Einrichtung, das Konzept, den Tagesablauf und so weiter, aber ich fühlte mich gelähmt und war nicht aufnahmefähig. Schließlich öffnete sie eine Zimmertür. »Sie haben Glück, das hier ist gerade frei geworden. Ist es nicht hübsch mit der Morgensonne? Also eigentlich, heute scheint sie ja nicht.«

Sie lächelte mich an, und alles, woran ich denken konnte, war, dass der »Vormieter« ja nicht einfach abgereist war. Er oder sie war gestorben.

Es war mir unmöglich, Oma hier unterzubringen. Nein. Das ging nicht.

Ich war nicht naiv, natürlich wusste ich, dass solche Einrichtungen eine gute Sache waren. Aber eben nicht für meine Oma. Die war doch quietschfidel. Was sollte sie denn mit den Leuten hier reden? Sie würde eingehen wie eine Primel, die man nicht goss.

»Sehr hübsch«, murmelte ich und lächelte mechanisch.

Ute nickte. »Ja, nicht wahr?«

»Vielen Dank, Ute, wir melden uns dann mit den Einzelheiten«, meinte Thore und schaute mich aufmerksam an. Ich wich seinem Blick aus, er musste gar nicht wissen, was in mir vor sich ging. Ich würde ihm im Auto klarmachen, dass es nichts für Oma war. Punkt.

Oder besser. Ich würde nach Hause laufen, dann musste ich nicht noch einmal neben ihm sitzen.

Nachdem wir das Haus durch die sich selbst öffnenden Türen verlassen hatten, bedankte ich mich bei ihm. »Es ist wirklich nett, dass du dich darum gekümmert hast.«

Er hob eine Braue. »Ich spüre ein Aber.«

Verdammt. So eine gute Schauspielerin war ich also nicht. Egal, ich hätte es ihm ja ohnehin gleich erzählt. »Du hast recht. Die Einrichtung ist super, aber es kommt nicht infrage.«

»Wie meinst du das? Willst du dich etwa selbst um sie kümmern?«

Etwas an der Art und Weise, wie er mit mir sprach, störte mich. Als ob auf mich kein Verlass wäre. Und dann sprach er es aus. »Du hast doch deine Abreise bestimmt schon geplant, oder etwa nicht?«

»Lass das mal meine Sorge sein«, erwiderte ich kühl.

»Nein, eben nicht. Griet ist meine Patientin, und ich möchte sicher sein, dass sie versorgt ist. Ich hätte gar nicht erst zustimmen dürfen, dass sie entlassen wird.«

»Wie zustimmen?«

»Das Krankenhaus hatte mich kontaktiert, um sicherzustellen, dass deine Oma in ihrem häuslichen Umfeld betreut werden kann. Ich dachte, das bekomme ich schon organisiert, aber womöglich lag ich damit falsch.«

»Weil ich eine inkompetente Pflegerin bin, oder was?«

»So habe ich es nicht gemeint.«

»Klang aber so.«

Er fuhr sich mit der Hand durch die Haare und seufzte leise. »Leugnen lässt sich jedenfalls nicht, dass ich nicht an die Gegebenheiten in ihrem Haus gedacht habe. Marieke hatte schon recht, als sie mich gestern angerufen hat. Deine Oma kann nicht Tage oder wochenlang auf dem Sofa liegen. Das geht auf keinen Fall.«

Als ob ich das nicht selbst wüsste.

»Und so, wie ich das verstanden habe, willst du auch nicht ewig bleiben, oder?«, fuhr er fort.

Ich dachte an meine Südamerikareise, und offenbar konnte er mir das sogar ansehen.

»Eben!«, sprach Thore weiter. »Deine Oma braucht eine ordentliche Betreuung, und dafür muss ich sorgen. Hier ist sie gut aufgehoben, bis sie wieder fit ist.«

Konnte er nicht verstehen, dass sie hier drin eingehen würde, auch wenn es nur für ein paar Wochen war?

»Das kommt nicht infrage. Ich werde meine Reisepläne anpassen.«

»Anpassen?«, wiederholte er.

»Genau! Ich kümmere mich um sie. Zu Hause werde ich mir was einfallen lassen.«

»Gott, du bist noch genauso stur wie früher.«

Ich machte große Augen und stand einen Moment sprachlos vor ihm. »Vielleicht bin ich stur, aber ich lasse meine Oma wenigstens nicht hängen.«

»Hoffentlich erinnerst du dich in ein paar Tagen daran.«

»Das ist ja wohl die Höhe!«, schimpfte ich. »Was soll das?«

»Komm, lass uns sachlich bleiben.«

»Das sagt der Richtige.« Wir starrten uns wütend in die Augen.

Für eine Sekunde glaubte ich, er würde mich in seine Arme reißen und küssen. Dann senkte er den Blick und stöhnte gequält.

»Lass uns überlegen, wie wir es hinbekommen.«

»Es gibt schon lange kein Wir mehr«, ließ ich unnötigerweise fallen.

Thores Kiefer mahlten. »Glaub mir, daran musst du mich nicht erinnern, und das ist auch gut so. Zumindest heute weiß ich das.«

Mein Mund klappte auf. Vielleicht wusste er es nicht, aber seine Worte verletzten mich so wie mein letzter Blick auf ihn und das dunkelhaarige Mädchen, ehe ich die Insel damals verlassen hatte.

Ich spürte Tränen in mir aufsteigen. Auch das noch.

Auf keinen Fall würde ich vor ihm weinen, deshalb drehte ich mich auf dem Absatz um. »Das muss ich mir nicht anhören. Wenn du mit einem konstruktiven Vorschlag kommst, können wir weiterreden, solange der nicht beinhaltet, meine Oma in ein Altersheim abzuschieben.«

Ohne auf eine Antwort zu warten, marschierte ich davon. Ich war froh, dass die Insel so klein war. Aber auch sonst wäre ich lieber einhundert Kilometer auf Knien gekrochen, als erneut in sein Auto einzusteigen.

# Kapitel Fünf

Auf der Suche nach Koffein landete ich bei Svantjes *Letj Dekopot*. Sie war gerade dabei, Karten auf den vier Tischen im Außenbereich zu verteilen. Der Laden hatte offenbar erst vor wenigen Minuten geöffnet.

Ein Glück für mich. Vier Möwen saßen lauernd auf dem Dachgiebel des kleinen, weiß getünchten Hauses. Dicke Wolken trieben über den Himmel, es war kühl heute. Als Svantje mich erblickte, strahlte sie. »Moin Wiebke, wie schön dich zu sehen.«

Bei so viel Fröhlichkeit hätte ich am liebsten angefangen zu heulen. Ich fühlte mich schrecklich, denn ich wusste nach wie vor nicht, was ich tun sollte. Anscheinend konnte ich meinen Gemütszustand nicht gut verbergen, denn sie stürzte auf mich zu. »Ist was passiert? Geht es deiner Oma schlechter?«

Kurz hatte ich vergessen, dass sie davon wusste, wie vermutlich alle auf der Insel. »Nein, es geht ihr nicht schlechter, aber...« Mir fehlten die passenden Worte. In meinem Kopf wirbelte alles durcheinander. Ich brachte keinen vernünftigen Satz zustande.

»Setz dich erst mal. Kann ich dir was bringen?« Mitfühlend drückte sie mich in einen Stuhl, und ich ließ es geschehen. Ich war durch den Wind und nach dem wenigen Schlaf einfach zu fertig, um irgendeine Form von Widerstand zu leisten.

»Kaffee, oder besser einen doppelten Espresso«, erwiderte ich. »Irgendwas, was den Zombie in mir vertreibt.«

»Hast du denn schon was gegessen? Sei mir nicht böse, aber du siehst erschöpft aus, und so, als könntest du was Leckeres vertragen.« Im Gegensatz zu meiner Verfassung waren Svantjes Wangen rosig. Ihre Augen blickten wach, und das geblümte Sommerkleid stand ihr hervorragend. Aber ihre Aufmachung war es nicht, was sie so sympathisch machte, es war das, was sie ausstrahlte. Bei ihr hatte ich nicht das Gefühl, dass ihre Freundlichkeit aufgesetzt war. Menschen wie ihr begegnete ich nicht oft.

»Ich bin dir nicht böse, dass du ehrlich bist, ich weiß selbst, dass ich Augenringe wie ein Panda habe.« Ich lachte kurz und schob mir eine Locke aus dem Gesicht. »Und nein, ich habe noch nicht gefrühstückt.«

»Vertraust du mir?« Sie schenkte mir ein weiteres Lächeln, und ich nickte.

»Gut, dann entspann dich. Ich würde ja sagen, genieße die Sonne, aber die lässt uns heute wohl im Stich. Ich bin gleich zurück, Wiebke. Du wirst sehen, nach Kaffee und einem leckeren Frühstück sieht die Welt gleich anders aus.«

Svantje wirbelte herum und verschwand im Haus. In der rechten Hälfte des Ladens war das Café angesiedelt, links befand sich der Bereich mit dem Dekozeugs. Hinter dem Tresen werkelte eine Frau an der Siebträgermaschine, die etwas älter als Svantje war. Klar, allein konnte man so einen Laden nicht betreiben. Über der Kaffeemaschine hing eine Tafel, auf die das Angebot mit Kreide geschrieben war. Die hübschen Heimaccessoires waren ansprechend aufgereiht, aber damit konnte ich überhaupt nichts anfangen. Durch meine Arbeit mit den Influencerinnen wusste ich jedoch, dass insbesondere Frauen es liebten, den Jahreszeiten entsprechend die Deko im Heim neu zu arrangieren, um damit frischen Schwung in den Alltag zu bringen. Ich persönlich hatte keine Ahnung davon, wie man ein Zuhause heimelig machte. Vermutlich würde ich meine Bude, hätte ich denn eine feste Bleibe, einfach pragmatisch einrichten. Oder auch nicht. Ich hatte keine Ahnung. Derzeit konnte ich mir sowieso nicht vorstellen, dass es jemals dazu kommen würde.

Ich hatte keinen Platz auf der Welt gefunden, an dem ich für immer bleiben wollte, was mich siedend heiß daran erinnerte, dass ich meine anstehende Reise stornieren oder verschieben musste. Schweren Herzens. Es fiel mir nicht leicht, ich hatte mich sehr darauf gefreut. Aber Oma brauchte mich, und Südamerika lief nicht davon.

Sobald ich zu Hause war, würde ich mich hinters Telefon klemmen und die Flüge und Unterkunft absagen. Hoffentlich war ich beim Buchen so schlau gewesen, auf vernünftige Stornofristen zu achten. Wenn nicht, hatte ich eben Pech gehabt.

Ein Stimmchen in meinem Hinterkopf wetterte, dass ich nur bleiben wollte, um Thore zu beweisen, dass auf mich Verlass war.

Aber das war Unsinn. Die einzige Person, um die es hier ging, war meine Oma.

Svantje kehrte schon zurück und stellte mir eine fantastisch aussehende Latte macchiato vor die Nase. Dazu reichte sie mir frische Waffeln mit Sahne und Pflaumenmus.

»Ich weiß, kein klassisches Frühstück«, sie schmunzelte, während mir der köstliche Duft des frischen Gebäcks in die Nase stieg und sich mein Magen erwartungsvoll zusammenzog. »Aber du hast ausgesehen, als ob du einen Seelentröster bräuchtest. Ich schätze dich auch nicht als Typ für Rührei mit Krabben ein, habe ich recht? Über die Jahre lernt man die Leute zumindest dahingehend in eine Schublade zu stecken – süß oder salzig.« Sie zwinkerte mir zu. »Du bist für mich der klassische Süßschnabel.«

»Stimmt. Krass. Hätte nicht gedacht, dass man das in mir lesen kann wie in einem offenen Buch.«

Sie winkte ab. »Es ist wirklich die Erfahrung – außerdem kenne ich es von mir, wenn ich Stress habe, hilft ein gutes Stück Torte über den ersten Kummer ganz gut hinweg.«

»Du sprichst mir aus der Seele«, zufrieden rollte ich das Besteck aus der Serviette. Obwohl man es ihr, im Gegensatz zu mir, wirklich nicht ansah.

»Krabbenbrötchen haben wir aber auch. Einige Gäste lieben die und kommen nur deswegen hierher, die Krabben bekomme ich immer direkt von unseren Fischern geliefert«, erklärte Svantje.

»Klingt fantastisch, vielleicht nehme ich nachher welche mit für später. Ich bin nicht so eine gute Köchin.« Das war die Untertreibung des Jahrhunderts. Für mich kam es schon einer Meisterleistung gleich, Nudeln nicht anbrennen oder zu Brei verkochen zu lassen.

»Ach, du wieder! Lass es dir erst mal schmecken. Wink einfach, wenn du noch etwas brauchst.«

»Danke, das ist lieb.«

Sie ließ mich allein, und ich widmete mich dem köstlichen Waffelglück. Tatsächlich fühlte ich mich, nachdem ich alles bis auf den letzten Krümel verputzt hatte, ein wenig besser. Natürlich war mir klar, dass es sich dabei nur um ein kurzzeitiges Kohlenhydrate-Hoch handelte. Aber das war besser als gar keins.

Zwei weitere Tische wurden von Touristen besetzt – ihre Rucksäcke und Trekkingsandalen ließen jedenfalls darauf schließen, dass es sich bei ihnen nicht um Einheimische handelte.

»Noch einen Latte macchiato?«, wollte Svantje kurz darauf von mir wissen, als sie das Geschirr abräumte.

»Würde ich gerne, aber ich muss zurück.«

»Das verstehe ich. Wie geht es deiner Oma überhaupt?«

»Es ist schwierig, darum mache ich gar kein Geheimnis. Sie hätte eigentlich im Krankenhaus bleiben sollen, aber wie es scheint, sind wir Jannen-Frauen ziemlich stur.« Ich schmunzelte und zuckte mit den Schultern.

Sie lachte. »Du bekommst das schon hin. Kann ich dich irgendwie unterstützen?«

In Svantjes Gegenwart fühlte ich mich wohl, es war seltsam, aber es kam mir so vor, als würden wir uns schon ewig kennen. »Danke, ich komme gern darauf zurück.« Natürlich würde ich sie nicht behelligen. »Was bin ich dir schuldig?«

»Komm, lass stecken, das geht heute ausnahmsweise aufs Haus«, erklärte sie mir leise, damit es die anderen Gäste nicht mitbekamen.

»Das geht nicht, dann bekomme ich ein schlechtes Gewissen«, flüsterte ich.

Sie setzte sich kurz zu mir an den Tisch. »Freunde sind diejenigen, die uns die Hände reichen, wenn wir ganz unten sind. Das klingt jetzt womöglich theatralisch, aber ich meine es so, Wiebke. Ich bin für dich da, wenn du etwas brauchst, und jetzt mach kein Theater wegen der Waffeln, ja?« Sie zwinkerte mir zu und stand wieder auf. »Wir Mädels müssen zusammenhalten.«

Ich sah ein Auto um die Ecke biegen und stellte entsetzt fest, dass es Thore in seinem Dienstwagen war. Er steuerte einen Parkplatz an. Oh nein! Es war gut möglich, dass er hier Stammkunde war und sich noch einen Kaffee holen wollte, ehe er die nächsten Leben rettete ...

Wenigstens konnte man seine Karosse wegen der Leucht-farben gut erkennen, und mir blieb gottlob Gelegenheit, mich schnellstmöglich zu verdünnisieren.

»Na schön, aber ich revanchiere mich!«, sagte ich und stand auf. »Und das nächste Mal zahle ich, ja?«

»Natürlich, hab einen schönen Tag, Wiebke. Bis bald!«

»Danke, du auch.« Ich nahm die Beine in die Hand und hastete davon, ohne mich erneut umzusehen. Ich hatte schon genug Zeit vertrödelt. Erst mal musste ich nach Oma sehen, und dann würde ich mich ihrem Fahrrad und dem Platten widmen. Und anschließend war der Bilderrahmen dran, den hatte ich natürlich nicht vergessen. Ich war schon froh gewe-sen, dass Oma heute Morgen die leere Stelle an der Wand nicht aufgefallen war, als wir sie zum Klo befördert hatten. Da hatte sie andere Sorgen gehabt, aber sobald das mit dem Fuß besser wurde, würde ich ein Problem bekommen. So weit wollte ich es erst gar nicht kommen lassen.


Zu Hause schmierte ich Oma ein Brot mit Marmelade und kochte ihr einen frischen Tee, dann setzte ich mich zu ihr und erklärte, was Thore mit der Kurzzeitpflege vorgehabt hatte. Ich war erleichtert, dass sie genauso entrüstet war wie ich. Es gab mir ein Gefühl der Genugtuung, offiziell sauer auf Thore sein zu können. Dumm, klar. Ich fühlte mich trotzdem besser.

Meine tiefgehende Wut ließ sich natürlich nicht nur auf seine heutige Initiative zurückführen, sondern ich hatte unsere Vergangenheit einfach nicht verarbeitet.

Aber ich war auf dem besten Weg dahin. Nach all den Jahren sollte ich keinen Groll mehr gegen ihn hegen, das war doch alles Schnee von gestern. Thore war liiert, hatte einen Sohn, und womöglich warteten zu Hause mehrere Kinder auf ihn. Zu Hause. Wo wohnte er überhaupt?

Nein, das ging mich nichts an. Ich würde die Insel sicher nicht abklappern, um ihm nachzuspionieren. So weit käme es noch!

»Also Oma, wir brauchen eine Lösung«, verkündete ich schließlich. »Du willst nicht ins Heim, und ich will nicht, dass du dort hingebracht wirst. Aber so geht's auch nicht mit dir weiter. Das ist kein Zustand mit dem Sofa.«

»Seit wann bist du so schrecklich vernünftig?«, neckte Oma mich mit einem Augenzwinkern und biss von ihrem Brot ab. Es schien ihr tatsächlich ein wenig besser zu gehen. Gott sei Dank. Natürlich konnte das auch an der Schmerzspritze liegen, aber da wir gute Kontakte zu einem Arzt hatten, sollte es wohl möglich sein, dass er Oma nachher und morgen noch mal eine verpasste.

»Manchmal muss man eben vernünftig sein«, brummte ich.

Danach sagte erst einmal niemand mehr etwas. Meine Gedanken drifteten in eine andere Richtung ab. »Wie war

Mama eigentlich. Früher. Bevor sie mit mir schwanger wurde?«

Oma wirkte kurz überrascht, sie nippte vom Tee. »Wie kommst du jetzt darauf?«

»Ist das nicht offensichtlich?«

»Doch, Schatz, natürlich ist es das. Sie war wie Teenager eben sind. Frech. Aufmüpfig. Und vielleicht ein bisschen zu naiv.«

Ich horchte auf. Wusste Oma doch etwas? »Wie meinst du das? Zu naiv?«

»Wiebke, ich ahne, worauf du hinauswillst, aber glaub mir, ich weiß nicht, wer dein Vater ist. Deine Mutter hat mir nichts erzählt und auch sonst niemandem. Sie ist, als sie schwanger war, von Nortrum fortgelaufen und kommt seitdem auch nicht gern auf die Insel zurück. Manchmal habe ich mich gefragt, ob ihr jemand etwas angetan hat.«

»O Gott«, stieß ich hervor. Daran hatte ich gar nicht gedacht. Das wäre ja entsetzlich. Noch schlimmer als alles, was ich mir bislang ausgemalt hatte.

»Ich wusste damals, dass sie sich mit jemandem trifft, aber sie hat ein Riesengeheimnis darum gemacht. Zuerst habe ich mir nichts dabei gedacht, ich habe meinen Eltern als Jugendliche ja auch nicht alles erzählt.«

Das klang sehr nach meiner Mutter. Auch ein bisschen nach mir. Ich hörte gespannt zu.

»Ich glaube, dass ihr jemand das Herz gebrochen hat. Dass sie deshalb gegangen ist«, fuhr Oma fort.

»Aber sie war doch erst achtzehn!«

»Damit war sie alt genug, um eigene Entscheidungen zu treffen.«

»Ja, darin war sie schon immer gut«, meinte ich nachdenklich.

Weil ich Oma in ihrem Zustand nicht länger mit meinen Problemen belästigen wollte, stand ich auf. »Es ist abgemacht, Oma, wir finden eine Lösung, die anders aussieht, als auf dem Sofa gesund zu werden. Ich werde Opas Büro entrümpeln und dein Bett hier unten aufbauen.«

»Denkst du nicht, das ist ein bisschen übertrieben?«

»Ist es nicht. Du hast dich mit der Begründung aus dem Krankenhaus entlassen, dass du so viel besser in deinem eigenen Bett schlafen würdest. Erinnerst du dich?«

In dem Punkt würde ich nicht nachgeben. Auf dem ollen Polsterding würde sie zweifellos ernsthafte Rückenprobleme bekommen.

Oma bedeutete mit einer Geste, dass sie kapitulierte. »Du machst doch sowieso, was du willst. Das hast du übrigens von deiner Mutter.«

Das brachte mich zum Lachen. »Kann sein. Ruf mich, wenn du was brauchst. Ich bin erst mal beschäftigt.«

»Mache ich. Aber, Wiebke?«

Ich war schon halb aus dem Raum und drehte mich wieder um. »Was ist?«

»Du wirfst nichts weg, ja?«

In meinem Eifer hatte ich gar nicht daran gedacht, dass Oma an dem Kram hängen könnte. Wobei ich mir auch jetzt nicht vorstellen konnte, dass die alten Ordner sentimentalen Wert haben könnten. Aber was wusste ich schon? In diesem Punkt war ich offenbar anders.

»Ich werfe nichts weg. Vielleicht bringe ich einiges auf den Dachboden, wäre das in Ordnung?« Glücklich über meine Idee, wie ich gleich zwei Fliegen mit einer Klappe schlagen würde, lächelte ich Oma an. Den Dachboden hatte ich mir sowieso einmal in Ruhe vornehmen wollen.

Damit schien sie zufrieden. »Ist gut, Schatz. Mach das.

Wenn du wüsstest, wie unangenehm mir das ist, so hilflos hier herumzuliegen!«

»Hör bloß auf, Oma! Sonst werde ich sauer. Ich bin gern hier. Und sobald das Bett steht, mache ich dein Rad wieder flott.«

Kapitel Sechs

Weit war ich nicht gekommen, als es schon wieder an der Tür klingelte. Ich verdrehte die Augen, während ich mir den Schweiß von der Stirn wischte und öffnen ging. Es war nach dem Termin heute Morgen im Altersheim keine große Überraschung, dass ich in Thores Gesicht blickte. Schon wieder. »Hast du keine anderen Patienten, denen du auf die Nerven gehen kannst?«, murrte ich und reckte mein Kinn ein wenig nach vorn.

»Du weißt so gut wie ich, dass ich hier eine Verpflichtung habe, Wiebke.«

Sein tadelnder Ton ging mir echt auf den Keks. »Wenn du nicht mit praktikablen Lösungen kommst, würde ich dich bitten, wieder zu gehen, ich habe nämlich zu tun.«

»Ach ja, und was hast du so Wichtiges zu tun, dass du nicht mal fünf Minuten deiner kostbaren Zeit für mich erübrigen kannst?«

»Nicht, dass ich dir Rechenschaft schuldig wäre, aber ich richte Oma ein Zimmer im Erdgeschoss ein.«

»Ganz allein?« Er wirkte überrascht, und ein bisschen freute ich mich darüber, dass er beeindruckt schien.

Albern. Als ob man einen Mann dazu bräuchte, um Möbel umzuräumen.

»Siehst du irgendwo jemanden, du Witzbold? Also echt, früher war dein Humor irgendwie spritziger.«

Ich sah, dass ich ihn mit meiner spitzen Bemerkung verletzt hatte, aber das war mir gerade egal. Es bereitete mir nach unserer Vorgeschichte sogar ein bisschen Genugtuung, weil ich einfach eine nachtragende Tussi war.

Ob er wusste, welchen Liebeskummer er mir damals beschert hatte? Schweigen breitete sich zwischen uns aus, in dem weitaus mehr in der Luft hing als ein kleiner Zank über Omas Krankenlager.

So viele Fragen brannten mir auf der Zunge, aber ich schwieg. Ich wollte keine Märchen hören. Keine Lügen. Es war zu schmerzhaft, allein daran zu denken, wie ich mich damals gefühlt hatte. Ich hatte Monate gebraucht, um mich zu berappeln.

»Lass mich dir wenigstens helfen!«, meinte er mit einem leisen Seufzen.

Ich hatte keine Ahnung wieso, aber in diesem Moment kam es mir so vor, als ob ihm noch immer etwas an mir läge. Als ob auch Thore Narben davongetragen hätte, die ihm in meiner Gegenwart zu schaffen machten. Das konnte ich noch weniger begreifen.

Seine Nähe verwirrte mich. Wenigstens das konnte ich mit Sicherheit sagen.

Es wäre auf jeden Fall besser, er ginge sofort wieder, ehe ich mir anfing einzubilden, dass er wegen mir hier aufgetaucht war und nicht wegen Oma.

»Mal im Ernst, Thore. Es kann doch nicht sein, dass du

nichts zu tun hast. Gibt es sonst keine kranken Leute auf dieser Insel?«

»Erstens, ich habe mein Telefon bei mir. Zweitens ist heute Samstag. Stell dir mal vor, sogar Inselärzte haben hin und wieder ein paar Stunden frei.«

»Und du willst deine Freizeit mit mir verbringen?«, hakte ich nach, und schon, als ich den Satz ausgesprochen hatte, wollte ich mir eine Ohrfeige verpassen. Das hatte ich gar nicht so gemeint, wie es sich anhörte. Verdammt.

Er verzog seine Lippen. »So würde ich es jetzt nicht bezeichnen, aber ich fühle mich für die Situation hier mit deiner Oma verantwortlich.«

Nein, diese Antwort schmeckte mir nicht. Ich verschränkte die Arme vor meiner Brust. Ob das nun zickig rüberkam oder nicht, es war mir egal. »Ich komme allein klar.«

»Das ist mir sehr bewusst, glaub mir, Wiebke. Wenn ich eines begriffen habe, dann, dass du niemanden brauchst.«

Vielleicht durfte ich nicht zu viel in seine Worte hineininterpretieren, aber es fiel mir schwer, es nicht zu tun.

Für einen Moment lieferten wir uns einen stummen Schlagabtausch, der meinen Puls in die Höhe schnellen ließ. Wie konnte ich jemals die Wirkung vergessen, die der Blick aus seinen eisblauen Augen auf mich hatte? Es war verstörend, dass meine Hormone in seiner Nähe so verrücktspielten. Ich musste zusehen, dass ich ihn schnellstmöglich loswurde. Seine Hilfe wollte ich sowieso nicht.

»Wiebke! Nun lass Thore schon rein!«, schimpfte Oma aus dem Wohnzimmer.

Ich stöhnte und schüttelte genervt den Kopf. »Kann man hier gar nichts allein entscheiden?«, meckerte ich.

»In diesem Fall nicht«, bestimmte Thore resolut und schob sich an mir vorbei ins Haus.

Wie ätzend. Ich strich mir die Zornesfalte zwischen meinen Augenbrauen glatt, dann rief ich ihm nach. »Geh ruhig schon vor!«

Idiot, fügte ich für mich hinzu. Ich wünschte, ich könnte sagen, dass ich engelsgleich über den Flur schwebte, aber so war ich nun mal nicht. Ich trampelte ihm wütend zum Büro meines Opas hinterher.

»Wo du schon mal da bist, kannst du mir gleich helfen, die Treppe zum Dachboden runterzuklappen, das Ding klemmt«, verkündete ich. Wenn er mir unbedingt auf die Nerven gehen wollte, konnte er genauso gut mit anpacken.

»Dachboden? Was willst du denn da?«

Musste man ihm wirklich alles erklären? »Ich hoffe, in deinem Job begreifst du schneller. Na, das Zeug hier«, ich machte eine umschweifende Handbewegung. »Das soll natürlich alles raus. Oma darf es hübsch haben und muss nicht zwischen alten, verstaubten Aktenordnern genesen.«

Resignation war gar kein Ausdruck für seine Mimik. »Echt jetzt?«

»Du kannst gern auch wieder gehen, wenn dir mein Plan nicht zusagt.«

»Nee, schon gut.« Thore gab sich geschlagen. »Frauen!«

Er murmelte etwas, das verdächtig nach einem Fluch klang und polterte die Treppen nach oben.

»Geht doch«, kommentierte ich und grinste in mich hinein.

Ja, vielleicht wohnte eine kleine Sadistin in mir, die es genoss, Thore zu ärgern. Selbst schuld, sagte ich mir, niemand hatte ihn gezwungen herzukommen.

Allerdings hatte ich, mit ihm im Haus, keine Zeit auf dem Dachboden nach Mamas Kram zu suchen. Das musste dann eben warten. Ich rechnete sowieso nicht damit, ein altes Tagebuch oder so einen Quatsch zu finden. Dafür war meine Mutter gar nicht der Typ.

Mit der Falttreppe kam ein Haufen Staub aus der Luke nach unten, so dass wir beide husten mussten.

»Bitte«, meinte Thore mit einem arroganten Lächeln, das ich ihm am liebsten aus dem Gesicht gewischt hätte. »Nach dir.«

Ich gönnte ihm keinen Blick und kletterte nach oben. Während ich aufpasste, dass ich die schmalen Stufen nicht verpasste, wurde mir klar, dass ich ihm die beste Aussicht auf meinen breiten Hintern ermöglichte. Sicher freute er sich jetzt gerade darüber, dass aus uns damals nichts geworden war. Egal sollte es mir sein, leider wünschte ich, dass ich von den letzten dreihunderttausend Kalorien wenigstens ein paar eingespart hätte. Die bescheuerte Eitelkeit regte sich bei mir stets zum falschen Zeitpunkt. Wenn ich die Chipstüte in der Hand hatte, bekam ich immer das Signal: Egal, hau rein!

Oben angekommen blieb ich stehen und sah mich um. Es stand nicht viel unter dem Dach, eine alte Truhe, ein paar verpackte Spielsachen, Brettspiele und Säcke, die noch recht neu ausschauten. Darin könnte Kleidung sein. Opas Sachen vielleicht? Die Erinnerungen an ihn waren schmerzlich, keine Frage, und ich konnte gut verstehen, warum sich Oma nicht davon getrennt hatte.

Koffer und Reisetaschen lagerten hier auch, es waren verschiedene Modelle ordentlich aufgereiht. Sogar ein alter

Pappkoffer aus lange vergangenen Tagen war dabei. Spannend, aber zum Herumstöbern war jetzt keine Zeit.

Ich hatte gehofft, vielleicht ein paar leere Kartons zu finden, die wir für die Ordner benutzen konnten. »Passt, ist genug Platz«, verkündete ich, kletterte die Leiter wieder herunter und ging ins Erdgeschoss. Er mochte mich für seltsam halten, aber das war mir gerade egal.

Als ich wieder im Büro stand, hatte ich eine Idee. »Vielleicht müssen wir nicht alles ausräumen, ich könnte die Schränke mit Laken abhängen. Und der Schreibtisch muss nur an die Wand geschoben werden, den braucht Oma ja noch. Der Stuhl kann erst mal raus. So könnte es gehen mit dem Bett. Ist ja nicht für alle Ewigkeit.«

»Amen«, hörte ich Thore hinter mir und zuckte zusammen, ich hatte ihn gar nicht kommen gehört. Vielleicht lag es auch daran, dass ich mich nicht daran gewöhnt hatte, wieder in seiner Nähe zu sein.

»Sehr witzig. Fass lieber mit an.« Ich machte mich am Schreibtisch zu schaffen. Er kommentierte meinen Spruch zwar nicht, aber ich sah auch so, dass er mich für schwierig hielt.

Meinetwegen. War ich halt schwierig.

Dafür erzählte ich keine Lügenmärchen.

Wir waren nicht ganz fertig mit dem Umräumen, als es schon wieder klingelte. »Meine Güte, ist das ein Betrieb hier! Kannst du nachsehen, wer es ist?«, murrte ich.

Ohne zu antworten, verließ er den Raum, während ich halbwegs zufrieden unser Werk betrachtete. Zuletzt schob ich den Drehstuhl aus dem Zimmer. Ich musste nur ein paar Laken suchen, um die Schränke abzuhängen. In meiner Vorstellung würde es das Zimmer wohnlicher machen, wenn Oma nicht auf beschriftete Aktenordner schauen musste.

Das Lüften trug jedenfalls schon mal zu einem besseren Raumklima bei. Nach zwei, drei Runden mit dem Staubsauger würde man sich vielleicht auch nicht mehr ständig die Augen reiben müssen.

Thore kehrte mit einer Auflaufform zurück. »Hat eine Nachbarin gebracht, ist noch lauwarm. Hast du Hunger?«

Es duftete köstlich nach Sahne, Käse und Schinken. Mein Magen knurrte augenblicklich, was ihm ein Grinsen entlockte. »Sehr gut, lass uns essen«, ohne eine Antwort abzuwarten, ging er in Richtung Küche.

O Mann.

Es war fies, wie gut er mit einem Lächeln im Gesicht aussah. Gut war die Untertreibung schlechthin. Ich rief ihm hinterher: »Du könntest Oma zuerst eine Portion bringen, ich bin gleich da.«

»Aye, aye, Chefin.«

Hä? Wann war das denn passiert? Er nahm Anweisungen an und reagierte auch noch mit Humor? Ich wusste nicht, wie ich das finden sollte. Eines war jedoch klar, es verwirrte mich. *Er* verwirrte mich. Leider – und das konnte ich allmählich zugeben – fand ein Teil von mir Thore Mathiesen noch immer heiß. Vielleicht sogar heißer als früher.

Dumm. Dämlicher. Wiebke.

Mehr war dem nicht hinzuzufügen.

Mir war klar, dass dieser Hormonsalat in meinem Körper von einer chemischen Reaktion hervorgerufen wurde, auf die ich keinen Einfluss hatte. Bescheuert fand ich nur, dass es von allen Männern der Erde gerade Thore sein musste, der mein Blut in Wallung brachte.

· · ·

Während wir das Mittagessen im Wohnzimmer verputzten, das so gut schmeckte, wie es roch, seufzte ich genüsslich. »Gut, dass Omas Freunde so umsichtig sind. Sie scheinen zu ahnen, dass es mit meinen Kochkünsten nicht weit her ist.«

Oma aß im Liegen, richtig viel Appetit hatte sie nach wie vor nicht, aber sie krümmte sich wenigstens nicht mehr vor Schmerzen.

»Echt, du kannst nicht kochen?« Thore schob sich eine weitere volle Gabel in den Mund.

Es war seltsam, aber momentan fühlte es sich beinahe harmonisch an, hier mit ihm beim Essen zu sitzen, als sollte es so sein.

Alarmglocken schrillten in mir. Ich musste aufpassen, dass ich Thores vermeintliche Hilfsbereitschaft nicht mit etwas anderem verwechselte.

Mit einem Ruck schob ich den Teller von mir: Mir war der Appetit vergangen. Ich stand auf. »Esst ihr mal weiter, ich habe zu tun.«

Ohne auf eine Antwort zu warten, zog ich den Staubsauger aus der Abseite unter der Treppe hervor und kümmerte mich weiter um Omas neues Quartier.

Irgendwann fühlte ich mich beobachtet und drehte mich um. Thore stand mit der Schulter an den Rahmen gelehnt in der Tür, die Arme hatte er vor seiner Brust verschränkt. Wahrscheinlich hatte er mich schon eine Weile stumm betrachtet. Weshalb? Und warum lag ein merkwürdiger Schimmer in seinen Augen?

»Was ist?«, rief ich über den Lärm des Staubsaugers hinweg.

»Kann ich dir mit dem Bett helfen?«

»Musst du nicht. Du hast doch bestimmt etwas Besseres zu tun.«

Geh mit deinem Kind spielen, oder kümmere dich um deine Frau, schoss es mir durch den Kopf.

O je. Da sprach doch hoffentlich keine Eifersucht aus mir? Ich schob den Gedanken beiseite und stutzte, als der Staubsauger plötzlich verstummte.

Thore hatte den Stecker gezogen.

»Was zur Hölle?«, entfuhr es mir.

»Komm schon, Wiebke. Können wir nicht wie normale Menschen miteinander umgehen?«

Entgeistert funkelte ich ihn an. »Ich gebe mir die größte Mühe.«

»Ich weiß, dass du es besser kannst.«

Wer war er denn, dass er mir so was vor den Latz knallte? Für Erziehungsmaßnahmen hatte ich immer noch meine Mutter.

Gott, was für ein Arsch.

Thore drehte sich auf dem Absatz um und ging nach oben, wahrscheinlich in Omas Schlafzimmer. Ich regte mich wieder ab und folgte ihm. Je eher wir das hinter uns brachten, desto besser.

Im Schlafzimmer fand ich ihn kniend vor Omas Bett. Thore hatte sich gerade halb darunter gebeugt und inspizierte das Bettgestell. Es war eine einfache Konstruktion aus Buchenholz mit Kopfteil und Rahmen. Die Lattenroste waren nicht elektrisch, für so einen Schnickschnack waren meine Großeltern nie zu haben gewesen. Zum Glück, denn diese Dinger mit Motor wogen Tonnen.

»Ich hätte nie gedacht, dass ich den Anblick mal erleben würde«, scherzte ich, um auf mich aufmerksam zu machen.

Thore drehte sich in meine Richtung. »Ich kann dir nicht folgen.«

»Dass du noch mal vor mir knien würdest«, erklärte ich

und wünschte mir, ich hätte es nicht gesagt. Was ein Witz hatte sein sollen, kam eher wie eine Anklage heraus.

Thores Blick wurde sanfter, seine Lippen verzogen sich zu einem leisen Lächeln, was mein Herz zum Stolpern brachte.

Oh. Oh. Täuschte ich mich oder lagen auf einmal sexuelle Schwingungen in der Luft?

Er stand auf und kam näher. Für eine Sekunde war ich sicher, dass er mich in seine Arme reißen würde, um seinen Mund auf meinen zu pressen. Ich hatte nicht vergessen, wie gut er küssen konnte. Wie sanft seine Lippen waren. Wie fest seine Muskeln waren. Wie stark sein Körper.

Meine Kehle wurde trocken. Ich schluckte und konnte mich nicht rühren.

»Wo hast du Werkzeug?«, wollte er von mir wissen, und meine kleine elektrisierende Blase zerplatzte. Einzig, dass seine Stimme ein wenig rauer klang als sonst, ließ mich vermuten, dass ich mir das alles doch nicht nur eingebildet hatte.

Shit.

Ich hätte nicht Nein gesagt.

Schlimmer, ich hätte ihn sehr gerne geküsst. Ein dummer Teil von mir natürlich nur, der sich zu lebhaft daran erinnerte, wie wundervoll es war, in seinen Armen zu liegen, von ihm gehalten und liebkost zu werden. Thore war nicht bloß ein guter Küsser, sondern ein überaus talentierter Liebhaber gewesen. Und damals waren wir so jung gewesen .... Er hatte im Laufe der Jahre sicher einiges dazugelernt.

Das brachte mich auf den Boden zurück. Ich dumme Nuss hatte kurz verdrängt, dass er nicht frei war. Er hatte ein Kind, eine Familie. Selbst wenn wir beide für einen kurzen Moment auf einer Welle der Vergangenheit geritten waren, war er vernünftig genug, dem Impuls nicht nachzugeben. Ich sah, wie sein Adamsapfel hüpfte.

Definitiv keine Einbildung. Er musste es auch gespürt haben.

Weil mir nichts Sinnvolleres einfiel, trat ich einen Schritt zurück, wandte mich ab und öffnete eine Schranktür. Natürlich fand ich hier im Schlafzimmer kein Werkzeug, sondern bloß Klamotten. Ich wusste nur nicht, was ich sonst tun sollte, mit mir und meinem verräterischen Körper. »Da ist jedenfalls schon mal kein Akkuschrauber drin«, plapperte ich leicht dümmlich und wagte nicht, ihm erneut ins Gesicht zu sehen. Ich hatte Angst, dass ich in seinen Augen etwas erkennen könnte, was mir falsche Hoffnungen machte.

Ein schrilles Piepen erklang, und ich wirbelte herum.

Thore zog ein kleines Gerät aus der Hosentasche und schaute aufs Display. »Sieht nach einem Einsatz aus, ich muss leider los.«

Wow. Super Timing.

Einerseits war ich erleichtert, aber leider strömte auch Bedauern durch meine Adern. Sobald er aus dem Haus war, musste ich mich erst einmal wieder sammeln.

»Ach, Mensch, dein Typ wird verlangt. Na, dann gutes Gelingen, oder was sagt man zu einem Arzt?«, versuchte ich es mit einem lässigen Spruch.

Thore neigte seinen Kopf nachdenklich zur Seite. »Du könntest wenigstens so tun, als ob es dir leidtun würde, dass ich gehen muss.«

Huch? Was war das denn? Das klang ja beinahe so, als ob er beleidigt wäre. Für mich ergab das keinen Sinn. Nicht den Geringsten. Schließlich war er es gewesen, der sich seinerzeit nicht schnell genug mit einer anderen hatte trösten können.

Hör auf, ermahnte ich mich zum allerletzten Mal.

Entweder ich musste ihn zur Rede stellen – was ich damals nicht getan hatte, ich war zu schockiert gewesen. Oder ich musste ihm vergeben. Wenn das so einfach wäre...

Vergessen hatte ich ihn jedenfalls nie, so gern ich die Geschichte auch abgehakt hätte, nach dem Motto: Damals waren wir jung und dumm. Das Blöde an der Sache war, dass ich in ihm meine große Liebe gesehen hatte. Und er, naja, er halt nicht.

Da Thore noch immer im Raum stand und mich stumm musterte, fühlte ich mich genötigt, etwas zu erwidern. »Ich habe keine Ahnung, was du von mir hören willst, Thore, echt nicht. Du warst schließlich derjenige, der damals Hü erzählt und Hott gemacht hat. Nicht ich!«

So. Jetzt war es raus.

Etwas geistreicher hätte ich es natürlich auch formulieren können. Aber ich wollte nicht, dass ihm klar wurde, wie schlecht es mir gegangen war, als ich ihn mit einer anderen entdeckt hatte. Vielleicht wusste er bis heute nicht, dass ich im letzten Moment doch umgekehrt war. Ich war von der Fähre zurück zum Strand gelaufen, so schnell ich konnte. Aber ich hatte ihm ja nicht mehr sagen können, dass ich meinen Entschluss geändert hatte, dass ich doch hatte bleiben wollen. Schließlich war er beschäftigt gewesen. Also war ich doch aufgebrochen, um die Welt zu bereisen, und ich hatte bis heute nicht damit aufgehört.

Die Trennung war von mir ausgegangen, weil ich keine Ruhe in mir gehabt hatte und er auf der Insel bleiben musste. Er wollte warten, aber ich glaubte nicht daran, dass er es wirklich täte. Wir waren zu jung.

Wir verbrachten einen letzten gemeinsamen Sonnenaufgang miteinander. Einen letzten Tag. Bis ich mich auf den

Weg zur letzten Fähre machen musste. Leb wohl, hatte ich gewispert und ihn erneut umarmt. Dann war ich gegangen.

Was Thore niemals erfahren hatte: Ich war zurückgekommen.

Ich hatte nicht ohne ihn gehen wollen.

Ich hatte bleiben wollen.

Aber als ich ihn am Strand endlich gefunden hatte, musste ich erkennen, dass es ein Fehler war. Ich hatte mich getäuscht. Nein, er hatte mich getäuscht. Ich wollte ihn auch heute anschreien und fragen, warum. Aber meine Lippen blieben verschlossen. Ich konnte es einfach nicht, denn dann müsste ich zugeben, dass es nach wie vor so wehtat wie an jenem Tag.

Er hatte mein Herz gebrochen. Es war nicht geheilt, es lag noch immer in tausend Scherben.

Seinem Ausdruck nach zu urteilen, fragte Thore sich gerade, ob ich

alle Tassen im Schrank hatte. »Ich habe keine Ahnung, wovon du redest, aber ich muss jetzt wirklich gehen. Ein Notfall wartet auf mich, und das ist kein Witz.«

Er schwenkte sein Handy in der Luft.

»Es spielt keine Rolle, ob du es verstehst, Thore. Wir sind erwachsen, und so sollten wir auch mit der Vergangenheit umgehen. Los, geh Leben retten!« Ich wich seinem Blick aus, weil Tränen hinter meinen Augen brannten.

Mist, verdammter!

Warum kam ich einfach nicht über ihn hinweg und schon gar nicht darüber, dass ich ihm nie so viel bedeutet hatte wie er mir?

Meine Beine fühlten sich wackelig an, und ich musste mich an der Wand abstützen. Thore war noch immer im Raum. Geh doch einfach, dachte ich.

Ich wollte nicht, dass er mitbekam, wie es mir ging. Ich wollte stark sein. Unverwundbar.

Das Gegenteil war der Fall.

So schwach wie jetzt hatte ich mich lange nicht mehr gefühlt.

Als ich hörte, wie er die Treppen nach unten polterte und ging, brach ich heulend zusammen.

# Kapitel Sieben

Beschäftigung hatte mir schon immer geholfen, mit dem Chaos meines Lebens fertig zu werden. Ich war kein Typ, der den Kopf lange in den Sand steckte. Wenn ich eines gelernt hatte, dann, dass Trübsal blasen niemandem half, vor allem nicht mir selbst. Deshalb trocknete ich meine Tränen mit dem Ärmel meines T-Shirts und schob meine Gefühlsduseligkeit auf PMS. Das war immer eine gute Ausrede. Dass Hormone schuld daran waren, stimmte jedenfalls.

Hätte ich mich damals gar nicht erst auf ihn eingelassen... »Hätte, hätte...«, äffte ich mich selbst nach und schüttelte meine Gliedmaßen einmal komplett durch. Es sah vermutlich zum Schießen aus, aber es guckte ja gerade keiner zu. Dieser kleine Trick, den ich mal in einem Workshop gelernt hatte, half mir, den Körper im Hier und Jetzt zu erden. So, noch einmal tief durchatmen, und dann konnte es weitergehen.

Werkzeug, erinnerte ich mich. Wenn ich schon mal dabei war, konnte ich mich auch gleich um den Bilderrahmen kümmern. Auf dem Weg nach unten schnappte ich mir die einzelnen Teile und rief Oma zu: »Bin kurz in der Werkstatt, der Schlüssel hängt im Kästchen, oder?«

»In der Werkstatt, was willst du denn da?«

»Ich brauche Werkzeug, was sonst?«, gab ich zurück und schob nur meinen Kopf durch den Türrahmen.

»Mach dir doch nicht solche Umstände!«

»Und du sollst aufhören, mir Vorschriften zu machen«, schoss ich lachend zurück. »Bis gleich!«

Nachdem ich mir den Schlüssel für die Werkstatt geholt hatte, ging ich durch die Hintertür in der Küche hinaus. Im Garten kamen mir die Laufenten entgegen, die friedlich vor sich hin schnatterten. Hektor hatte ich seit heute Morgen nicht mehr gesehen, der war bestimmt irgendwo in der Nachbarschaft unterwegs. Die Wolkendecke war aufgerissen, und ein paar Sonnenstrahlen bahnten sich ihren Weg auf die Insel. Na, wenn das kein Zeichen war. Ich interpretierte das Wetterorakel als vorteilhaft für mich.

Vor der Werkstatt hielt ich kurz inne. Als Kind hatte ich viel Zeit mit meinem Opa hier verbracht. Er hatte immer an irgendetwas gewerkelt, und ich hatte ihm dabei zugesehen oder ihm das Werkzeug gereicht. Das weiße Häuschen mit der großen Fensterscheibe war in die Jahre gekommen. Die Fassade musste man eher als grau bezeichnen, und die Scheiben waren total verdreckt. Schwermut ließ ich deshalb aber gar nicht erst aufkommen, denn für heute hatte ich genug emotionale Zusammenbrüche hinter mir. Der Schlüssel hakte ein wenig im Schloss, aber ich konnte ihn umdrehen. Ich zog die Tür auf und ließ erst einmal frische Luft herein, sofort wehten mich vertraute Gerüche nach Öl, Eisen und Gummi an. Andere mochten es als unangenehm empfinden, für mich war es wie Nach Hausekommen.

Mit einem Kloß im Hals trat ich ein und blieb kurz stehen. Opas Werkzeug hing fein säuberlich an den Wänden über den beiden Werkbänken. Als wäre er nur mal eben kurz zur Kaffeepause bei Oma in der Küche. Drei Fahrräder lagen auf dem Boden, als würden sie auf die nächste Reparatur warten, und jemand hätte sie aus Versehen umgestoßen. Meine Hände bebten leicht, als ich den kaputten Bilderrahmen auf die Werkbank legte. Dann hob ich die Drahtesel auf. Opa hatte Unordnung gehasst, ich hörte seine Stimme im Geiste. »Gut gemacht, Wiebke, du schaffst das.«

Jetzt musste ich doch wieder mit den Tränen kämpfen. Mann. Wütend schluckte ich, um diese verdammte Enge in meiner Kehle zu vertreiben.

Wir hatten so viele Stunden gemeinsam hier verbracht, ich hatte es geliebt, ihm zur Hand zu gehen. Seine Kunden hatten ihn oft gefragt, warum er das Mädchen mit rumschrauben ließe, das wäre doch eher was für einen Jungen. Opa Enno hatte diesen Leuten den Kopf gewaschen, aber richtig. »Meine Enkelin kann das besser als jeder Lehrling, den ich jemals hatte. Wenn es euch nicht passt, dass ein Mädchen eure Räder wieder zusammenschraubt, dann könnt ihr gleich wieder gehen.«

Gott, wie sehr würde ich jemanden wie ihn auch heute noch an meiner Seite brauchen, wenn mich die Selbstzweifel mal wieder übermannten. Die hatte ich doch gar nicht nötig! Vielleicht war ich nicht perfekt, aber wer war das schon. Ecken und Kanten waren doch das, was uns in dieser Familie ausmachte.

Ich hatte keine Ahnung, woher der Schwung Energie auf einmal kam, der mich durchströmte. Mir gefiel der Gedanke, dass er von ganz oben geschickt worden war, genau im richtigen Moment. Obwohl ich ein bisschen sentimental war, so überwog doch die Freude darüber, dass ich den Weg hierher gefunden hatte. »Dann wollen wir mal«, redete ich doch wieder mit mir selbst und zog die Schubladen unter der Werkbank auf, um Leim zu finden. Weil es schrecklich düster in der kleinen Werkstatt war, schaltete ich das Licht an. Mit einem Brummen erwachten die Neonröhren an der Decke zum Leben. Erst jetzt sah ich, wie verdreckt es auch hier drin war. Spinnenweben überall und auf dem Boden lagen tote Fliegen und Schmutz. Aber das war nichts, was man mit einem Besen nicht beseitigen konnte. Auf der Fensterbank stand das alte Radio, ich drehte es auf, weil ich die Stille nicht ertrug, und tatsächlich ließ es ein tiefes Knistern hören, bevor das Programm ansprang. Inselradio, den Sender kannte ich natürlich, es dudelte ein uraltes Shanty, und ich musste lachen. Zu Hause. Das hier war mein Zuhause.

Bevor ich mich weiter in Sentimentalitäten verlor, erinnerte ich mich daran, warum ich hergekommen war. Erst mal wollte ich den Bilderrahmen reparieren und widmete mich wieder den Schubladen. Tatsächlich konnte ich eine Tube Sekundenkleber zwischen Kugelschreibern, Tesafilmrollen, Quittungsblock und Taschenrechner herausfischen. Opa hatte das Zeug gehasst, vermutlich war die Packung deshalb noch nie geöffnet worden. Ich spürte, wie sich meine Lippen zu einem Grinsen verzogen, während ich Mamas Bild wieder in Ordnung brachte.

Es dauerte nicht lange, dann nahm ich mir die Räder vor. Vermisst wurden sie ja wohl nicht mehr, aber ich hatte den starken Drang, das zu Ende zu bringen, was Opa nicht mehr geschafft hatte. Ich prüfte die Bremsen, die Lichter, fegte den Staub mit einem speziellen Besen, der die Rahmen nicht beschädigte, ab und polierte den Lack dann noch mit Opas Geheimpaste.

Ich liebte den vertrauten Geruch, das Gefühl und die Arbeit mit meinen Händen.

»Was ist denn hier los?«, riss mich eine tiefe, etwas heisere Stimme aus meiner Konzentration.

»Moin!«, grüßte ich reflexartig.

»Bist du das, Wiebke?« Erst jetzt erkannte ich den älteren Herrn, aus dessen Halbglatze eine volle geworden war.

»Moin, Krischan, lange nicht gesehen.« Ich lächelte und freute mich, Opas alten Freund zu sehen, die beiden waren oft zusammen Fischen gewesen.

Der schlaksige Alte lachte und trat in die Werkstatt. Über seinem braunen Kurzarmhemd trug Krischan einen dunklen Pullunder. Auf der Nase hatte er eine dicke Hornbrille sitzen, die ein Stück nach unten gerutscht war. »Machst du den Laden wieder flott?«, wollte er von mir wissen.

»Nee, eigentlich nicht. Ich war nur gerade dabei, was zu reparieren, und habe Werkzeug gesucht.« Ich wedelte wild mit meinen Händen durch die Luft. »Aber so konnte ich das hier nicht lassen, das hätte Opa nicht gefallen.«

Krischan nickte. »Finde ich gut. Mein Fahrrad muckt auch, die Bremsen quietschen und taugen nichts mehr. Könntest du vielleicht mal danach sehen, bei Gelegenheit? Bist du länger zu Besuch? Ach, du, wie geht es denn Griet? Deshalb war ich ja eigentlich hergekommen, hab es fast wieder vergessen. Mein Kopf wird auch nicht jünger.«

Warum man den Norddeutschen nachsagte, dass sie wortkarg waren, hatte ich noch nie verstanden.

»Bring dein Rad ruhig rüber, ich kann morgen danach sehen. Heute muss ich mich erst einmal um Omas Bett kümmern.«

»Was ist denn damit?«

»Ich muss es oben abbauen und unten wieder aufbauen.«

»Gestaltest du das Haus neu?«

Ich lachte. »Das nicht, es ist nur für die Zeit, bis sie die Treppen wieder hochkommt. Das geht gerade nicht.«

»Wie wäre es, wenn ich dir helfe? Oder besser, ich fahre dir mit dem Hänger Tammos altes Bett rüber? Der Junge ist erwachsen, verheiratet und schläft schon lange nicht mehr bei uns. Ist halt nur schmale neunzig Zentimeter...«

»Das würdest du echt machen?«, unterbrach ich ihn baff. »Ich würde dir für das Bett natürlich was geben, Krischan. Du sollst es mir nicht schenken oder so.«

Kurz blickte er finster drein. »Nun hör aber auf, Wiebke! Für Gefallen zahlen wir hier nichts!«

Ups. Den Satz hatte ich doch schon mal gehört. Ach ja, bei Svantje. Ich zweifelte daran, dass ich lange genug bleiben würde, um es zu verinnerlichen. »Okay, danke, soll ich mitkommen? Dir helfen?«

Krischan schüttelte den Kopf. »So, wie es aussieht, hast du hier alle Hände voll zu tun. Ich frage Jarick, der hilft bestimmt gern.«

»Echt? Das wäre ja super!« Obwohl ich natürlich keine Ahnung hatte, wer dieser Jarick war. Aber jede Hilfe war mir willkommen.

»Na klar, gern. Jarick ist ein Tausendsassa, der kann alles. Und wenn mal was kaputt ist, kannst du ihn anrufen, er bringt das wieder in Ordnung. Und das Beste: Er ist nicht verheiratet. Keine Freundin. Gar nichts.«

Ich machte große Augen. »Äh, was soll das werden?« Klang mir stark nach einem Kuppelversuch.

Krischan zuckte die Schultern. »Gar nichts«, wiederholte er.

Ich verstand es auch so. Süß von Krischan, dass auch er meinem Single-Dasein zu einem Ende verhelfen wollte. Ich ließ es unkommentiert.

»Danke auf jeden Fall!« Ich strahlte Krischan an.

»Da nich' für«, erwiderte er und war auch schon wieder verschwunden. Täuschte es, oder ging er auf dem Weg nach draußen ein wenig aufrechter als zuvor?


Unglaublich, aber am späten Nachmittag war Omas Zimmer fertig eingerichtet. Krischan und Jarick hatte ich mit Tee und den letzten Keksen versorgt. Jarick war groß, breitschultrig und hatte pechschwarzes Haar. Seine blauen Augen standen im starken Kontrast dazu. Er war überaus wortkarg, aber jeder im Dorf schien ihn zu mögen. Auch ich fand ihn supersympathisch, leider schlug mein Herz in seiner Nähe nicht höher. Trotzdem war es nett von Krischan, dass er Jarick und mir eine Chance hatte geben wollen. Tja, der dunkelhaarige Handwerker war heiß, aber leider nichts für mich. Für mich hatte es immer nur den einen gegeben.

»Dann danke euch noch mal«, sagte ich und verabschiedete die beiden. Sie waren nicht ganz verschwunden, als schon der nächste Besucher auf der Matte stand. »Mensch, das geht hier ja zu wie im Taubenschlag«, raunte ich Oma lachend zu und ging zur Tür.

Hoffentlich war das nicht schon wieder Thore.

Er war es nicht, sondern Marieke. »Moin!«

»Komm ruhig rein«, bat ich unnötigerweise, denn sie war schon an mir vorbeigestürmt.

»Du schmorst ja immer noch in deinem eigenen Saft«, schimpfte Marieke, als sie Oma auf dem Sofa vorfand.

Ich unterdrückte ein Stöhnen und nahm es gelassen.

»Wir waren gerade auf dem Weg zur Toilette. Im Zuge dessen wollte ich Oma auch in ihr neues, temporäres Schlafzimmer bringen.«

Marieke guckte interessiert. »Habe ich also doch richtig gesehen mit dem Transporter, ja?«

Der Frau entging wirklich nichts. »Und der Doktor scheint ja auch mehr Zeit als nötig bei euch zu verbringen. Hat er ein Auge auf dich geworfen, Wiebke?«

Ich schnappte nach Luft. Bei Marieke musste man aufpassen. Die oberste Regel in Sachen Dorftratsch war die: Wenn es keine Gerüchte gibt, denk dir welche aus.

Zum Glück sprang Oma für mich in die Bresche. »Nu hör aber auf und erzähle nicht so einen Unsinn. Wenn du dich nicht nützlich machen willst, kannst du gleich wieder gehen.«

Das saß. Marieke schloss ihren Mund. »Ist ja gut, hätte ja sein können …«

»Stopp«, unterbrach ich Marieke. Über Thore wollte ich beim besten Willen nichts hören. »So, und jetzt komm, Oma, geht es? Brauchst du Schmerzpillen.«

»Ach was, gib mir einen Keil für die Zähne, dann wird's schon gehen.«

Unserer Besucherin war offenbar nicht klar, dass Oma scherzte, denn sie schlug entsetzt die Hände vor den Mund. Ein Grinsen konnte ich mir nicht verkneifen. Das verging mir aber gleich wieder, als ich Oma in den Rollstuhl half. So lässig, wie sie getan hatte, war es nämlich nicht. Schmerzen hatte sie natürlich, aber das war auch zu erwarten gewesen. Eine Viertelstunde später war ich schweißgebadet, dafür lag Oma endlich in ihrem provisorischen Schlafzimmer. Halleluja.

Was für ein Tag! Es kam mir vor, als wäre ich schon Ewigkeiten hier und nicht erst seit gestern. Allmählich zollte auch der mangelnde Schlaf seinen Tribut, ich war fix und fertig, sehnte mich nur nach einer Dusche und einer weichen Matratze.

»Marieke, willst du mit uns essen, wir haben noch etwas Auflauf.«

»Oh, ich will euch nichts wegfuttern«, meinte sie, aber ich sah an ihrem Blick, dass sie nur zu gern bleiben würde.

»Es ist genügend da, setz dich doch.« Jetzt holte ich den Bürodrehstuhl wieder ins Zimmer. »Bin gleich zurück, ich wärme die Reste nur eben auf, ja?«

Nachdem ich die Damen versorgt, Oma die Spritze in den Bauch gerammt, ihr einen Roman auf den Nachttisch gelegt und geduscht hatte, fiel ich erschöpft ins Bett. Mein Kopf lag nicht ganz auf dem Kissen, da war ich schon eingeschlafen.

# Kapitel Acht

Am nächsten Morgen riss mich das Klingeln meines Handys aus dem Tiefschlaf. Mit geschlossenen Augen tastete ich auf dem Nachttisch danach. »Hallo?«, beantwortete ich und hörte mich an, als hätte ich einen Riesenkater, dabei war ich nur übermüdet.

»Auf dich ist wohl auch kein Verlass mehr, was?«, schimpfte eine weibliche Person am anderen Ende.

Mein Gehirn brauchte einen Moment, um diese Stimme mit einer Kundin zu verknüpfen. Nachdem mir das gelungen war, kapierte ich auch, warum Caroline so genervt klang. Mit einem Schlag war ich wach und setzte mich auf. Das böse F-Wort lag mir auf den Lippen, aber ich verkniff es mir. Fluchen würde an meiner Unfähigkeit auch nichts ändern. Leugnen war sinnlos, und von Lügen hielt ich nicht viel.

»Ich hab' es verbockt«, gab ich deshalb zu. »Ich setze mich gleich ran, der Newsletter geht in ein paar Minuten raus. Tut mir leid.«

»Na, hoffentlich«, brummte Caroline ein wenig

versöhnlicher. »Wenn ich dich schon dran habe, könntest du bei den Abonnenten auch mal wieder eine Bereinigung machen und die Leute rausschmeißen, die E-Mails nicht öffnen? Du weißt schon, wegen der Quoten.«

Echt jetzt? Seit wann war das mein Job? Caroline war manchmal echt eine Plage. Davon abgesehen, dass ich Mist gebaut hatte und sie heute einen berechtigten Grund hatte, mich zurechtzuweisen. Aber zu meinen Tätigkeiten gehörte es trotzdem nicht, dass ich ihre Sekretärin spielte. Oft vergaßen Kunden das, sie war da bei Weitem nicht die einzige, nur die penetranteste. »Ich schaue es mir an«, erwiderte ich dennoch, weil ich gerade die schlechteren Karten hatte und geistig nicht auf der Höhe war.

»Gut. Dann melde dich bitte, wenn der Newsletter verschickt ist.«

Ich verdrehte die Augen. »Geht klar. Dir auch einen schönen Sonntag.« Dann legte ich auf.

»Pf«, stieß ich hervor und rieb mir über das Gesicht. Dann sah ich zu, dass ich besagten Newsletter vom Bett aus fertig machte und in die Welt hinaussendete. Da ich den Laptop schon mal angeworfen hatte, konnte ich mich auch gleich um die Belange der anderen Kunden kümmern.

Nach vierzig Mails hatte ich keine Lust mehr.

Heute war Sonntag. Andere Menschen hatten auch frei.

Ich klappte den Deckel zu. Sofort plagte mich das schlechte Gewissen. Ich konnte es nur schwer aushalten, wenn sich die Arbeit gefühlt meterhoch vor mir auftürmte. Warum also nicht das Lästige mit dem Nützlichen verbinden? Ich könnte nachher zum Strand fahren und von dort aus arbeiten. Für etwas musste die SIM-Karte in meinem Computer doch gut sein.

Als ich nach unten kam, war Oma natürlich schon wach.

»Hey«, sagte ich zu ihr.

»Moin! Gut geschlafen?«

»Wie ein Baby, ich hätte nicht mal gehört, wenn ein Bagger mit der Abrissbirne sein Unwesen getrieben hätte.«

Oma lächelte. »Schön, schön.« Erst jetzt sah ich, dass sie ein Buch in der Hand hatte.

»Was liest du?«

»Hast du mir gestern Abend doch selbst gebracht, hier, das ist diese Südstaatensaga.«

»Ach, stimmt.« Die hatte ich aus Berlin mitgebracht, eine Kundin hatte sie mir geschenkt. »Und, ist das Buch gut?«

»Du weißt doch, dass ich romantische Geschichten liebe, und auf etwas Schweres könnte ich mich jetzt sowieso nicht konzentrieren.« Sie steckte ihre Nase wieder in den Schmöker, und ich kümmerte mich erst mal um Kaffee.

Nachdem wir eine Stunde später unser Programm mit Morgentoilette und Frühstück absolviert hatten, klebte ich einen Zettel für Thore und andere Besucher an die Haustür. »Bitte den Hintereingang benutzen, bin gerade unterwegs.«

Dann schnappte ich mir Omas Fahrrad, pumpte den Reifen auf und radelte mit dem Laptop-Rucksack los. Was für ein herrlicher Morgen! Ein paar Schäfchenwolken zogen über den Himmel, die Sonne strahlte. Es war einfach magisch, wie sich die Lichtverhältnisse auf dieser Insel je nach Tageszeit änderten. Heute waren die Umrisse klar und scharf, im Abendlicht würden sie diesig und weicher werden.

Je näher ich dem Strand kam, desto rauer wurde das Lüftchen. Wundervoll! Nirgends konnte ich so gut durchatmen wie hier.

Ich schloss das Rad an und schlüpfte aus den Schuhen.

Die Dünen waren so hoch, dass ich das Ufer noch nicht sehen konnte, aber mit jedem Schritt kam ich ein Stück näher.

Der Sand war puderweich und weiß, die Grasbüschel bildeten grüne Tupfer und bogen sich im Wind. Der Geruch von Meersalz strömte in meine Nase, und ich hielt einen Moment inne, während mir die Sonne das Gesicht wärmte. Stress und Anspannung fielen von mir ab, und ich lächelte. Erst als der Schrei einer tieffliegenden Möwe mich aufschreckte, setzte ich meinen Weg fort.

Auf der Informationstafel las ich, dass ich heute kein Glück hatte, falls ich schwimmen gehen wollte – es war Ebbe. Machte aber nichts, ich war ja wohl noch ein paar Tage hier. Erst mal musste ich mir ein ruhiges Plätzchen suchen und meinen Kram erledigen.

Kurz überlegte ich, ob ich am Ufer bis zum nächsten Strandkorbanbieter laufen sollte, entschied mich dann aber dagegen. Thore arbeitete hier nicht mehr, sicher war nur der Name Mathiesen geblieben. Ich suchte mir einen gemütlichen Korb in der Nähe der Strandbar, zahlte meine fünf Euro bei einem Teenagermädchen und schlug mein Lager, äh, meinen Arbeitsplatz auf. Nachdem ich Laptop, Block und Stift zurechtgelegt hatte, holte ich mir einen Kaffee, dann ging es los.

So ließ es sich arbeiten. Die Ideen sprudelten nur so. Kein Wunder, dass am Ende nahezu jedes Posting, das ich für meine Kunden plante, etwas mit dem Meer zu tun hatte.

Ich war so vertieft in mein Tun, dass ich gar nicht bemerkte, wie Leute kamen und gingen. Erst als mich jemand ansprach, schob ich den Computer von mir.

»Wiebke?«

Ich blinzelte gegen die Sonne und schaute in Svantjes Gesicht. Sie trug eine knappe Shorts und ein Trägertop.

»Moin!«, erwiderte ich und freute mich wirklich, sie zu sehen. Am Ufer wanderten viele Spaziergänger umher, Kinder bauten Sandburgen, und ein Junge spielte mit einem Lenkdrachen. Er kam mir bekannt vor.

»Du arbeitest? Da will ich dich nicht stören. Ich bin mit meinem Sohn hier, er wollte mir unbedingt den neuen Drachen zeigen, den ihm sein Papa diese Woche gekauft hat.«

»Du störst doch nicht. Leider ist bei mir diese Woche einiges an Arbeit liegen geblieben, und ich wollte was wegschaffen. Ist das dein Sohn da drüben?«

»Ja, genau. Linus, er ist fünf.«

»Mamaaa, die Schnur hat sich verdreht«, rief der Junge, und schon stürzte sein Drachen ab.

»O Mist«, stieß ich hervor, aber nicht deshalb, sondern weil ich jetzt erkannte, dass es sich bei Linus um Thores Sohn handelte.

Ich musste kein Genie sein, um eins und eins zusammenzählen zu können: Svantje und Thore waren ein Paar.

Diese Neuigkeit ließ mich erstarren.

Fast hatte ich geglaubt, dass Svantje und ich so was wie Freundinnen hätten werden können. Aber das war nun schlichtweg unmöglich.

Und dann hatte es gestern auch noch diesen Moment zwischen mir und ihm gegeben, den ich mir sicher nicht eingebildet hatte. Ich fühlte mich schrecklich. Schließlich war ich keine von diesen Frauen, die vergebenen Männern schöne Augen machten.

Sollte ich ihr davon erzählen? Selbst wenn ich es gewollt

hätte, ich brachte keinen Ton heraus. Meine Kehle war wie zugeschnürt.

»Tut mir leid, da muss ich Linus kurz helfen, sonst verheddert sich die Schnur noch mehr, und wir kriegen die Knoten niemals mehr gelöst«, sie lachte und war auch schon auf dem Weg zu ihm. »War schön, dich zu sehen, Wiebke! Bis später mal, vielleicht besuchst du mich nachher im Café.« Sie rannte leichtfüßig über den Sand, und kurz wünschte ich mir, sie hassen zu können, aber das war unmöglich.

Svantje war großartig, und sie konnte ja nichts dafür, dass ich eine Vergangenheit mit ihrem Mann hatte. Im Gegensatz zu mir war sie genau die Art Frau, die an Thores Seite passte: Sie war geschäftstüchtig, herzensgut und auch atemberaubend schön.

Gerade konnte ich mir nicht erklären, wie es gestern überhaupt zu einem knisternden Moment zwischen Thore und mir hatte kommen können, wenn er mit so einer fantastischen Frau wie Svantje zusammen war.

Vielleicht hatte ich mir das Prickeln ja doch eingebildet. Ich wusste nicht, was mir lieber war. Mein Herz und mein Kopf waren sich mal wieder nicht einig.

Ein Impuls regte sich allerdings sehr deutlich in mir: Ich musste weg vom Strand. Am besten auch gleich von der Insel.

Eilig packte ich meinen Kram zusammen und lief davon.


Ich radelte gedankenverloren zurück und hätte um ein Haar jemanden umgefahren, der um Omas Hausecke bog. Es war Thore, der reaktionsschnell zur Seite sprang und sich vor mir in Sicherheit brachte. Natürlich war es er. Es war immer nur er.

»Mensch«, schimpfte ich und legte eine Vollbremsung hin.

»Dir auch einen guten Morgen«, gab er gut gelaunt zurück. Als er in mein Gesicht blickte, verblasste sein Lächeln.

»Warst du bei Oma?«, krächzte ich.

Okay, blöde Frage. Mir fiel einfach nichts Schlaueres ein. Alternativ hätte ich sagen können: Wieso hast du Arsch mich gestern so angeschaut, als ob ich dir immer noch etwas bedeutete?

Nein, das sollte ich schön sein lassen. Je weniger Kontakt ich mit ihm hatte, desto besser.

»Ja, war ich. Es sieht heute viel besser aus, die Schwellung ist auch zurückgegangen, das ist ein gutes Zeichen.«

»Okay, prima, dann kann ich ja bald abreisen«, platzte es aus mir hervor. Ich bereute den Satz, sobald ich ihn ausgesprochen hatte. Es ging ihn nichts an, und auf einen blöden Kommentar seinerseits konnte ich auch gern verzichten.

»Immer willst du davonlaufen. Wovor bist du eigentlich auf der Flucht?«, fragte er leise und wirkte zerrissen, was mich wütend machte. Sein Blick ging mir durch Mark und Bein.

Er durfte mich nicht so anschauen. Nicht er!

Ich war versucht, Thore zu erzählen, dass ich Svantje und seinen Sohn am Strand getroffen hatte. Aber was sollte das bringen? Er würde garantiert nicht kapieren, worauf ich hinauswollte, und ich stünde – mal wieder – wie eine Vollidiotin da. Deshalb tat ich das einzig Richtige, ich schwieg und schob Omas Rad an ihm vorbei. Glücklicherweise war der Blödmann klug genug, mir nicht zu folgen, sonst hätte ich ihm doch noch ein paar Takte von wegen Treue und Aufrichtigkeit erzählt.

So konnte ich meine Wut am Fußboden der Werkstatt auslassen, den ich fegte, bis fast die braunen Fliesen davonflogen. Nachdem der grobe Schmutz beseitigt war, nahm ich mir die Fenster mit Putzwasser, Leder und einer alten Zeitung vor. Schweiß lief mir über die Stirn, an den Schläfen und zwischen meinen Brüsten hinab. Es tat unendlich gut, zur Abwechslung mal etwas Körperliches zu tun. Das hier fühlte sich ehrlicher und befriedigender an als jedes Instagram-Posting, das ich für meine anspruchsvollen Kundinnen erstellte. Darüber wollte ich jetzt nicht nachdenken, deshalb drehte ich das Radio an und machte weiter.

Ein Klopfen an der Scheibe ließ mich aufblicken. Dann trat ein Mann in den Laden. Ich hielt inne. Wow. Er war dunkelhaarig, groß gewachsen und mit einem breiten, sehr einnehmenden Lächeln. »Tag, verleiht ihr auch Fahrräder?«, fragte er mich und sah sich neugierig um. Leider verriet die Art, wie er sich die Sonnenbrille ins Haar schob, dass er genau wusste, wie attraktiv er war.

»Nein, da bist du hier leider total falsch. Ich bringe den Laden nur ein bisschen in Schuss.«

»Planst du eine Neueröffnung?«

»Bist du aus der Gegend?«, wollte ich wissen, denn er sprach nicht mit dem örtlichen Akzent, von rollendem R keine Spur, und üblicherweise grüßte man hier zu jeder Tageszeit mit einem »Moin«.

»Nicht wirklich, aber ich habe ein Haus gekauft – ein Sommerhaus. Zum Arbeiten.«

»Hui. Einfach mal so ein Haus gekauft?«

Er schaute mich einen Moment an, dann lachte er. »Ja! Ich bin Autor und brauche immer mal wieder einen Tapetenwechsel.«

»Vielleicht hätte es auch eine Ferienwohnung getan?«

Ich schlug mir die Hand vor den Mund, schließlich ging mich das ja nichts an. »Tut mir leid, ich sollte meine Klappe halten.«

»Ich bin übrigens Leopold, Freunde sagen Leo zu mir.«

»Und du bist berühmt?«

»Kennst du mich?« Seine Augen funkelten amüsiert.

»Äh, sorry, nein.« Ich lachte. »Aber du musst ja ganz schön viele Bücher verkaufen, wenn du dir einfach mal so ein Haus anschaffen kannst.«

»Es ist klein und eher renovierungsbedürftig. Wenn du willst, zeige ich es dir mal.«

Kurz war ich überrascht, fühlte mich aber geschmeichelt. »Weißt du was? Ich verleihe zwar keine Fahrräder, aber hier stehen welche herum, die offenbar niemand vermisst. Such dir doch eins aus und bring es zurück, wenn du es nicht mehr brauchst.«

»Geht das so einfach?«

Ich hob eine Braue. »Natürlich geht das.«

Er streckte mir eine Hand hin. »Abgemacht, aber dafür lade ich dich zum Essen ein.«

»Ich bin wirklich nicht ...«, auf der Suche, wollte ich sagen und hielt inne.

Vielleicht würde mir ein wenig Ablenkung guttun, damit ich nicht ständig an einen blonden Inselarzt denken musste, der vergeben war.

Ich schlug ein und drückte kräftig zu. »Abgemacht, Leo. Leo wie noch eigentlich?« Nicht, dass ich übermäßig neugierig war, aber bevor ich mich mit jemandem verabredete, wollte ich zumindest wissen, wie er vollständig hieß.

»Leo Winter und du?«

»Wiebke Jannen.«

»Super, ich freue mich. Jetzt erkunde ich erst mal die

Insel. Was hältst du von Mittwochabend? Vorher habe ich eine Deadline, die ich einhalten muss. Ich hole dich dann um sieben ab.«

Der ging ja ganz schön ran. Eigentlich stand ich nicht so auf dominante Typen, aber der erste Eindruck mochte täuschen. Leo war attraktiv und wirkte auf eine gewisse Art sympathisch. Ich war aber auch lange genug Single, um schon viele sehr schlechte Dates erlebt zu haben. Deshalb war ich lieber vorsichtig. »Mittwoch dann also.«

»Super! Bis dann, Wiebke.«

»Tschüss, Leo«, rief ich ihm hinterher, als er sich auf den Drahtesel schwang und in die Pedale trat. Ich war mir nicht sicher, ob ich ihn je wiedersehen würde. Wenn nicht, auch nicht schlimm. So kurz und bündig hatte ich weder je ein Fahrrad hergegeben, noch eine Verabredung ausgemacht. Meine Laune war nach dieser Begegnung allerdings deutlich besser, allein dafür war ich dankbar. Und falls Leo am Mittwoch tatsächlich hier auftauchte, würde ich auch mit ihm essen gehen. Ich musste ihn ja nicht gleich heiraten.

# Kapitel Neun

Es hatte nur ein paar Tage gedauert und von Omas geliebter Ordnung war nichts als Chaos übrig. Die Küche sah aus, als wäre eine Bombe darin explodiert. Dabei hatte ich nur Waffeln nach ihrem alten Rezept backen wollen, um den Gästestrom zu bewirten, der nicht abreißen wollte.

»Ich schwöre, beim nächsten Besucher, der klingelt, nehme ich Eintrittsgeld!«, murrte ich, weil die Kaffeekanne schon wieder leer war.

Oma tat mir ein bisschen leid, meine schlechte Laune hatte wirklich nichts mit ihren Freunden zu tun, sondern mit mir selbst. Ich Memme hatte meinen Flug noch immer nicht storniert, versteckte mich hier drin und schlich mich nur raus, wenn ich sicher sein konnte, dass Svantje in ihrem Laden war. Den *Letj Dekopot* mied ich tunlichst, ebenso wie Thore. Sobald er hier auftauchte, verkrümelte ich mich und kam erst wieder aus meiner Höhle hervor, wenn er gegangen war.

»Krischan«, grüßte ich Opas Freund, und mir fiel auf, dass er sein Fahrrad mitgebracht hatte.

»Moin! Ich dachte, ich lasse dich mal danach schauen. Oder passt es gerade nicht?«

»Doch, ich habe Zeit!« Ich freute mich, etwas zu tun zu haben. »Komm doch rum, bin gleich drüben.«

Wenig später schraubte ich an Krischans Rad und vergaß dabei alles andere um mich herum. »Ich bring es dir nachher vorbei«, versprach ich, ohne den Blick zu heben.

»Prima, bis dann.«

Ich war gerade fertig, als ein Schatten hereinfiel. Ich glaubte erst, es wäre Krischan, der zurückgekommen war, oder Leo – von dem ich seit unserer ersten Begegnung nichts mehr gesehen oder gehört hatte. Es war keiner von beiden, sondern eine ältere Dame mit Käppi und knielangen Trekkinghosen. »Grüß Gott, is des a Gschäft?«, sprach sie mich an.

Okay, sie war nicht von hier. Ich grinste in mich hinein, weil ich den Dialekt niedlich fand.

»Äh, eigentlich nicht«, antwortete ich. »Das heißt, es war mal eins. Was ist denn?«

»I hob a Problem.«

»Ja, das dachte ich mir.« Ich betrachtete sie weiter. »Wo brennt's denn?«

»Beinah hätt i gsogt unter meim Hintern, aber des stimmt ned. Mei Gangschaltung tut's nimma.«

»Zeigen Sie mal her«, bat ich sie und ging ihr entgegen. »Haben Sie ein paar Minuten?«

»Sicher!«

»Gut, dann schaue ich mal, ob ich was machen kann.«

Es dauerte etwas länger als ein paar Minuten. Nach der

Reparatur war mein weißes Shirt unbrauchbar und meine Finger schwarz, aber das Problem war behoben.

»Mei, Sie sind eine Zauberin!«, trällerte die Dame und gab sich mehr Mühe mit ihrem Hochdeutsch. »Was bin ich Ihnen schuldig?«

Kurz überlegte ich, aber dafür konnte ich kein Geld nehmen. »Wie gesagt, das hier ist kein offizielles Geschäft mehr. Ich möchte Ihnen dafür nichts berechnen. Wenn Sie aber unbedingt etwas Gutes tun wollen, gehen Sie in die Kirche und stecken Sie zwei Euro in die Spendenkasse. Ich habe gehört, dass die Orgel erneuert werden muss, und so was ist teuer.«

»A evangelische Kirch?« Sie sah aus, als ob sie dem Teufel höchstpersönlich huldigen sollte.

Ich zuckte die Schultern und grinste, während ich mir die Hände an einem Lappen abwischte. Ich wollte nachher gleich auf den Dachboden gehen, vielleicht war ja noch etwas von Opas Arbeitskleidung aufzutreiben. »Nur, wenn Sie mögen. Sie müssen nicht.«

»Na, is scho recht. Der Herr vergelt's Ihna. Wiederschaun!«

Nachdem die Touristin weg war, schaltete ich das Radio aus. Ich schob Krischans Rad in die Nachmittagssonne und schaute an mir herunter. So verdreckt wollte ich nicht durchs Dorf fahren. Mir blieb also nichts anderes übrig, als mich umzuziehen. Da konnte ich doch gleich das Nützliche mit dem Spannenden verbinden, überlegte ich und ging nach oben, ließ die Dachbodenleiter herunter und suchte nach einem von Opas Blaumännern.

Tatsächlich wurde ich nach ein paar Minuten fündig, zog den Overall aus einem der Säcke und hielt ihn mir vor die

Brust. Nur für alle Fälle, sagte ich mir und legte ihn zu den Stufen. Wo ich schon mal hier war, konnte ich auch nach Hinweisen zu meiner Vergangenheit suchen. Eine halbe Ewigkeit und zehn Niesanfälle später war ich genauso ahnungslos wie zuvor. Entweder hatte jemand alles entsorgt, oder meine Mutter hatte sich umsonst aufgeregt. Ich hielt einen Stapel Superman-Comics in den Händen und blätterte im obersten Band. Lois Lane war gerade dabei, ihren Superhelden anzuschmachten, aber der war vom Kryptonit geschwächt und hilflos. Ich klappte das Heft wieder zu und legte es zurück. Liebe. Liebe. Überall Liebe und nur Probleme. Mein Kryptonit war leider nicht auf einem entfernten Planeten, sondern inkarniert in einem hinlänglich bekannten Inselarzt. Sobald ich in seine Nähe kam, konnte ich auch nur hilflos sabbern und fühlte mich vollkommen dusselig.

Na ja, zum Glück war es nicht ganz so schlimm. Aber irgendwie amüsierte mich der Vergleich mit dem Kryptonit dann doch ein bisschen. Mit dem Blaumann verließ ich den Dachboden. Was meine Herkunft betraf, war ich nur leider genauso ahnungslos wie zuvor.

Nachdem ich die Dachluke verschlossen hatte, machte ich mich frisch und schlüpfte in andere Klamotten, ehe ich Krischan sein Rad zurückbrachte. Er freute sich sehr und wollte mir zum Dank eine Flasche Fischergeist in die Hand drücken, die ich nur mit Mühe ablehnen konnte.

Auf dem Rückweg pfiff ich leise vor mich hin und war mit mir und der Welt zufrieden. Die Seeluft tat mir gut, ich schlief hier besser als zuletzt in Berlin. Und mit Oma ging es von Tag zu Tag bergauf.

Die Sonne stand nicht mehr hoch am Himmel, die

Schatten wurden länger, und der Wind frischte auf. Ein paar Schwalben flogen im Tiefflug über mich hinweg, von Opa und Oma wusste ich, dass das Regen bedeutete. Es sah nicht danach aus, aber das Wetter konnte sich hier so schnell ändern, dass es mich nicht wundern würde, wenn es in zwei Stunden goss wie aus Eimern.

»Wiebke?«, rief mich eine Frau, und ich drehte mich um.

Ich erstarrte, als ich Svantje auf einem hellblauen Damenrad erblickte. Sie hatte Gemüse, Milch, eine Flasche Wein und Brot in ihrem Korb.

»Oh, Moin«, grüßte ich und wünschte mir, ich hätte eine andere Abzweigung genommen. Seit ich herausgefunden hatte, dass sie mit Thore zusammen war, hatte ich sie nicht mehr gesehen. Vielmehr: Ich hatte mich vor ihr versteckt.

»Ich habe schon geglaubt, du gehst mir aus dem Weg«, scherzte sie. »Wo hast du dich in den letzten Tagen denn verkrochen?«

Hitze stieg über meinen Hals in meine Wangen. »Ich doch nicht«, lachte ich, es klang zu künstlich. »Es war irrsinnig viel zu tun.«

»Ich habe schon gehört, dass du jetzt in der alten Werkstatt deines Opas wieder Fahrräder reparierst? Das ist ja cool.«

Mist. In diesem Dorf blieb auch nichts geheim. »Äh, na ja, das ist zu viel gesagt. Ich habe einem Freund geholfen, das war's.«

Sie lächelte strahlend. »Hast du heute schon was vor? Du könntest zum Essen kommen.«

Ich bemühte mich, mir den Schock nicht anmerken zu lassen. Nur über meine Leiche würde ich mich mit ihr, Thore und ihrem gemeinsamen Sohn an einen Tisch setzten, um beim Dinner nett zu plaudern. »Oh, das geht leider nicht.«

»Wieso nicht?«

Meine Güte, von Diskretion hielten die Insulaner wohl nicht viel. »Weil ich keine Zeit habe, Oma braucht mich«, wich ich so lässig wie möglich aus. Es fühlte sich leider überaus verkrampft an.

»Ach wie schade.« Ihr Lächeln verblasste ein wenig. »Dann vielleicht ein andermal. Aber ich habe eine Frage, du bist doch ganz gut in Internetsachen?«

Lustig, wie sie es ausdrückte, aber trotzdem war mir nicht nach Lachen zumute. Ich wollte ihr aus dem Weg gehen. »Ja, schon«, gab ich zu.

»Könntest du mir kurz im Café helfen? Ich habe ein Problem.«

»Natürlich.« Ich konnte nicht Nein sagen, sie war immer so nett und hilfsbereit mir gegenüber gewesen. Da konnte ich ihr meine Hilfe nicht verwehren. Das ging einfach nicht. Ich würde mitkommen, mir ansehen, was nicht lief, und dann schnellstmöglich verschwinden.

»Jetzt gleich?«, fragte ich in der Hoffnung, doch noch zu entkommen.

»Wenn es dir nichts ausmacht?«

»Überhaupt nicht«, log ich und fühlte mich schrecklich. Die Frau hatte mir nichts getan, und ich begriff, dass ich entweder eifersüchtig oder nur traurig war, weil sie etwas hatte, was ich mir vor langer Zeit selbst einmal gewünscht hatte.

Für beides konnte Svantje nichts, das war mein persönliches Problem. Deshalb nahm ich mir vor, ihr so gut es ging zu helfen und erst dann abzuhauen.

Svantje stieg vom Rad und ging neben mir her. Zum

Glück war es nicht weit, trotzdem kam es mir unendlich lang vor, weil ich partout nicht wusste, was ich mit ihr reden sollte.

Es war nach achtzehn Uhr, daher war der *Letj Dekopot* natürlich schon geschlossen. Wir nahmen den Hintereingang. »So, da sind wir«, verkündete sie.

»Wo drückt denn der Schuh?« Ich hatte immer noch keine Ahnung, was sie von mir wollte.

»Marieke hat erzählt, dass du dich mit Social Media gut auskennst. Ich wollte dich was zu Instagram fragen.«

»Ja, allerdings, da kenne ich mich aus, schieß los!«

Svantje setzte gerade zu ihrer Erklärung an, als jemand gegen die Scheibe klopfte. Offensichtlich war das hier ein gängiges Kommunikationsmittel... Ich guckte mich um, und mir wurde schlagartig schlecht. Es war Thore mit seinem Sohn.

Ein blöderes Timing hätten sie nicht haben können.

Ich wünschte mich an einen anderen Ort, aber ich war nun mal leider keine Zauberin. Wohl oder übel würde ich weiter so tun müssen, als wäre das alles kein Problem für mich.

Svantje war mit wenigen Schritten bei der Eingangstür, drehte den Schlüssel und öffnete. »Hallo mein Großer!« Sie küsste ihren Sohn auf die Stirn.

Thore schaute zwischen uns hin und her. »Moin«, grüßte er mich knapp, dann sprach er mit Svantje. »Du warst nicht zu Hause, da dachte ich...«

Sie nickte schuldbewusst. »Ja, ich habe getrödelt, war einkaufen, dann habe ich Wiebke getroffen, du kennst mich ja, schwupps habe ich mich verquasselt.«

Thore zuckte die Schultern und wirkte nicht halb so

ertappt, wie er sich meiner Meinung nach fühlen müsste. Das behielt ich natürlich für mich.

»Braucht ihr hier einen Moment, Svantje? Ich kann dir Linus auch später bringen«, bot Thore an, was ich nicht ganz verstand, aber vielleicht hatte er Hausbesuche auf dem Plan. Hoffentlich nicht bei Oma, für heute hatte ich wirklich genug von ihm gesehen und gehört.

»Würdest du das machen? Das wäre lieb, du bist ein Schatz.« Sie schenkte ihrem Ehemann ein Luftküsschen – oder ihrem Verlobten? Einen Ring trug er nicht, aber das konnte auch am Job liegen. Dann drückte sie ihren Sohn noch einmal an sich. »Bis später, mein Großer.«

Ich fühlte mich mehr als fehl am Platz bei so viel Familienharmonie. Mit Mühe rang ich mir ein Lächeln ab und vermied es, Thore anzusehen, obwohl ich seinen fragenden Blick auf mir spürte.

Erst als er mit seinem Jungen weg war, fing ich wieder an zu atmen. Bis dahin war mir gar nicht klar gewesen, dass ich die Luft angehalten hatte.

Svantje lächelte. Entweder hatte sie wirklich keine Ahnung, dass ich mal was mit ihrem Kerl gehabt hatte, oder sie war einfach ein Engel auf Erden, der weder eifersüchtig noch stutenbissig war.

»Süß, der Linus. Habt ihr außer ihm mehr Kinder?«, krächzte ich, weil ich nicht wusste, was ich sonst sagen sollte. Die Stille war auch so schon bedrückend für mich.

Svantje nickte. »Nein, nur ihn. Und ich bin froh, dass es so gut mit Thore und mir läuft. Ist ja nicht selbstverständlich.«

Womöglich guckte ich ein wenig dämlich, denn sie furchte die Stirn, während sie weitersprach. »Du denkst doch nicht, Thore und ich? Du weißt es nicht...?«

»Was weiß ich nicht?« Mein Herz hämmerte viel zu schnell. Das hier war so unangenehm.

»Thore und ich sind nicht zusammen. Schon lange nicht mehr. Wir sind Eltern. Beste Freunde, aber wir sind schon lange kein Paar mehr.«

»Was?«, stieß ich hervor und traute meinen Ohren nicht.

»Wie kann es sein, dass du seit mehr als einer Woche auf der Insel bist und noch nicht meine ganze Lebensgeschichte kennst?«, scherzte sie amüsiert.

Daraufhin musste sogar ich lachen. Svantje stimmte mit ein. »Tut mir leid, da habe ich nicht aufgepasst.«

»Wollen wir das wirklich alles hier im Laden besprechen, oder kann ich dich doch zu einem Glas Wein überreden? Das wäre doch viel entspannter.«

»Wein klingt fantastisch«, gab ich ehrlich zu. Während wir den Laden verließen, grübelte ich. Jetzt, nachdem ich kapiert hatte, dass Thore und sie nicht mehr zusammen waren, fühlte ich mich befreit. Gleichzeitig tauchten neue Fragen in meinem Kopf auf. Wusste sie von mir und ihm? Und warum war ich so verdammt erleichtert?

# Kapitel Zehn

Svantjes Reetdachhaus war, wie zu erwarten, stilvoll und gemütlich eingerichtet. Klein, aber fein, als hätte sie den Begriff *Hygge* selbst erfunden. Die Schränke waren aus hellem Holz, die Sitzmöbel im Wohnzimmer mit einem naturfarbenen Stoff bezogen. Grünpflanzen schafften ein wunderbares Raumklima, die Küche war offen. Sie packte die Einkäufe in den Kühlschrank und zog eine gekühlte Weinflasche heraus. »Ist Grauburgunder okay?«

»Natürlich!« Ich sah mich im Zimmer um. Die Abendsonne fiel durch die Fenster auf den honigfarbenen Dielenboden. Die Aussicht war fantastisch. Ihr Häuschen lag gleich hinter den Dünen. Ein paar Möwen flatterten über den Abendhimmel, ich hörte ihr Kreischen förmlich im Ohr, dabei war das Fenster geschlossen. Auf dem Kaminsims standen ein paar Fotos. Ein gemeinsames von ihr und Thore war auch dabei, sie hielten den neugeborenen Linus in den Armen und strahlten in die Kamera.

»Hier bitte«, sagte Svantje und reichte mir ein Glas.

»Wie winzig er da war! Verrückt, oder? Da waren Thore und ich übrigens schon nicht mehr zusammen.«

»Ach was?«

»Wir hatten schnell gemerkt, dass wir als Paar nicht funktionieren, es gab keinen Streit oder so, aber ... es hat einfach nicht gepasst. Ich wollte keine Beziehung, wenn ich nicht mit vollem Herzen dabei bin – und Thore offenbar auch nicht.«

Blöderweise keimte ein wenig Hoffnung in mir auf. Nur weil es mir so ging, dass ich ihn nicht vergessen konnte, hieß das noch lange nicht, dass es auf Gegenseitigkeit beruhte.

Leider war ich viel zu gespannt, als Svantje weitersprach. Die Gläser klirrten, als wir anstießen, und sie fuhr fort. »Ich bin vor sechs Jahren hierhergekommen, als ich einen Neuanfang brauchte, um eine miese Trennung hinter mir zu lassen. So landete ich also auf der Insel und suchte nach einem Gelegenheitsjob. Das mit Thore und mir war Harmonie auf den ersten Blick.«

Ich konnte nicht verhindern, dass ich einen Stich der Eifersucht verspürte. Bei uns war es genauso gewesen. Ich hielt die Klappe, ehe ich etwas sehr Dummes von mir gab.

»Wir waren unzertrennlich, ein Herz und eine Seele. Aber ich habe ihn nie so geliebt, wie es für eine tiefe Beziehung hätte sein müssen, und ihm ging es genauso. Liebe und Freundschaft sind zwei Paar Schuhe, das haben wir anfangs ignoriert, weil wir uns so sympathisch waren, glaube ich. Nach ein paar Wochen wurde uns klar, dass wir, na ja, niemals in ewiger Liebe füreinander entbrennen würden. Richtig gute Freunde waren wir, ja, aber da war kein Prickeln, das gewisse Etwas hat gefehlt. Leute sagen immer, dass Männer und Frauen nicht befreundet sein können, aber Thore und ich sind eine Ausnahme. Wir können dafür kein Paar sein, das funktioniert nicht, obwohl er mir wichtig ist.«

Das alles leuchtete mir ein, doch es gab einen wesentlichen Punkt, der ihrer Aussage widersprach. Irgendwie war Linus ja entstanden, wohl nicht durch ein Reagenzglas, oder?

Sie schien meine Frage zu erahnen und lächelte schief. »Richtig, Wiebke. Ich weiß, was du denken musst. Wir haben genau zweimal miteinander geschlafen, aber ... Gott, das ist mir peinlich, aber na ja, es hat nicht so gut im Bett harmoniert wie außerhalb des Schlafzimmers.« Sie wurde rot und trank hastig einen Schluck. »Ja, und dann war ich plötzlich schwanger. Es war natürlich zuerst einmal ein Schock, aber ich habe mich trotzdem sofort riesig darüber gefreut. Ich war gerade dreißig geworden. Keine Sekunde kam mir auch nur der Gedanke, dass ich das Kind nicht bekommen würde. Thore war ganz meiner Meinung, er hat sich immer nach einer Familie gesehnt. Obwohl er so offen wirkt, ist er doch ein Einzelgänger und oft einsam. Er spricht nicht gern darüber, aber der Tod seiner Mutter hat ihn verändert.«

»Was für eine Geschichte! Du solltest ein Buch daraus machen«, sagte ich, weil mir nichts Sinnvolleres einfiel. Wann war seine Mutter gestorben? Ich wusste ja, dass sie damals sehr krank gewesen war, aber Thore hatte immer davon gesprochen, dass sie wieder gesund werden würde. Es tat mir leid, dass er sich offenbar geirrt hatte.

»Das wäre aber eine lahme Romanze, so ohne Happy End. Bei mir ist niemand in Sicht, der das ändern könnte. Nicht, dass ich mich beschweren will, meine Tage sind alles andere als langweilig. Und ich lebe gerne hier auf der Insel. Aber eins verrate ich dir noch: Den Frauen hier im Ort bin ich manchmal ein Dorn im Auge, weißt du? Sie haben Angst, dass ich ihnen ihre Männer ausspanne. Kannst du dir das vorstellen? Offen sagt mir das natürlich niemand, aber ich sehe es, und ich spüre es.«

»Wie bitte?« Ich guckte sie schräg an. »Das ist ein Witz, oder?«

Sie schüttelte den Kopf. »Nee, ist es nicht. Sie schneiden mich nicht oder so. Aber ich werde auch nicht allein eingeladen, wenn irgendwas ansteht, also Partys oder Geburtstage. Die Einladungen kommen immer für Thore *und* mich, witzig, oder? Dabei wissen alle, dass wir nicht zusammenwohnen. Tja, das ist das Einzige, was ein bisschen seltsam für mich ist. Aber ich hatte das Gefühl, dass ich dir unsere familiäre Situation erklären müsste.«

Sie sah mich eindringlich an. Jetzt kamen wir doch zum Kern der Sache. Sollte ich ihr erzählen, dass ich früher mal mit Thore zusammen gewesen war? Oder wusste sie es bereits? Spielte das überhaupt eine Rolle?

Für mich leider ja, und das merkte ich in diesem Moment sehr deutlich. Für einen Augenblick überlegte ich, ob es nicht besser wäre, wenn sie noch mit ihm zusammen wäre. Der Grund, mich zwingend von Thore fernzuhalten, wäre auch eine Versicherung für mich gewesen, dass ich keine Dummheiten beging. Dummheiten, die mir gerade sehr verlockend erschienen.

Denn seit ich diesen blöden Comic auf dem Dachboden gefunden hatte, hatte ich eines begriffen: Thores Wirkung auf mich war heute noch so intensiv wie damals. Vermutlich wusste er es nicht einmal, aber Thore war mein Kryptonit. Dagegen gab es kein Heilmittel, wie jeder Superman-Fan wusste. Das Einzige, was half, war in beiden Fällen Distanz.

Ich trank einen Schluck Wein, und mir wurde klar, dass ich keinen Ton von mir gegeben hatte. Weil mir nichts Besseres einfiel, plapperte ich drauflos. »O je, du hast doch hoffentlich nicht gedacht, dass ich das so sehe wie die Frauen aus dem Dorf? Ich habe ja nicht mal einen Mann!« Ich lachte. Es tat gut und war irgendwie befreiend.

»Ich war mir nicht sicher, ehrlich gesagt. Und vielleicht habe ich es ein bisschen dramatisiert... Ich liebe Nortrum und seine Bewohner. Wir funktionieren als Eltern sehr gut, Thore und ich, es kam nie infrage, dass ich gehen würde.«

»Wohnt er hier?« Als ich die Frage gestellt hatte, erinnerte ich mich, dass sie es bereits erklärt hatte. Aber in meinem Gehirn drehten sich zu viele Gedanken im Kreis. Svantje schien meine Aufregung entweder nicht zu bemerken, oder sie überspielte es sehr gut.

»O nein, Gott bewahre. Thore und ich in einer WG, das würde nicht gut gehen. Und wenn ich ehrlich bin, dann habe ich die Hoffnung auch nicht aufgegeben, dass sich vielleicht doch einmal ein Mann in mein Leben verirrt, mit dem es passen könnte. Woher der kommen sollte, weiß ich allerdings nicht.« Sie strich sich den Rock glatt und kräuselte die Nase. »Das klingt echt verzweifelt, oder?« Svantje lachte sarkastisch.

»Überhaupt nicht«, erwiderte ich und meinte es so. Eine Welle der Sympathie überkam mich. »Ich kann das wirklich gut nachvollziehen.«

»Kennst du Thore eigentlich? Von früher meine ich? Er hat mir gestern erzählt, dass du als Kind oft hier warst.«

»Das ist mir jetzt irgendwie peinlich«, begann ich ausweichend.

»Was soll peinlich sein? Hallo? Ich habe gerade meinen ganzen Seelenmüll hier bei dir abgelassen«, scherzte sie. »Ich kann mir kaum vorstellen, dass du das toppen kannst.«

Ich trank einen Schluck und wollte ihre Offenheit erwidern, ich wusste nur nicht, wie ich es formulieren sollte, ohne blöd dazustehen. »Ich kannte ihn sehr gut, als Jugendliche war ich mal in ihn verliebt.«

Das stimmte, auch wenn es vielleicht nur die halbe Wahrheit war.

»Oh, na klar, ich verstehe! Thore ist wirklich attraktiv – dazu ist er ein herzensguter Mensch. Glaub mir, ich habe mich oft gefragt, warum es bei uns nicht mehr als ein Funken war, der so schnell erloschen ist, wie er aufflammte. Thore ist im Grunde perfekt, ehrlich, loyal, verbindlich.«

»Willst du ihn mir aufschwatzen?«, scherzte ich, als mein Puls zu rasen begann.

»Keine schlechte Idee! Das ist ja auch so eine Sorge als Mutter, wenn der Vater deines Kindes dann mal eine neue Frau anschleppt, sollte man die schon mögen.«

Ich hob eine Hand, um das Ganze gleich zu beenden, ehe es aus dem Ruder lief. Wenn ich eines nicht brauchen konnte, dann einen Verkupplungsversuch mit Thore. »Tut mir leid, da muss ich dich enttäuschen. Sobald es Oma besser geht, bin ich hier wieder weg, und ... wie gesagt, als Jugendliche war ich mal in ihn verliebt, aber das ist lange vorbei.« Meine Stimme klang gehetzt. Meine Güte, ich war so eine lausige Lügnerin.

»Schade, aber gut, ich will dich nicht nerven, deshalb habe ich dich auch nicht eingeladen. Komm, ich schenke uns noch mal nach.« Sie holte die Flasche Wein, und wir setzten uns ins Wohnzimmer. Sie im Schneidersitz auf dem einen Sofa, ich nahm auf dem anderen Platz, das gegenüberstand.

»Thore ist ein Familienmensch, deshalb ist es schade, dass wir hier kaum engere Verwandte haben. Vielleicht suche ich auch deshalb so verzweifelt nach einer Freundin«, witzelte sie. »Weißt du eigentlich, warum er Arzt geworden ist und nicht die Strandkorbmanufaktur übernommen hat?«

»Seine Mutter war krank, ich erinnere mich.«

»Ja, sie ist gestorben, als er neunzehn war. Er hat mir davon erzählt. Daraufhin hat er die Insel verlassen, um Medizin zu studieren.«

Obwohl ich es mir schon vorher zusammengereimt hatte, begriff ich erst jetzt, dass wir ein richtig blödes Timing gehabt hatten. Oder was auch immer. Ich wollte nicht an *Wenns* und *Abers* denken. Damals hatten wir ständig über unsere unterschiedlichen Zukunftsvorstellungen gestritten. Ich wollte reisen, hinaus in die große weite Welt, weg von dem schwierigen Verhältnis zu meiner Mutter, der Ungewissheit, was meinen Erzeuger betraf, und er wollte bleiben. Seine Argumente habe ich gar nicht richtig wahrgenommen. Vor allem hatte ich immer geglaubt, dass es an mir lag, dass er nur nicht mit mir hatte fortgehen wollen.

Jetzt konnte ich seine Gründe nachvollziehen, und die bittere Wahrheit ließ meinen Atem stocken. Wenn ich nur einen Funken weniger egoistisch gewesen wäre und ihm richtig zugehört hätte, hätte ich vielleicht herausfinden können, warum er oft so plötzlich losgemusst oder kurzfristig abgesagt hatte: Der Gesundheitszustand seiner Mutter war damals schwieriger gewesen, als er mir verraten hatte.

Diese Erkenntnisse erklärten jedoch nicht die Tatsache, dass er sich, als ich kaum weggewesen war, direkt in die Arme einer anderen gestürzt hatte. Noch am gleichen Tag. Ich spürte die altbekannte Bitterkeit in mir aufsteigen und schluckte. Wir hatten uns getrennt. Unsere Sommerliebe als offiziell vorbei bezeichnet. Okay, ich hätte und ich habe mich nicht sofort auf einen anderen Typen gestürzt, als ich auf dem Festland angekommen bin. Es hatte Monate gedauert. Aber vielleicht konnte ich jetzt doch ein bisschen besser nachvollziehen, warum er sich so eilig getröstet hatte. Sein

Leben musste schrecklich gewesen sein zu der Zeit, und offiziell waren wir auseinandergegangen. Ich war es, die ihn verlassen hatte.

Aber ich war zurückgekommen.

Was er nicht wusste.

Und auch nicht erfahren würde. Jedenfalls nicht von mir.

Es würde nichts ändern, zu viel Zeit war vergangen. Zu viel war passiert. Ich war nach wie vor davon überzeugt, dass man alte Liebschaften nicht aufwärmen sollte.

»Und die Strandkorbfirma?«, krächzte ich, weil ich nicht weiter darüber nachdenken wollte, was diese Informationen in mir auslösten. Mein Herz flatterte wie verrückt, und meine Beine fühlten sich wie Gummi an. Ich war froh, dass ich saß.

»Die hat sein Vater erst mal allein weitergeführt, aber der wollte irgendwann auch nicht mehr. Jetzt betreibt Thores Cousine den Strandkorbverleih, aber die ist nur im Sommer hier. Sein Vater ist nach Kanada ausgewandert, sehr romantisch, wie ich finde. Er hat seine neue Frau übers Internet kennengelernt.«

»Übers Internet?«

»Ja, stell dir vor.«

»Ist ja heute anscheinend die einzige Methode, um noch wen zu finden«, meinte ich abwesend.

»Nicht für mich. So was würde sich hier herumsprechen wie ein Lauffeuer. Schrecklich: Alle würden rumerzählen, dass ich jetzt auch im Netz auf Männerfang bin. Ich habe Marieke echt gern, aber die Frau hat ein gefährliches Mundwerk. Ups. Sorry, da war ich jetzt vielleicht ein bisschen zu direkt.«

»Gar nicht«, ich lachte. Svantje gefiel mir immer besser. Gerade wollte ich etwas erwidern, als es klingelte.

»Ach, das wird Linus sein.« Svantje sprang auf, stellte ihr Glas ab und lief zur Tür.

»Hey, kommt rein«, begrüßte sie ihren Sohn – und ihren Ex!

Die Info, dass Thore anscheinend Single war, hatte mich mehr aufgewühlt, als mir lieb war. Ich erinnerte mich zu gut an seine Blicke und an das Kribbeln tief in meiner Magengrube.

»Gegessen hat er schon«, erklärte Thore und erstarrte, als er mich entdeckte. »Moin.«

»Moin«, erwiderte ich und schaute eilig wieder weg.

Nicht, dass ich mich zu lange in seinen hellblauen Augen verlor. Das wäre gefährlich. Seit ich wusste, dass er frei war, stand ich irgendwie neben mir. Lange vergessene Träume bekamen neues Leben eingehaucht, ohne dass ich es verhindern konnte.

Das musste am Wein liegen. Ich stellte mein Glas ab und stand auf. »So, ich muss dann auch mal wieder«, erklärte ich entschuldigend in Svantjes Richtung. »Ihr habt sicher Bettgeh-Zeremonien und so was, und ich muss allmählich mal nach Oma schauen.«

An Thores Mimik konnte ich ablesen, dass ihm völlig klar war, dass ich nach lahmen Ausreden suchte, um zu verschwinden.

Verdammt. Wie machte der Mann das nur, dass er in mir lesen konnte wie in einem offenen Buch?

Ich lächelte höflich, auch wenn es sich verkrampft anfühlte. »Danke, Svantje, es war sehr schön mit dir. Das sollten wir bei Gelegenheit wiederholen. Und dann kümmern wir uns auch endlich um dein Instagram-Problem.«

Falls ich dann noch hier bin, dachte ich stumm. Ich

wischte meine Hände unauffällig an meiner Hose ab, sie waren eiskalt und klamm. Die Situation war mir unangenehm hoch zehn.

»Machen wir.« Sie drückte mich herzlich, worauf ich nicht vorbereitet war und dementsprechend stocksteif und unbeholfen reagierte. Svantje ließ sich davon nicht stören, dann wandte sie sich an ihren Ex.

»Thore, du alter Schwerenöter, du hast mir ja gar nicht gesagt, dass Wiebke früher mal in dich verliebt war!«

Thore wurde blass, und ich merkte, wie mir der Magen in die Kniekehlen sackte. Um ein Haar hätte ich vor Scham aufgestöhnt. Gut, es war peinlich, aber jetzt wusste ich wenigstens, dass Thore nichts von uns erzählt hatte. Womöglich, weil es ihm seinerzeit nicht so ernst gewesen war wie mir. Der Gedanke war so ernüchternd, dass ich wieder halbwegs zur Besinnung kam.

»Mama, kann ich ein Eis?«, fragte Linus und zupfte an ihrer Hand.

Dankbar für die Ablenkung schaute ich den kleinen Fratz an. Er war wirklich süß. Genau so stellte ich mir Thore als Jungen vor. Strohblond und mit einem kecken Grinsen auf den Lippen. Dabei merkte ich, wie sehr ich mir wünschte, Thore wieder lächeln zu sehen. Der erwachsene Thore war viel zu ernst. Mein Herz zog sich sehnsüchtig zusammen.

»Kann ich bitte ein Eis haben«, korrigierte Svantje Linus liebevoll und strich ihm über das Haar. »Ja, nimm dir eins, Abendbrot hattet ihr ja bereits, oder?«

»Ja, ja!« Linus freute sich und rannte davon.

Ich schaute ihm hinterher und beneidete den Jungen ein wenig, aber es sähe echt albern aus, wenn ich auch einfach so davonlaufen würde. Deswegen blieb ich stehen und wartete auf die passende Gelegenheit, die sich hoffentlich schnell ergeben würde, um mich zu verdünnisieren.

»O je!« Svantje guckte zwischen uns hin und her und schien endlich auch etwas von der Befangenheit zu bemerken, in der Thore und ich uns wanden. »Du wusstest nicht, dass Wiebke in dich verknallt war?«, richtete sie sich an ihren Ex, der mich weiter stumm anstarrte. Seine Lippen waren schmal geworden, aber er wirkte nicht verbittert, sondern ... traurig.

O Gott.

Ich sah schnell weg, ehe ich mir wieder Sachen einredete, die unmöglich sein konnten.

»Doch, er wusste es«, antwortete ich für Thore, ehe er etwas von sich gab, was mich noch mehr verletzte. »Aber es ist doch alles lange her, Svantje. Ich war ein naives Teenager-Mädchen und Thore mein Sommerschwarm, nicht der Rede wert.« Ich lachte. Es klang schrill und künstlich. Mir wurde unangenehm heiß.

Thore sagte gar nichts. Kein Wort. Er fixierte mich schweigend, und ich machte den Fehler, seinen Blick zu erwidern. Was ich darin las, ließ mich stutzen.

Eine stumme Anklage. Ein Warum. Und ein Meer voller Sehnsucht schimmerte im Blau seiner Iriden. Der Boden unter mir schien zu schwanken, und ich hoffte, man sähe mir die Verwirrung nicht an, in die dieser Mann mich stürzte.

»Mensch, Leute, ich würde so gern mit euch über alte Zeiten plaudern und noch ein Glas Wein trinken, aber ich muss jetzt wirklich los«, plapperte ich zusammenhanglosen Unsinn und setzte mich dabei in Bewegung. »Tschü-hüs!«

Ich hörte nicht, ob und was gesagt wurde, eilig trat ich in die kühle Abendluft hinaus und schlug die Tür hinter mir zu.

Ich ging nicht nach Hause, dafür war ich viel zu aufgewühlt. Ich musste nachdenken und mich abreagieren. Der Wind hatte aufgefrischt, und die Wolken hingen so tief am Himmel, dass ich fast danach greifen konnte.

Erst nach ein paar Minuten hatte ich mich halbwegs wieder im Griff und merkte, wohin ich gelaufen war. Ich stand an dem alten Aussichtspunkt, von dem aus man einen wunderschönen Blick über die weiten Salzwiesen hatte. Ich liebte die Weite und Freiheit an diesem Ort. Bei gutem Wetter tummelten sich hier viele Leute, um die verschiedenen Vogelarten zu beobachten. In stürmischen Zeiten waren die Wiesen überflutet, was sie zu besonders fruchtbarem Boden machte. Die vielen verschiedenen Gräser und Kräuter wucherten üppig. Das Grün war satt, und ich konnte den würzigen Duft heute besonders intensiv wahrnehmen. Manchmal konnte man von hier aus sogar bis nach Amrum sehen, heute nicht, dafür war es zu diesig und rau.

Ich ließ mir das Haar vom Wind um die Ohren peitschen und schloss die Augen. Als die ersten Regentropfen vom Himmel fielen, legte ich den Kopf in den Nacken und begrüßte das kühle Nass auf meinem heißen Gesicht.

Natürlich hatten die Schwalben doch recht behalten. Wie sehr ich es vermisst hatte, hier zu sein. Dabei konnte ich mein Gefühlsleben bestenfalls als bewegt bezeichnen. In mir brodelten die unterschiedlichsten Emotionen von Glück, Zufriedenheit über Kummer bis hin zur Panik, mein Herz erneut zu verlieren.

Ich lächelte wehmütig und verkniff mir ein paar Tränen, weil ich keine Lust hatte, mich selbst zu bemitleiden. Es überraschte mich, wie traurig ich auch heute darüber war, dass das mit Thore und mir damals nicht geklappt hatte. Doch obwohl meine Gefühle für ihn anscheinend niemals vollständig erloschen waren, war ich um einiges reifer geworden. Ich wusste nur zu gut, dass zu einer Beziehung mehr gehörte als Verknalltheit.

Thore und ich – das wäre niemals gut gegangen, damals nicht und heute nicht. Deshalb war es besser gewesen, dass wir uns seinerzeit schon getrennt hatten. Ich hatte mir zumindest immer einzureden versucht, dass der kurze Schmerz des Pflasterabreißens erträglicher war, als wenn unsere Liebe womöglich irgendwann in Hass oder, noch schlimmer, in Gleichgültigkeit umgeschlagen wäre.

Vielleicht hatte ich doch alles richtig gemacht. Auf eine gewisse Weise hatten mich die Erinnerungen an unseren gemeinsamen Sommer über die Jahre genährt. Das hatte im Grunde meines Herzens vielleicht auch den Ausschlag dafür gegeben, dass ich damals unbedingt abhauen, die Insel verlassen wollte. Ich hatte das Gefühl bewahren wollen, ehe Thore und ich uns unweigerlich in alltäglichen Streitereien entzweit hätten. Und die Erinnerung daran hatte ich tatsächlich seither unbeschadet in meinem Inneren getragen wie einen Schatz.

Aber es gab natürlich auch die Kehrseite von alledem. Thore war meine erste große Liebe gewesen. Ich hatte alle Männer, die nach ihm in mein Leben getreten waren, mit ihm verglichen. Keiner hatte Thore jemals das Wasser reichen können.

Dicke Regentropfen prasselten mittlerweile vom Himmel, und nach wenigen Minuten war ich klatschnass. Ich blieb trotzdem, hier fühlte ich mich lebendig und frei. Ich breitete meine Arme aus und drehte mich im Kreis. Sollte man mich von irgendwoher beobachten, würde man mich vermutlich für verrückt halten, aber das war mir egal.

Ich schloss Frieden mit mir und meinen vergangenen

Entscheidungen, die im Rückspiegel betrachtet vernünftig gewesen waren. Ich konnte sogar mit der Tatsache leben, dass Thore sich nach meiner Abreise in die Arme einer anderen gestürzt hatte. Schließlich hatte ich ihn freigegeben, denn ich war ja diejenige gewesen, die unbedingt hatte gehen wollen. Auch ohne ihn.

So hatte ich es bisher nie gesehen. Dass ich mir in einer naiven Anmutung von Teenagerromantik gewünscht hatte, dass er nach mir keine andere mehr anschauen würde, war albern und dumm gewesen. Und absolut unrealistisch.

Mittlerweile war ich bis auf die Knochen nass und bibberte, aber ich fühlte mich zum ersten Mal seit langer Zeit mit mir und meiner Vergangenheit im Reinen. Vielleicht war es doch gut, dass ich hergekommen war.

# Kapitel Elf

Welcher Teufel hatte mich geritten? Mittlerweile war mir so kalt, dass ich kaum noch aufrecht gehen konnte. Ich hätte nicht so lange wie eine Irre im Regen herumtanzen sollen. Ich war klitschnass und bis auf die Knochen durchgefroren. Der Himmel hatte seine Schleusen noch immer geöffnet, eiskalter Wind und Regen peitschte mir ins Gesicht. Niemand schickte bei diesem Unwetter auch nur den Hund vor die Tür. Aus gutem Grund.

Ich wollte rennen, aber meine Glieder fühlten sich steif an, und ich hatte Mühe, einen Fuß vor den anderen zu setzen. Gerade träumte ich von einem heißen Schaumbad und wärmendem Kräutertee, als eine Haustür aufgerissen wurde und jemand brüllte: »Willst du dir den Tod holen?«

Der Wind hätte seine Worte beinahe verschluckt, und ich hielt inne. Na super. War der Mann überall? »Moin!«, rief ich Thore zu, weil ich auf seine Frage nicht eingehen konnte, da meine Zähne wie verrückt klapperten.

»Los, komm rein, Wiebke! Du holst dir sonst eine Lungenentzündung.«

»Ist das dein fachärztlicher Rat?«, schrie ich zurück.

Kurz hielt er inne, dann lachte er kopfschüttelnd. »Muss ich dich erst holen? Nun mach schon, krank nützt du deiner Oma nichts.«

Da hatte er natürlich recht. Ich gab mich geschlagen. Während ich durch das Gartentörchen auf sein Grundstück trat, sah ich mich nach dem Einsatzwagen um. Er war nirgends zu sehen.

Obwohl ich es nicht zugeben wollte, war ich froh über die Aussicht, mich in seiner Stube aufwärmen zu können. Die Temperaturen mussten mit dem Wetterumbruch um einiges gefallen sein.

»Komm rein.« Er ging zur Seite und ließ mich vorbei. Ich schaute nicht zu ihm auf, während ich über die Schwelle trat. Der Boden war gefliest, die Garderobenmöbel mit dem hellen Buchenfurnier waren in die Jahre gekommen, die weiße Raufasertapete hatte an einigen Stellen weiße Flecken, als hätten dort vor Kurzem noch Bilder gehangen. Es duftete verführerisch nach Überbackenem, und vor allem war es tatsächlich angenehm warm.

Dann stand ich wie der buchstäblich begossene Pudel in Thores Hausflur und wusste nicht, wohin mit mir.

»Du zitterst ja«, stellte er sanft fest, und ich erschauderte.

Weil mir so kalt war!

»J-ja«, brachte ich zähneklappernd hervor.

Meine Güte, da hatte ich mich mal wieder in eine bescheuerte Situation gebracht. Ich ärgerte mich, dass ich hilfsbedürftig auf ihn wirken musste. Falls er mich wirklich so schräg fand, wie ich mich fühlte, so ließ er sich nichts anmerken.

»Hier ist das Gästebad«, er öffnete eine Tür und wies hinein. »Du findest Handtücher im Regal. Ich hole dir inzwischen was zum Anziehen. Dann schmeiße ich dein Zeug in den Trockner.«

Ich wollte protestieren, denn die Vorstellung, Thores Kleidung auf dem Leib zu tragen, gefiel mir ganz und gar nicht. Nur, eine andere Wahl hatte ich nicht, denn seine Argumente waren natürlich richtig: Krank würde ich Oma gar nichts nützen.

»Mensch, Wiebke, was hast du nur da draußen gemacht? Du hättest dir wenigstens eine Jacke anziehen können.«

»Ich habe nicht mit Regen gerechnet«, erwiderte ich achselzuckend, fand es aber süß, dass er so fürsorglich war. Thore war ganz sicher ein wundervoller Vater.

»Sieh zu, dass du dich ausziehst, bin gleich wieder da.«

O Mann. Ich hätte nie gedacht, dass ich diesen Satz noch einmal aus seinem Mund hören würde. Die Zweideutigkeit schien ihm ebenfalls aufgefallen zu sein, denn er wandte sich abrupt ab und stapfte grunzend davon.

Nach all der Peinlichkeit entspannte ich mich endlich ein wenig und grinste vor mich hin. Ich schloss mich im Bad ein und pellte mich aus den Klamotten, was gar nicht so einfach war, denn der Stoff klebte wie eine zweite Haut an mir.

Ein Blick in den Spiegel genügte, um festzustellen, dass ich wirklich verrückt aussah. Meine Wangen waren feuerrot, die Wimperntusche unter meinen Augen verlaufen. Meine Locken erinnerten an ein nasses Vogelnest. »Ach du liebe Zeit«, stöhnte ich und schaute weg. Ein Klopfen an der Tür ließ mich zusammenfahren.

»Wiebke? Ich lege dir alles hier auf den Boden. Wie wäre

es mit einem Tee?«, hörte ich Thores Stimme leicht gedämpft durch das Holz.

»Okay, danke. Ich will dir aber keine Umstände machen.«

Genauso gut hätte ich sagen können: Ich habe eine Wassermelone getragen. Offenbar hatte ich wesentliche Gehirnfunktionen, mein Sprachzentrum betreffend, mit Betreten seines Hauses außer Kraft gesetzt.

Ich rollte mit den Augen.

»Ich setz dann mal Wasser auf«, gab er amüsiert zurück. Schön, dass wenigstens einer an dieser Situation Freude hatte.

Mit einem Seufzen schnappte ich mir ein Handtuch aus dem Regal und trocknete mich ab, so gut es ging. Dann spitzte ich vorsichtig aus der Tür und krallte mir Thores Klamotten.

Wenig später stand ich in seiner Jogginghose und Kapuzenpulli im Gästebad und wappnete mich, ihm gleich gegenüberzutreten. Ich hatte keine Ahnung, worüber ich mit ihm reden sollte. Unverfänglicher Small Talk würde uns sicher nicht leichtfallen. Mein Besuch war nicht geplant gewesen, aber nun ließ es sich nicht vermeiden.

Okay, du schaffst das, redete ich mir stumm Mut zu.

Hoffentlich hatte er einen guten Trockner, der meinen Krempel in Turbozeit wieder tragbar machen würde, damit ich nicht zu lange hierbleiben musste.

Meine eiskalten Füße hinterließen ein platschendes Geräusch auf den Fliesen. Ich folgte dem Klappern, das mich in die Küche führte. Dieses Haus, von dem ich wusste, dass Thore hier aufgewachsen war, hatte ich vorher noch nie betreten. Wir hatten uns früher immer draußen getroffen, jetzt wusste ich auch, wieso: weil seine Mama schwer krank gewesen war. Ich schluckte, aber das vertrieb nicht den dicken Kloß der Befangenheit aus meiner Kehle.

Die Küche war klein und auch nicht besonders gemütlich. Die dunklen Sperrholztüren versprühten auch hier den Charme der Achtziger. Thore hatte offenbar nichts verändert. Ob aus Bequemlichkeit oder anderen Gründen konnte ich natürlich nicht sagen.

Er stand mit dem Rücken zu mir und goss gerade heißes Wasser aus einem Kessel in zwei Tassen.

Sehnsucht durchströmte meinen Körper, für einen kurzen Moment wünschte ich mir, mich an seinen Rücken schmiegen zu können. Er roch auch heute fantastisch.

Ach Wiebke, dachte ich traurig. Du wirst ihn nie vergessen können.

Damit fand ich mich allmählich ab, oder ich versuchte es zumindest. Ewig würde ich auch nicht mehr auf der Insel bleiben. Bestimmt wurde es leichter, sobald ich Nortrum verlassen hatte. Seltsamerweise widerstrebte mir der Gedanke, was mich mehr überraschte als schockierte.

»Da bist du ja«, kommentierte er und drehte sich zu mir um. Ein Lächeln umspielte seine Mundwinkel, als er mich in dem ungewohnten Outfit betrachtete. »Steht dir.«

Ich zuckte die Schultern. »Ich glaube nicht, aber danke.«

»Was hast du überhaupt da draußen gemacht? Wolltest du dich von den Klippen stürzen?«

Es hatte vermutlich wie ein Scherz klingen sollen, aber mir entging sein tadelnder Unterton nicht. Er hatte sich Sorgen gemacht. Um mich.

Es war verrückt, wie sehr ich mich darüber freute. Ich winkte ab, um meine Verlegenheit zu überspielen. »Ich wollte nur ein bisschen frische Luft schnappen«, erwiderte ich, und es klang mehr als lahm.

Er hob eine Braue. »Interessant«, war alles, was er darauf erwiderte. »Hier ist der Tee. Ich hoffe, du hast nichts gegen Pfefferminze?« Die Tasse schob er über die graue Resopalarbeitsfläche in meine Richtung.

»Danke. Ich will dir nicht zur Last fallen, also, falls du zu tun hast, lass dich von mir nicht aufhalten. Wo wir gerade darüber sprechen – wo ist dein Trockner?«

Wieder bedachte er mich mit diesem undurchdringlichen Blick, der meine Knie weich werden ließ. Es kam mir vor, als ob er genau wüsste, wie es in meinem Inneren ausschaute. Nur ich hatte keine Ahnung, was hinter seiner Stirn vor sich ging. Das war absolut frustrierend. »Ich habe rein gar nichts zu tun, Wiebke, geh doch rüber ins Wohnzimmer und setz dich. Ich kann Holz in den Ofen schmeißen, falls dir immer noch kalt ist. Ich sehe mal kurz nach deinen Sachen, dann bin ich gleich wieder bei dir.«

Es stimmte mich wehmütig, dass er diese fürsorgliche Ader bis heute nicht abgelegt hatte. Während ich ihm hinterherschaute, hoffte ich, dass er nicht auf die Etiketten meiner Klamotten schauen würde. Dass aus einer Größe 36 mittlerweile eine 42 geworden war, sollte er nicht wissen. Der Impuls, mir mit der Hand vor die Stirn schlagen zu wollen, keimte in mir auf. Als ob Thore nicht sehen könnte, dass mein Hintern breiter geworden war. Es spielte so oder so keine Rolle, denn Thore war nicht so oberflächlich – und für meine Kleidung interessierte er sich garantiert nur aus Nächstenliebe.

Ich schmiss den Teebeutel in die Spüle und ging mit der Tasse ins Wohnzimmer. Es war zwar immer noch seltsam, dass ich hier in seinem Zuhause war, aber allmählich entspannte ich mich etwas.

Ein rostbrauner Zweisitzer stand mit dem Rücken zum

Fenster, davor befand sich ein dunkelbrauner Couchtisch. Ein Röhrenfernseher hätte mich nicht weiter überrascht, aber auf dem TV-Möbel stand ein Flachbildschirm. Der Ton war ausgeschaltet, eine Sportsendung lief im Hintergrund. Die Wohnwand war beinahe leer geräumt, nur eine alte Lexika-Sammlung befand sich darin.

»Mein Vater hat das meiste mit nach Kanada genommen«, erklärte Thore hinter mir.

Ich hatte ihn gar nicht kommen gehört, zuckte aber zum Glück nicht zusammen.

»Das sehe ich.« Ich lächelte ihn zögerlich an.

»Setz dich doch«, bot er an, dann kniete er sich vor den Ofen und schmiss ein paar Scheite hinein. Ich hörte das Rumpeln des Trockners, ansonsten war es still im Raum. »Brauchst du eine Decke?«, wollte er wissen, ohne mich dabei anzusehen.

»Warum bist du so nett zu mir?«, platzte es aus mir hervor.

Ich konnte es nicht verstehen und wollte mir keinesfalls etwas Falsches zusammenreimen. Wie in etwa: dass er auch Gefühle für mich hatte.

Thore drehte sich langsam zu mir um, und für einen Moment betrachteten wir uns schweigend. »Bin ich das?«

Ich begriff nicht, warum diese Worte ein heißes Prickeln auf direktem Weg in meinen Unterleib sandten, aber es war so. Ich schluckte trocken und setzte mich im Schneidersitz aufs Sofa, um meine Verwirrung zu überspielen. Eine Antwort lag mir auf der Zunge, aber ich war unsicher, ob ihn überhaupt etwas davon interessierte. »Außer dir hat jedenfalls niemand im Dorf die Tür für mich aufgemacht. Du hast mich sozusagen ins Haus zitiert.«

»So siehst du das also?« Er runzelte die Stirn.

»Ich bin anscheinend nicht so witzig, wie ich mir vorstelle«, erwiderte ich und strich mir durch die feuchten Locken. »Es hatte ein Scherz werden sollen. Danke, dass du mich trockengelegt hast, Thore.«

»Ach so.« Er kümmerte sich weiter ums Feuer, und ich fragte mich, weshalb das mit uns so schwierig war. Andere Leute konnten sich doch auch normal miteinander unterhalten. Warum fiel mir in seiner Nähe immer nur Mist ein? Besser, ich hielt einfach die Klappe. Ich war deshalb froh, dass ich ihn für ein paar Minuten stumm bei der Arbeit betrachten konnte, ohne dass er es mitbekam. Das Spiel seiner festen Muskeln war durch den dünnen Stoff seines Shirts zu erkennen.

Die altbekannte Sehnsucht wallte in mir auf, und ich schaute weg. Ich nippte vorsichtig von meinem Tee. Dass ich nicht anfing zu seufzen, war alles. Regen trommelte noch immer gegen die Fensterscheiben, und es sah nicht danach aus, dass es bald aufhören würde. Weglaufen war also auch keine Option.

»Hoffentlich macht sich meine Oma keine Sorgen«, äußerte ich schließlich, weil ich die Stille nicht mehr aushielt. So viel zum Thema, dass ich mal für fünf Minuten den Sabbel halten wollte.

Thore wandte sich mir zu. Das Feuer flackerte auf, fraß sich durch den Anzünder und ein paar dünne Zweige. Flammen leckten an den Scheiten, die Thore zuvor gekonnt arrangiert hatte. Gab es eigentlich etwas, was dieser Mann nicht beherrschte?

Gut, ein Wohnzimmer gemütlich einrichten gehörte offensichtlich nicht dazu. Ich musste aufhören, ihn weiter zu glorifizieren. Mir war leider klar, dass mir das in seiner Nähe keinesfalls gelingen würde. Dafür war die Anziehungskraft einfach zu stark, und ich bekam meine Hormone nicht in den Griff.

»Sie wird sich denken, dass du irgendwo Unterschlupf gesucht hast. Auf der Insel verschwindet niemand im Unwetter, solange man an Land bleibt.«

»Da hast du auch wieder recht, trotzdem habe ich ein schlechtes Gewissen.«

»Entspann dich, Wiebke. Trink deinen Tee und wärme dich auf, ich bin mir sicher, dass deine Oma sich keine Sorgen um dich macht, du bist ja kein Kind mehr.«

»Jawohl, Herr Doktor.« Das hatte ich mir nicht verkneifen können. Ich grinste ihn an, und er verzog seine Lippen zu einem merkwürdigen Lächeln, das ich nicht deuten konnte.

Dann stand er auf und kam auf mich zu. Kurz befürchtete ich, er würde sich zu mir auf das Sofa setzen, aber glücklicherweise hielt er erneut inne – womöglich war ihm derselbe Gedanke gekommen – und zog einen Stuhl vom Esstisch heran. Er drehte die Lehne nach vorn und stützte seine Unterarme auf das Holz.

»Wenn du Fernsehen willst, nur zu, ich will dich nicht stören, soll ich den Ton anmachen?«, bot ich an, leider hörte man mir an, wie nervös ich war.

»Ich mag dein Lächeln.« Der Klang seiner samtigen Stimme in Verbindung mit diesen Worten ließ ein warmes Kribbeln durch meine Brust rieseln. »Immer noch.«

Oh nein, das war ein Pfad, auf den ich garantiert nicht einbiegen wollte. Anziehungskraft hin oder her, es würde am Ende nur zu Kummer führen, wenn ich meinem Verlangen nachgab.

»Apropos, wo hast du eigentlich studiert?«, versuchte ich das Thema zu wechseln.

Thore schien nicht überrascht oder irritiert, er wirkte ganz ruhig. Souverän. »In Hamburg, so weit wollte ich dann doch nicht von Nortrum weg.«

»Aha, spannend.« Ich hielt die Teetasse mit beiden Händen umklammert und fragte mich zum womöglich hunderttausendsten Mal, ob er in den letzten Jahren manchmal an mich gedacht hatte.

»Und du? Bist du weit herumgekommen? So, wie du es geplant hattest?«

Ich räusperte mich. »Absolut. Wie ich es geplant hatte.« Ich spürte die donnernden Schläge meines Herzens. So vieles ging mir durch den Sinn, was ich mit ihm teilen wollte. Ich wollte ihm erzählen, dass ich zwar die Welt gesehen, aber doch immer an unsere Zeit zurückgedacht hatte. Dass ich ihn niemals hatte vergessen können.

Aber das würde auch bedeuten, dass wir auch über alles andere reden müssten. Über die Frau, mit der er sich getröstet hatte, über seine Gefühle, die vielleicht doch nicht so stark für mich gewesen waren.

Und das wollte ich nicht, denn es machte das alles zu einem sinnlosen, schmerzhaften Unterfangen. Wenn ich für Thore wirklich nur ein Sommerzeitvertreib gewesen war, wollte ich es auch heute nicht hören, denn es würde auch heute wehtun. Da lag doch der Hase im Pfeffer. So konnte ich mir zumindest versuchen einzureden, dass es andere Gründe dafür gegeben haben mochte. Ich wollte mich nur an die schönen Augenblicke erinnern, das merkte ich gerade ganz deutlich.

Niemandem würde es etwas nützen, wenn wir die Vergangenheit aufwärmten, das würde nichts mehr ändern.

Schweigen breitete sich zwischen uns aus, und ich

glaubte, dass auch er eine Menge Fragen hatte, zumindest kam er mir auf einmal sehr nachdenklich vor.

»Schau uns an, da sitzen wir und reden über alte Zeiten«, murmelte er, was meine Vermutung bestätigte. Auch Thore lagen Dinge auf der Seele, die er nicht aussprechen konnte oder wollte. Ich dachte an den Verlust seiner Mutter und das, was er als Teenager hatte durchstehen müssen. Der Impuls, ihn zu umarmen und ihm Trost spenden zu wollen, wurde immer stärker. Ich wusste, dass das keine gute Idee war, denn ich fürchtete, dass er es falsch verstehen könnte. Oder noch schlimmer, dass ich mich vergaß und ihn küsste. Zwei Meter Sicherheitsabstand sollte ich besser einhalten ...

»Und du bist jetzt Papa!«, versuchte ich, das Thema zu wechseln. Es hatte fröhlich klingen sollen, aber ich war sicher, dass man mir anmerkte, wie aufgewühlt ich war.

Ein Leuchten huschte über Thores Züge. »Linus ist ein großartiger Junge. Er ist das Beste, was mir je passiert ist.«

Mein Vater hatte das anscheinend nicht über mich gedacht, das wurde mir gerade schmerzlich bewusst. Oder wusste er gar nicht, dass es mich gab? Nein, nicht jetzt. Ich verdrängte die in mir aufsteigenden Gedanken. »Ihr habt euch gut arrangiert, Svantje und du«, stellte ich fest und merkte, dass ich mich ehrlich für ihn freute. Er hatte es verdient, glücklich zu sein.

Wann war das denn passiert? Mein Groll Thore gegenüber war in den letzten Tagen vollständig zusammengeschmolzen, was übrig geblieben war, war etwas, was sich nach Sehnsucht und dem Wunsch anfühlte, ihn sorgenlos und voller Freude zu sehen.

O verdammt, ich steckte schon tiefer im Gefühlsschlamassel, als mir lieb war.

»Ja, so gut es eben geht. Und du? Hast du nie den einen getroffen?«

Doch.

Aber das konnte ich ihm nicht erzählen.

Ich zuckte stattdessen die Schultern. »Vielleicht bleibe ich nie lange genug an einem Ort, um das herauszufinden«, gab ich ehrlich zu.

Denn auch das stimmte. Aus Angst, wieder verletzt zu werden, hatte ich über die Jahre niemanden näher als auf Armeslänge an mich herangelassen.

»Verstehe.« Thore wirkte plötzlich in sich gekehrt. Zu gern wüsste ich, was hinter seiner Stirn vor sich ging. Als er seinen Kopf wieder hob, schaute er mir direkt in die Augen. »Wovor läufst du immer davon, Wiebke?«

Darauf war ich nicht vorbereitet, schon gar nicht aus seinem Mund. Ich hatte angenommen, dass wir uns auf ein bisschen Small Talk beschränken würden. Na ja, gehofft hatte ich es jedenfalls. Oder was auch immer. Mein Puls fing an zu rasen, meine Hände waren, trotz der lauwarmen Tasse, plötzlich eiskalt.

In meinem Kopf gab es viele Versionen als Antwort auf seine Frage. In einer schrie ich ihn an, warum er mich damals nicht aufgehalten hatte. Warum hatte er mich gehen lassen? Warum hatte er sich sofort mit einer anderen getröstet?

In der anderen Version lag ich in Thores Armen und presste meine Lippen auf seine.

Beide Varianten hielt ich für nicht sonderlich klug, deshalb machte ich das, was ich immer tat. Ich leugnete die unliebsame Wahrheit.

»Das tue ich nicht«, antwortete ich und merkte, wie ich mich verspannte und die Zähne zusammenbiss.

»Wirklich nicht?« Wir starrten uns an, es glich einem

wortlosen Schlagabtausch, den niemand von uns gewinnen würde. Wir trugen beide die Narben unserer Vergangenheit mit uns herum, jeder auf seine Weise.

»Wieso hast du mir nicht erzählt, wie krank deine Mutter war?«, wollte ich von ihm wissen.

Er rieb sich mit der Hand über die Stirn. »Ich wollte unsere Zeit nicht damit belasten, sondern für ein paar Stunden glücklich sein.«

Er war glücklich mit mir gewesen.

Mein Herz machte einen freudigen Hüpfer. »Es tut mir leid.«

Vielleicht wäre es anders mit uns gekommen, hätte ich von ihrer Krebserkrankung gewusst. Damals hatte ich nicht kapiert, warum er unbedingt auf Nortrum bleiben wollte. Das behielt ich allerdings für mich, weil es heute auch nichts mehr änderte.

»Es ist lange her.«

Nur ein Satz, der doch so viel bedeuten konnte. Es schwang mehr mit, das konnte ich mir nicht einbilden.

»Trotzdem«, beharrte ich. Wenigstens das wollte ich klarstellen, auch wenn es noch so viel mehr gab, was zwischen uns stand.

Ich hörte, wie er leise ausatmete, als fielen ihm die nächsten Worte sehr schwer. »Ich bin froh, dass du deinen Weg gegangen bist.«

Ein Scheit knackte, und Funken stoben gegen die Sicherheitsglasscheibe.

Ich wäre damals gern geblieben, wenn du nur einen Ton gesagt hättest, wollte ich erklären, aber ich brachte die Worte nicht über meine Lippen. »Und ich bin mir sicher, du hast schnell Ersatz für mich gefunden«, erwiderte ich stattdessen.

O je. Es hatte genauso bitter geklungen, wie es sich all die

Jahre angefühlt hatte. Thore guckte mich jedoch nur verständnislos an. »Wieso glaubst du das?«

Fragte er mich das ernsthaft? Sollte jetzt die Stunde der Wahrheit kommen? Ich merkte, wie mein Herz schneller schlug, und setzte mich ein wenig aufrechter hin. Gerade als ich meinen Mund öffnete, schrie das Summen des Trockners durchs Haus, und so schloss ich ihn wieder. »Ist doch auch egal, Thore. Wir waren fast noch Kinder. Du hattest andere Sorgen. Ich bin froh, dass wir uns zumindest wieder normal unterhalten können, das sah anfangs ja nicht danach aus«, plapperte ich und sah an seinem Gesichtsausdruck, dass er mir nicht glaubte oder einfach anderer Meinung war.

»Zumindest darin kann ich dir zustimmen, Wiebke. Es ist schön, dass wir mal reden. Lange hatte ich den Eindruck, du würdest Nortrum vielleicht wegen mir meiden.«

O verdammt. Warum traf dieser Mann stets den Nagel auf den Kopf?

Der Trockner meldete sich wieder, und ich stand auf, ohne auf seine Frage einzugehen. »Ich glaube, dass ich jetzt besser gehen sollte. Oma, du weißt schon.«

»Ich fahre dich nach Hause.«

»Womit denn? Ich habe kein Auto gesehen.«

Er grinste, und ich war nicht darauf vorbereitete, wie mein Körper reagierte. Ich schluckte und sah eilig weg.

»Stell dir vor, ich habe eine Garage«, neckte er mich.

»Wieso hast du das nicht gleich gesagt?«, brummte ich.

»Du hast nicht gefragt, außerdem brauchtest du wirklich trockene Sachen und einen Tee.« Er stand ebenfalls auf. »Warte, ich hole noch deine Klamotten.«

Er verließ das Wohnzimmer, und ich blieb allein zurück. Ich wünschte fast, dass ich sagen könnte, seine Gegenwart wäre mir unangenehm gewesen. Aber den Unsinn konnte ich mir sparen.

Dass aus uns trotzdem nie ein Paar werden würde, tat mir gerade sehr leid. Aber die Realität holte mich schnell ein, als ich daran dachte, dass Thore eine Frau verdient hatte, die ihm mehr geben konnte als ich. Er brauchte jemanden, der verbindlich sein konnte, stetig und zuverlässig. Nichts davon traf auf mich zu.

»Hier«, verkündete er gerade und hielt mir die Sachen hin. »Sie sind ein bisschen klamm, behalt doch einfach meine an und bring sie mir irgendwann wieder.«

»Ehrlich?«

»Ist keine große Sache, ich habe mehr im Schrank, weißt du?«

»Nimmst du mich auf den Arm?«

»Ich habe es zumindest versucht. Warum bist du so angespannt?«

Weil du in meiner Nähe bist.

Stattdessen sagte ich: »Unsinn, bin ich doch gar nicht. Ich dachte nur eben, wenn ich so rausgehe, wird mir der Ruf, dass ich das Modebewusstsein eines Horrorclowns habe, auf ewig nachhängen.«

Thore lachte schallend. »Deswegen fahre ich dich doch.«

Ich hob abwehrend die Hände. »Na gut, aber ich habe ein schlechtes Gewissen, weil ich so viel von deiner Zeit beanspruche.«

»Ich möchte sowieso nach deiner Oma schauen. Hilft das?«

O Mann. Ich würde ihn so gern küssen, es wurde immer schwieriger, mich zurückzuhalten.

Ich nickte. »Auf jeden Fall.«

Wenig später saßen wir in seinem Auto und fuhren aus der Garage. Es tröpfelte nur noch ein wenig, große Pfützen hatten sich auf den Straßen gebildet. Es war kaum jemand unterwegs.

Zu Hause brannte Licht, vielleicht hatte Oma noch Besuch. Ich sah tatsächlich einen Schatten, der sich im Wohnzimmer bewegte und atmete erleichtert aus.

»Was ist?«, wollte Thore wissen, während er in der Auffahrt parkte.

»Ich bin einfach froh, dass es Oma gut geht.«

»Das verstehe ich, Wiebke. Aber der Bruch ist wirklich nicht dramatisch, nur schmerzhaft. Willst du einen Schirm? Ich habe vielleicht einen im Kofferraum.«

»Ich bin doch nicht aus Zucker«, rief ich und machte mich auf den Weg. Zum Glück waren es nur ein paar Meter. Erst als ich die Hintertür erreicht hatte, fiel mir auf, dass ich meine Sachen im Auto liegen gelassen hatte. »Verdammt.«

Thore hatte sich die Kapuze tief ins Gesicht gezogen und war mir dicht auf den Fersen, also drückte ich die Klinke herunter, und gemeinsam stolperten wir in die Küche. Wir lachten, dann merkte ich, was für eine Sauerei wir veranstalteten. An den Sohlen klebte Dreck und Matsch aus dem Garten.

»Zieh besser die Schuhe aus«, forderte ich ihn leise auf. »Oma bringt mich sonst um, wenn wir den Dreck im ganzen Haus verteilen.«

»Yes, Mam«, gab Thore zurück und zwinkerte mir zu.

Ein Flattern regte sich in meiner Magengrube. Es war schön, wieder mit ihm scherzen zu können. »Oma, wir sind wieder da«, rief ich ihn Richtung Wohnzimmer.

Shit. *Wir.*

Das war wohl so ein Freud'scher Versprecher gewesen. Es

153

gab kein Wir und würde auch keines mehr geben.

Ich sah, dass Futter in Hektors Schüssel war, dabei war ich mir sicher, vorhin keins aufgefüllt zu haben, ehe ich gegangen war. Merkwürdig. Fingen nun Omas Gäste schon damit an, den Kater zu betüdeln?

»Ach, Wiebke, da bist du ja, ich habe mich schon gefragt, wo du untergeschlüpft bist«, kam Omas Reaktion aus dem Wohnzimmer.

Thore sandte mir einen Blick à la »Ich hab' dir doch gesagt, sie würde sich keine Sorgen machen«.

Ich zuckte die Schultern und ließ ihn wortlos stehen, um über den Flur zum Wohnzimmer zu gehen. Als ich dort niemanden außer Oma entdeckte, war ich überrascht. »Hallo Oma. Hattest du nicht gerade eben Besuch?«, wollte ich von ihr wissen.

»Besuch? Wie kommst du denn darauf?«

»Ich habe doch eben eine Person hier herumlaufen gesehen. Und wer hat denn Futter in Hektors Napf geschüttet?« Ich guckte mich um, als ob Oma jemanden hier verstecken könnte, was total albern war. Neben dem Rollstuhl lehnten die Krücken. Auf dem Wohnzimmertisch hatten sich Ränder von Wassergläsern gebildet, ein paar Krümel lagen herum. Im Zweiten lief ein Film, ich stellte den Ton etwas leiser.

»Moin, Frau Jannen.« Ich spürte Thore hinter mir, und sofort veränderte sich die Atmosphäre im Raum.

»Moin«, grüßte sie fröhlich und ging nicht auf meine Fragen ein.

»Wie geht's denn heute Abend?«, wollte er wissen.

»Ach, es muss ja«, erwiderte sie, und ich beäugte Oma kritisch. Sie sah nicht mehr so blass aus wie in den letzten Tagen. Es kam mir sogar ein wenig so vor, als würden sich ihre Wangen gerade röten.

»Dann lassen Sie mich mal sehen.« Thore trat näher und begutachtete den Unterschenkel. Er fühlte ihren Puls, schaute dabei auf seine Uhr und schien zufrieden. Die Arzttasche hatte er gar nicht mitgebracht. Mich beschlich das Gefühl, dass er nicht wegen Oma mitgekommen war, sondern vor allem, um mich halbwegs trocken nach Hause zu bringen.

»Musst du mal auf Toilette, Oma?«, erkundigte ich mich. Ich war Stunden weg gewesen, mein Gewissen meldete sich. Ich hätte nicht so lange wegbleiben sollen.

»Nein, nein, alles gut.«

»Das kann ja nicht sein!«

»Wiebke. Behandele mich nicht wie ein Kind, ich war vorhin, als Marieke zu Besuch war. Willst du sie anrufen, um nachzufragen? Brauche ich jetzt ein Pipi-Alibi?«

Ich zweifelte kurz, dann ließ ich es dabei bewenden, weil ich nicht nerven wollte. Oma hatte keinen Grund, mir etwas vorzumachen, und Thore war der Arzt. Wenn er sagte, ihr ginge es gut, wollte ich nicht das Gegenteil behaupten, nur weil sie mal nicht aufs Klo musste, wenn ich sie fragte. Sie sah heute Abend wirklich frischer aus. »Schon gut, Oma. Brauchst du was? Hast du mit Marieke auch gegessen?«

Wenn sie schon den Kater fütterte, hatte sie Oma bestimmt auch ein paar Schnittchen serviert.

»Nein, ich brauche gerade nichts, nur meine Ruhe! Ich würde jetzt gern weiter den Spielfilm ansehen.«

Ich verdrehte die Augen und ging mit einem amüsierten Thore in die Küche.

»Sie scheint mir ganz fit zu sein«, äußerte ich und wollte seine Meinung dazu hören.

»Ja, in der Tat.« Er schmunzelte, und für einen Augenblick glaubte ich, dass auch er diese Vertrautheit zwischen uns wahrnahm, die sich wie ein wärmender Mantel um mich legte.

»Komm doch morgen zum Essen vorbei«, hörte ich ihn sagen und musste blinzeln, weil ich fürchtete, dass mir mein Gehirn mal wieder einen Streich spielte und ich Wunschdenken mit Realität verwechselte.

»Essen?«, wiederholte ich lakonisch.

»Ja, genau. Ich könnte was für uns kochen, und wir führen unser Gespräch weiter. Ich bin gar nicht so schlecht darin, weißt du?«

Im Reden oder Kochen? Zuerst hatte ich mich gefreut, doch schon im nächsten Atemzug erinnerte ich mich daran, warum das keine gute Idee war.

Nein. Das ging nicht. Keines von beidem.

»Geht leider nicht. Ich bin schon verabredet.« Die Holzhammermethode war in diesem Fall die beste Versicherung für mein Herz. »Du kennst ihn vielleicht, Leo Winter, der Autor.«

Thore wirkte vor den Kopf gestoßen, sein Adamsapfel hüpfte. »O. Na dann.«

»Tut mir leid.«

Er winkte ab. »Dir muss gar nichts leidtun, ist vielleicht besser so«, murmelte er, und ich sah ihm an, dass er mit sich kämpfte.

Ich wollte etwas erwidern, wusste aber nicht was. Stattdessen sah ich Thore dabei zu, wie er zuerst die Schuhe und dann die Jacke anzog.

»Danke, dass du mich hergebracht hast«, brachte ich tonlos hervor. Verdammt. Ich könnte ihm jetzt sagen, dass mir nichts an Leo lag, dass ich lieber mit ihm essen würde, aber was sollte das bringen?

»Kein Ding. Bis dann, Wiebke.«

Ohne mich anzusehen, verließ Thore die Küche. Ich schloss die Tür hinter ihm ab und lehnte meine Stirn von innen dagegen. Mit einem Seufzen rieb ich mir über die Schläfen und schaute mich in der Küche um. Das Geschirr stapelte sich in der Spüle, und der Boden sah auch nicht gerade blitzblank aus. Hektors Schüssel war voll, der Kater war nach dem Regen noch nicht wieder aufgetaucht. Vielleicht hatte er sich bei dem Unwetter irgendwo verkrochen und gönnte sich ein Schläfchen. Ich guckte aus dem Fenster in den Garten. Die dunklen Wolken hatten sich verzogen, die Luft war klar, die Umrisse wirkten schärfer, Abendröte zog sich über den Horizont. Tropfen schillerten in der Abenddämmerung auf den Blättern der Bäume und Büsche. Vögel flatterten wild umher, als wäre nicht vor einer halben Stunde beinahe die Welt untergegangen. Weil ich nichts mit mir und meinem Kopf anfangen konnte, räumte ich auf und putzte sogar den Boden, so dass man von den Matschspuren bald nichts mehr erkennen konnte.

»Was ist denn mit dir los?«, rief Oma von drüben.

»Ist dein Film schon fertig?«, antwortete ich und ging zu ihr.

»Was hast du denn da für Sachen an?«

»Die gehören Thore.«

»Ach, guck an.« Oma wirkte auf einmal gut gelaunt, und ich verstand, dass sie da etwas völlig Falsches hineininterpretierte.

»Er hat sie mir geliehen, weil meine nass waren. Ich bin zufällig an seinem Haus vorbeigekommen, ich wusste gar nicht, dass er noch – oder wieder – dort wohnt.«

»Verstehe. Thore ist nett, oder?«

»Worauf willst du hinaus?«, fragte ich leicht misstrauisch. Nicht, dass sie mir jetzt was andichten wollte, was überhaupt nicht stimmte.

»Wiebke, ich bin alt, aber nicht senil. Noch nicht. Glaubst du, ich hätte damals nicht mitbekommen, dass du bis über beide Ohren in Thore verknallt warst?«

Jetzt musste ich mich setzen. Und ich hatte gedacht, dass mein Geheimnis sicher gewesen wäre. Tja. Falsch gedacht. Und dann neulich die Frage, ob ich ihn kannte. Also, für einen Moment war ich sprachlos über Omas Gerissenheit.

»Ich habe dich nie darauf angesprochen, weil ich mich nicht einmischen wollte. Du warst achtzehn, da hat man schon mal Liebeskummer.«

»Aha«, war alles, was ich hervorbrachte.

»Das dachte ich damals, aber seitdem ist ja viel Zeit vergangen.«

Was sollte das denn nun wieder heißen? Für mein Gehirn war es nach diesem langen Tag zu viel. Ich wollte keine Ratespielchen mit Oma spielen, deshalb brummte ich nur: »Was du nicht sagst.«

»Ich weiß, ich bin eine Greisin und du willst meinen Rat vermutlich nicht hören.«

Ich verzog mein Gesicht. »Du wirst ihn mir trotzdem geben?«, mutmaßte ich mit einem Stöhnen, woraufhin Omas Mundwinkel zuckten.

»So ist es, Wiebke. Pass auf. Ich weiß nicht, was damals vorgefallen ist, das spielt heute vielleicht auch keine Rolle mehr. Aber eines weiß ich, nämlich, dass Davonlaufen keine Dauerlösung für deine Probleme ist.«

Ich schnappte nach Luft. »Wer sagt denn was von Davonlaufen?«

Schon zum zweiten Mal musste ich mir heute nahezu dasselbe anhören. Warum konnten sie mich nicht einfach in

Ruhe lassen? Ich wollte nicht therapiert werden, nicht von Thore und schon gar nicht von Oma.«

»Jetzt verkaufst du mich schon wieder für blöd, Schatz. Du sitzt im Geiste doch auf gepackten Koffern, oder?«

Ups. Natürlich stimmte das. Ich seufzte. »Und wenn schon.« Ich reckte mein Kinn nach vorn, als wäre ich immer noch ein Kleinkind, das sauer war, weil es erwischt wurde.

»Vielleicht ist Thore nicht der Richtige, das kann ich dir nicht sagen. Aber eines weiß ich, Wiebke, im Rennen wirst du nie das finden, was du suchst.«

»Ich renne nicht.«

»Willst du für immer nur ein halbes Leben leben?«

»Ich habe keine Ahnung, worauf du hinauswillst. Ich habe die Welt gesehen, bin ständig unterwegs und erlebe andauernd etwas Neues. Ich lebe kein halbes Leben.«

»Vielleicht bist du nicht bereit, es zu verstehen. Eines Tages wirst du es begreifen, ich hoffe nur, dass du dann nicht deine vorausgegangenen Entscheidungen bereust.«

Das saß, denn leider wusste ich genau, was sie meinte. Ich bereute vieles schon zu lange, aber das wollte ich jetzt nicht diskutieren. Jetzt nicht, und auch sonst niemals.

»Gott, Oma, mir wird das gerade zu viel.« Ich rieb mir über die Schläfen, hinter denen es dumpf pochte.

»Wenn es so weit ist, wirst du verstehen, was ich meine. Das hoffe ich jedenfalls. Jede Sekunde gibt es nur ein einziges Mal. Du verschwendest Jahre damit, nach etwas zu suchen, was du andernorts niemals finden wirst.« Sie schwieg, und ich sah, dass sie traurig war. »Für einen weiteren Tag mit meinem Enno würde ich alles geben. Nur einen Tag. Oder eine Stunde. Und du läufst vor deinen Gefühlen davon. Das meine ich.«

»Du hast doch keine Ahnung!«, schimpfte ich und

sprang so schnell auf die Beine, dass ich Sternchen sah.

»Kann sein, Wiebke, vielleicht habe ich aber auch recht. Jedenfalls habe ich Augen im Kopf, die vielleicht nicht mehr so gut sehen wie früher, aber das Wesentliche erkennen sie immer noch.«

»Ach, und das wäre?«

»Diese Frage, mein Schatz, musst du dir selbst beantworten. Ganz allein. Und jetzt sei so lieb und hilf mir ins Bett. Ich möchte schlafen gehen.«

Ich wollte Oma erwürgen und sie gleichzeitig umarmen. Ich wusste, dass ihre Worte einen wahren Kern hatten, aber ich konnte jetzt nicht darüber nachdenken. Heute nicht und morgen auch nicht. Eigentlich nie.

»Hast du überhaupt schon deine Flüge storniert?«, wollte Oma kurz darauf von mir wissen, als ich ihr ins Nachthemd half.

»Nein, mache ich aber gleich.«

»Es tut mir leid, Wiebke. Ich werde dir den Reisepreis natürlich ersetzen, aber ich komme nicht ohne deine Hilfe klar, noch nicht.«

So deutlich hatte sie es nie ausgesprochen. Ich sah sie überrascht an, aber Oma wich meinem Blick aus. »Ich will kein Geld von dir, wirklich nicht. Ich bin gerne bei dir, auch wenn du manchmal unerträglich bist«, scherzte ich.

Jetzt schmunzelte sie. »Ich bin auch sehr froh, dass du da bist.«

Nachdem ich ihr einen Gutenachtkuss auf die Stirn gedrückt hatte, verschwand ich nach oben und cancelte meine Reise mit zwiegespaltenen Gefühlen. Einerseits breitete sich leise Panik in mir aus, dass ich länger hierbleiben würde, als mir lieb war. Andererseits war ich erleichtert, nicht schon wieder aufbrechen zu müssen.

# Kapitel Zwölf

Tausendmal hatte ich überlegt, Leo abzusagen. Aber ich hatte weder seine Telefonnummer, noch wusste ich, wo er wohnte.

Es waren lahme Ausreden, dessen war ich mir bewusst. Es wäre vermutlich ein Leichtes gewesen, seine Kontaktdaten auf Nortrum herauszufinden. Auf dieser Insel gab es wenige Geheimnisse, zumindest was die Häuser der Einwohner betraf. Stattdessen drückte ich mich in der Werkstatt herum und fegte den Staub von links nach rechts. Meinen Social-Media-Kunden hatte ich vorhin per E-Mail mitgeteilt, dass ich ein paar Tage nicht online sein würde – die Beiträge waren vorgeplant, und ich brauchte eine kleine Auszeit von den sozialen Medien, die mir, je länger ich hier war, immer bedeutungsloser erschienen.

Das Handy bimmelte in meiner Hosentasche, und ich schaute aufs Display. Caroline. Was wollte sie denn schon wieder?

»Hallo?«

»Hallo Wiebke.«

Okay, sie klang nicht verärgert oder gehetzt, sondern ... gut gelaunt. Das kam nicht oft vor. »Na, was gibt's? Hast du meine Mail gelesen?«

»Mail, welche Mail? Nein. Aber ich habe eben die Öffnungsrate des letzten Newsletters angeschaut, und die war bombastisch. Es war eine richtig gute Idee von mir, das Versenden auf ein wenig später zu verschieben, das sollten wir in Zukunft immer so machen.«

Ich schnappte nach Luft. Ihre Idee? »Klar, machen wir«, war alles, was ich dazu zu sagen hatte, auch weil ich keine Lust hatte, jetzt über Newsletter und Instagram-Postings zu sprechen. Das war so banal und am echten Leben vorbei.

Eines war klar: Ich steckte beruflich in einer handfesten Krise.

»Pass auf, Caroline, gerade ist es schlecht bei mir. Ich melde mich, wenn ich wieder am Schreibtisch bin. Dann sprechen wir das alles durch, ansonsten ist für die kommenden Tage bereits alles geplant.«

»Aber, Wiebke, ich wollte doch noch ...«

»Später, Caroline, ich kann gerade nicht. Ich melde mich bei dir.«

Danach legte ich auf und stellte mein Handy auf lautlos. Es war nicht so, dass ich meine Tätigkeit als Online-Assistentin hasste, im Gegenteil. Ich brauchte nur eine kleine Pause von alledem. Auftanken. Eine Auszeit.

Außerdem hatte ich gerade so viel anderes zu verarbeiten, dass ich für Kreatives überhaupt keinen Platz in meinem Hirn hatte. Kurzum: Es war richtig gewesen, meine Kunden von meinem Kurzurlaub in Kenntnis zu setzen.

Dass meine merkwürdige Stimmung auch etwas damit zu tun haben könnte, dass ich seit gestern Abend ganz sicher wusste, dass ich eine Weile hier festhängen würde, war mir dabei klar. Mein Kopf stellte manchmal seltsame Dinge mit mir an. Aber da Südamerika ja nun ausfiel, brauchte ich auch nicht vorarbeiten. Ich würde eher nacharbeiten müssen. Alles zu seiner Zeit.

Hektor huschte durch die Tür und sprang auf die Werkbank. »Mensch, Katerchen, wo hast du denn gesteckt? Ich habe mir schon Sorgen gemacht.« Ich ging auf ihn zu und wollte ihn streicheln, aber er hatte darauf keine Lust und rannte wieder davon. »Du lässt dich wohl auch nicht gern einfangen.« Ich lachte leise.

»Wer lässt sich nicht fangen?«, fragte eine Frau, und ich schnellte herum.

»Mama?! Was machst du denn hier?«

Meine Mutter stand im Türrahmen, sie trug eine bunte Haremshose zu glitzernden Birkenstocksandalen und einem weißen Shirt. Ihre langen Haare waren zu einem unordentlichen Dutt hochgedreht. Sie sah frisch und erholt aus, genau so, wie ich mich *nicht* fühlte.

»Wenn ich es nicht besser wüsste, würde ich sagen, du freust dich nicht, mich zu sehen?« Sie trat näher und zog mich in ihre Arme, um mich fest an sich zu drücken. Mama roch nach einem blumigen, sehr frischen Sommerduft, und ich atmete tief ein. So oft wir stritten, so sehr hatte ich sie auch vermisst.

»Natürlich freue ich mich. Ich habe nur nicht gewusst, dass du kommst«, erwiderte ich, und sie trat zurück.

»Die Ausstellung ist vorbei, und ich dachte, es wäre vielleicht mal ganz gut zu sehen, wie ihr klarkommt?«

Ich versteifte mich ein wenig. »Wieso hast du nicht Bescheid gesagt, dass du kommst?«

Dann hätte ich meine Reise nicht absagen müssen.

Das sprach ich jedoch nicht aus, weil ich keinen Streit heraufbeschwören wollte.

»Ich wusste ja nicht, ob ich es heute noch schaffe.«

Ich seufzte. Verbindlichkeit lag meiner Mutter genau so wenig wie mir. Mit Entsetzen musste ich feststellen, dass ich, je älter ich wurde, immer mehr von ihren Eigenschaften an den Tag legte. Vielleicht hatte ich das immer schon getan, mir war es nur nie so bewusst gewesen wie in diesem Moment.

»Was machst du denn in Opas Werkstatt?« Sie schaute sich interessiert um. »Hier hat sich ja wirklich nichts verändert.«

Was sollte sich auch verändern? Opa war tot. Ich seufzte. »Ich habe nur ein bisschen aufgeräumt.«

»Und wozu? Willst du sie etwa weiterführen?« Mama schaute mich überrascht an, und ich holte tief Luft.

»Ich? O Gott, nein! Wie kommst du auf so einen Unsinn. Ich habe einen Job und werde auf keinen Fall hierbleiben. Wie gesagt, ich habe nur sauber gemacht, so verdreckt konnte ich das nicht lassen.«

Meine Mutter betrachtete mich einen Augenblick schweigend. Es kam mir so vor, als ob sie etwas sagen wollte, doch sie schwieg. Dann legte sie mir einen Arm um die Schultern: »Komm, lass uns nach Oma sehen.«

Ich guckte auf die Wanduhr, deren Batterie ich vorhin getauscht hatte. Es war kurz vor sieben. »Das Überraschungsmoment überlasse ich dir ganz allein, Mama. Ich bin gleich verabredet.«

»Verabredet?« Sie wirkte überrascht und auch erfreut. »Mit wem?«

»Kennst du nicht«, wich ich aus. »Ist auch nicht so wichtig.«

»Ja«, trällerte sie. »Du bist ja alt genug, nicht wahr?

Willst du so ausgehen?« Sie schaute an mir herab, und ich fragte mich, was das sollte. Ich trug eine grüne Shorts und ein graues Shirt. Leo hatte mich im Blaumann kennengelernt, er erwartete sicher nicht von mir, dass ich mich mit einem Blümchendress verkleidete. So was besaß ich nicht mal. Außerdem wollte ich ihm sowieso nicht gefallen, aber das musste Mama ja nicht gleich erfahren.

»Was stimmt nicht damit?«, fragte ich spitz.

Mama winkte ab. »Du hast ja schon immer lieber Hosen als Röcke getragen.«

»Ich verstehe nicht, worauf du hinauswillst.«

»Spielt auch keine Rolle, Mäuschen. Viel Spaß.« Sie gab mir einen Schmatzer auf die Wange und verschwand dann im Haus.

Ich könnte jetzt wirklich einen Drink vertragen. Oder Kuchen.

Hätte sie nur einen Tag früher etwas von sich hören lassen, hätte ich jetzt noch meinen Flug und eine Unterkunft. Okay, so was konnte man vielleicht neu buchen ... Aber wollte ich das überhaupt?

»Hallo? Komme ich ungelegen?«, riss mich eine männliche Stimme aus meinen Überlegungen.

»Leo! Hallo. Nein, überhaupt nicht.«

Mensch, hier ging es ja zu wie am Bahnhof.

»Schön. Du sahst gerade ein wenig ... nachdenklich aus.«

»Vergiss es, war nicht wichtig.« Mit ihm wehte ein Schwall Parfum in den Raum. Er war gut gekleidet, lässig und doch stilvoll. Seine Füße steckten in handgenähten Lederschuhen, dazu trug er eine weiße Leinenhose und ein blaues Hemd. Er sah ein bisschen aus, als wäre er gerade aus der Toskana gekommen, aber das behielt ich für mich. Schließlich war ich nicht so oberflächlich und beurteilte

Leute nach deren Kleidung. Na ja, irgendwie doch, aber ich tat es wenigstens nur im Stillen, weil ich versuchte, ihn als Mensch einordnen zu können.

»Wollen wir?«, fragte er mich. »Ich habe was vorbereitet.«

»Ja, wieso nicht, ich schließe hier nur noch ab.«

Ich sah sein Rad und einen Picknickkorb auf dem Gepäckträger. »Das Wetter ist heute so schön, wollen wir nicht lieber an den Strand gehen? Ich kenne da ein lauschiges Plätzchen«, schlug er vor.

»Von mir aus«, hätte ich fast gesagt, als ich gerade umso deutlicher merkte, dass ich lieber zu Hause geblieben wäre. »Natürlich, sehr gern«, brachte ich dann hervor.

Es war eine blöde Idee, mit Leo auszugehen. Ich hatte null Interesse an ihm, und wenn ich ehrlich war, wollte ich gerade auch lieber meine Ruhe haben, als mit einem fremden Typen Small Talk zu halten.

Weil ich nicht unhöflich sein wollte, kam ich natürlich mit. Er schob das Rad, und zum Glück musste ich nicht viel reden, weil er unaufhörlich erzählte. Über sein Projekt, sein Leben, alles, was er schon geschafft hatte und noch schaffen wollte.

Erleichtert atmete ich aus, als wir nach einer gefühlten Ewigkeit die Nordspitze der Insel erreichten. Hier war nicht mehr viel los um diese Uhrzeit. Nur ein paar Hundefreunde und Spaziergänger kamen hin und wieder vorbei. Es hatte sich über die Jahre wenig verändert. Natürlich war ich auch schon mit Thore hier gewesen, aber an ihn wollte ich jetzt nicht denken, deswegen schob ich diese Gedanken beiseite.

Leo breitete eine karierte Decke auf dem feinen Puder-sand aus und klappte den Korb auf. Ich war ein wenig über-rascht, als er eingeschweißten Käse, Schinken und eine

Packung Butter herausholte. Dazu gab es Supermarktbrot und eine Flasche Wein mit Pappbechern. Ich hätte Leo nach seinen Erzählungen eher für den Typ Kaviar und Lachs-Schnitten gehalten. Aber was wusste ich schon. Ich war enttäuscht, dass er sich nicht mehr Mühe gegeben hatte – und natürlich – verglich ich ihn mit Thore. Wenn ich früher mit ihm unterwegs gewesen war, hatte es immer kleine Köstlichkeiten in Tupperdosen gegeben. Selbst geschmierte Brote, Gurkenscheiben und auch mal Möhrensticks mit Quark, Weintrauben und Käsewürfel. Alles, was man so im Kühlschrank hatte und mit Liebe verpacken konnte. Das war es, was mir hier fehlte: Hingabe.

Aber gut, ich selbst hatte mich auch nur gerade so zu diesem Date motivieren können. Das sollte ich Leo vielleicht nicht vorwerfen, aber immerhin hatte er mich eingeladen und nicht umgekehrt.

Eine hungrige Möwe hatte uns entdeckt und landete nicht weit entfernt auf einem Pfahl, der einsam im Sand steckte. Sanfter Wind strich über uns hinweg, die Sonne schien, und ein paar Schleierwolken trieben über den Abendhimmel. Die Priele waren hüfthoch mit Wasser gefüllt, man konnte beinahe zusehen, wie schnell die Flut kam und sich alles veränderte.

»Sieh mal da«, rief ich und sprang auf. »Eine Kegelrobbe! Da streckt sie ihren Kopf aus dem Wasser.« Kurz darauf tauchte sie wieder ab und verschwand.

»Was denn?«, Leo schaute sich wenig begeistert um. Ich hatte gerade einen weiteren Redeschwall unterbrochen.

»Hast du die Robbe nicht gesehen?«

»Finde ich jetzt nicht so spannend, die fressen einem doch nur den ganzen Fisch weg. Wo war ich? Ach ja, als ich neulich bei der Lesung ...«

»Hm, okay, na gut. Worauf wollen wir trinken?« Ich nahm ihm einen Pappbecher aus der Hand, den er zur Hälfte mit Rotwein gefüllt hatte.

»Auf uns?« Er sah mir tief in die Augen, und vermutlich sollte seine Mimik flirty sein, ich fühlte mich irgendwie unwohl dabei und rückte ein Stückchen von ihm ab. Nur wenige Zentimeter, aber etwas störte mich an ihm. Sogar die Möwe hatte das Interesse an uns verloren und flatterte davon.

»Prost«, erwiderte ich und trank einen Schluck. Nicht, dass ich eine große Weinkennerin gewesen wäre, aber das süßliche Zeug war kaum trinkbar. Wenn die Gesellschaft stimmen würde, wäre es mir egal, aber so wurde ich den Eindruck nicht los, dass etwas mit Leo nicht so war, wie es sein sollte. Nur ein Bauchgefühl, aber auf das hatte ich mich oft genug schon verlassen können. Ich wollte auch nicht unhöflich sein, deshalb lächelte ich gezwungen, während er die Wurst- und Käsepackungen aufriss.

Ich aß aus Höflichkeit ein halbes Brot, obwohl ich keinen Appetit hatte. Dann schob ich den Pappteller beiseite und spürte Leos Blick auf mir.

Er rückte näher zu mir heran, und der süßliche Duft seines Parfums stieg mir wieder in die Nase. Ohne mich zu fragen, legte er mir eine Hand in den Nacken und drückte seine Lippen auf meine. Ich wollte ihn wegstoßen, aber er war stärker und hielt mich fest. Als ich auch noch seine Zunge an meinem Mund fühlte, schlug ich um mich und wehrte mich gegen seine unerwünschten Anwandlungen. Ich bekam keine Luft mehr. Panik wallte in mir auf. Was war denn jetzt los? Passierte es gerade wirklich, dass mich dieser Typ ungefragt küsste und bedrängte?

Dem würde ich einen Tritt in die Eier verpassen!

»Hey, merkst du nicht, dass die Dame nicht angefasst

werden will?«, brüllte ein Mann, dann bekam ich endlich wieder Luft.

Ich atmete keuchend aus und robbte auf den Ellenbogen nach hinten weg, was albern aussehen musste, mir gerade aber egal war.

Leo wurde am Kragen gepackt und davon geschleift. Ich konnte nur die Kehrseite meines Retters in Sportklamotten ausmachen. Aber die genügte, um zu erkennen, dass es Thore war, der mir aus dieser brenzligen Situation geholfen hatte.

Einerseits wollte ich im Erdboden versinken, andererseits wollte ich Thore umarmen und ihm danken. Weil ich noch immer unter Schock stand, tat ich keines von beidem und rappelte mich stattdessen langsam auf.

Ich hörte nicht, was Thore zu Leo sagte, aber ich sah, dass seine Worte Wirkung zeigten. Leo wirkte wie ein geprügelter Hund und schaute mich bedröppelt an. Ich ignorierte ihn und klopfte mir den Sand von den Klamotten. Mit wenigen Schritten war Thore bei mir. Er schwitzte. Wäre er nicht auf seiner Joggingrunde unterwegs gewesen, hätte ich mich selbst retten müssen. Ob es mir gelungen wäre? Leo war ziemlich kräftig. Ich war froh, dass ich es nicht hatte herausfinden müssen.

»Bist du in Ordnung?«, wollte Thore von mir wissen und hielt mich besorgt an den Schultern fest.

Ich nickte und biss mir auf die Unterlippe, weil ich spürte, wie sie zitterte. »Komm, ich bringe dich nach Hause. Willst du den Kerl anzeigen?«

Ich schüttelte den Kopf. »Es ist nichts passiert, ist schon okay.«

»Nein, Wiebke. Das ist es nicht, es ist nicht okay. Nichts davon.« Ich schaute zu ihm auf und erkannte an seiner versteinerten Mimik, wie aufgebracht er war. Seine Augen hingegen sprühten Funken, und er atmete schnell.

Das war der Grund, warum ich ihn schon immer geliebt hatte. Thore war ein Mann, der für Gerechtigkeit sorgte. Ein Mann der Taten, nicht der leeren Worte. Ein Fels in der Brandung. Eine breite Schulter zum Anlehnen.

Gerade war ich zu schwach, um stark zu sein, deshalb nickte ich. »Bring mich weg von hier, ja?«

»In Ordnung, komm mit.« Er legte mir einen Arm um die Schulter, und ich war unendlich dankbar, dass ich für den Moment nicht mehr denken und nichts sagen musste. Erst als wir bei ihm zu Hause ankamen, fand ich die Sprache wieder.

»Du solltest jetzt nicht alleine sein«, erklärte er mir, während er die Türklinke herunterdrückte. »Oder möchtest du lieber nach Hause?«

Ich schüttelte den Kopf. Ich war genau da, wo ich hingehörte.

Wo ich schon immer hatte sein wollen.

»Thore, ich …«, fing ich an, aber er unterbrach mich.

»Komm erst mal an, beruhige dich. Schnaps oder Tee?«, wollte er wissen, während er mich mehr oder weniger in die Küche schob.

»Ich glaube, erst mal den Schnaps, dann den Tee«, entschied ich und konnte sogar schon wieder schief lächeln. »Wie peinlich, dass du mich retten musstest … Ich war einfach nicht darauf vorbereitet …«

»Hey, Wiebke. Daran ist nichts peinlich. Es ist grauenhaft! Stell dir mal vor, ich hätte heute eine andere Route genommen? Dann wäre dieses Schwein noch aufdringlicher geworden.«

»Ich hätte mich vielleicht auch selbst wehren können.«

»Ja, vielleicht. Es hätte aber gar nicht erst so weit kommen dürfen, wer war das überhaupt? Ein Tourist?«

»Leo. Leo Winter.«

»Ach der. Windbeutel wäre wohl eher passend! Wieso lässt du dich auf jemanden wie ihn ein? Der Typ hat schon nach zwei Monaten einen Ruf als Weiberheld auf Nortrum, und keinen guten. Allerdings war mir nicht bewusst, wie weit er gehen würde, sonst hätte ich dich gestern vielleicht gewarnt, andererseits, das hätte so sehr nach Eifersucht ausgesehen. Deshalb hatte ich nichts gesagt. Aber das bereue ich jetzt sehr, wirklich.«

Meine Wangen fingen an zu brennen, gleichzeitig schlug mein Herz schneller. Er hatte mich warnen wollen und hatte dabei an Eifersucht gedacht?

Thore holte zwei Schnapsgläschen und eine Flasche Klaren aus dem Schrank. »Trink erst mal«, meinte er sanft und goss ein.

Ich schaute ihn nicht an, während ich den Shot in einem Zug leerte. Feuer breitete sich von meiner Kehle bis in meinen Bauch hinein aus.

Er zog einen Stuhl vom kleinen Küchentisch hervor. »Setz dich doch.«

»Danke. Es geht schon«, erwiderte ich und ließ mich trotzdem darauf sinken. Ich wollte nicht gehen, obwohl es keinen Grund gab, warum ich bleiben sollte. Jedenfalls keinen Sinnvollen.

Gerade fühlte ich mich verletzlicher, als mir lieb war. Anlehnungsbedürftiger. Der Alkohol tat sein Übriges.

»Noch einen?«, fragte Thore.

Ich schüttelte den Kopf. »Ich sollte lieber nichts mehr trinken.«

»Weil?«

»Weil ich dann dumme Dinge tun oder sagen könnte.«
Ich blickte zu ihm auf. Thore musste verstehen, was ich damit meinte, denn er setzte sich mir gegenüber und füllte mein Glas erneut.

»Das will ich hören. Also die dummen Dinge. Schieß los!«

Ich grinste schief. »Du warst schon immer sehr überzeugend.«

Er erwiderte es. »Nicht wahr?«

Gegen jede Vernunft trank ich auch den zweiten Schnaps. Ich wusste nicht, ob ich mich deswegen beschwingter fühlte, oder weil er in meiner Nähe war. »Ich bin froh, dass du gekommen bist«, murmelte ich irgendwann.

Thore betrachtete mich mit so viel Wärme im Blick, dass mir ganz anders wurde. »Glaub mir, Wiebke, ich auch. Ich habe mich ganz schön erschreckt! Als ich gesehen habe, dass er sich dir aufgezwungen hat, wollte ich den Kerl nur noch umbringen.«

Meine Mundwinkel bogen sich wie von selbst nach oben. »Echt?«

Er fuhr sich mit der Hand durch die Haare. »Sieht so aus. Sechsunddreißig und kein Stück weiser.«

»Weiser?«

»Weil ich wohl nichts dazugelernt habe.«

Über diese Worte musste ich kurz nachdenken. »Wie meinst du das?«

Er sah mich wieder auf diese eindringliche Weise an, die tausend Schmetterlinge in meinem Bauch auffliegen ließ. »Weißt du es wirklich nicht?«

Thore stand auf und reichte mir seine Hand. Ich schaute auf seine langen, wohlgeformten Finger, seine gepflegten

Arzthände, und ergriff sie. Auf einmal war ich vor ihm, viel zu nah und lange nicht nah genug. Er duftete so gut. Herb. Männlich. Nach Thore.

Niemand roch so gut wie er – selbst im Sportshirt, und das wollte was heißen.

Er hob mein Kinn mit seinem Zeigefinger an und zwang mich so, ihm in die Augen zu sehen. »Ich habe nicht vergessen, wie es sich mit uns angefühlt hat, Wiebke.«

»Ich auch nicht.« Mein Puls raste, das Blut rauschte in meinen Ohren. Ich befeuchtete die Lippen mit meiner Zunge und bekam kaum Luft. »Du bist mein Kryptonit, Superman.«

Thores Augen weiteten sich, dann lachte er. »Was?«

»Sorry, ich scheine betrunken zu sein. Beschwipst in jedem Fall.« Tatsächlich fühlten sich meine Sinne aber geschärft und nicht benebelt an. Ich nahm jede seiner Regungen wahr und auch meine eigenen.

»Du kannst mich gerne öfter Superman nennen«, neckte er mich und strich mir eine Strähne aus dem Gesicht.

Heißkalte Schauer jagten an meiner Wirbelsäule entlang. »Ach, Thore«, seufzte ich und wünschte, dieser Augenblick würde niemals enden.

»Sag mir nicht, dass du gehen musst«, flüsterte er, seine Stimme klang belegt.

Ich schloss die Lider, und der altbekannte Schmerz durchströmte mich. Ich wollte bei ihm bleiben, ihn küssen, wollte alles von ihm. Aber wäre das fair ihm gegenüber?

Wohl kaum. Aber ich war dumm. Ich war süchtig nach seiner Nähe. Seinem Duft. Seiner Liebe.

»Versuch mich zu überzeugen«, murmelte ich und schaute ihn an.

Seine Pupillen weiteten sich. »Ich habe oft an dich

gedacht«, wisperte er und nahm mein Gesicht zwischen seine Hände. »Ich konnte dich nicht vergessen, auch wenn ich es versucht habe. Und jetzt bist du wieder hier.«

Denk nicht an morgen. Nicht an übermorgen. Lebe im Moment. War das nicht das, was man bei jedem Achtsamkeitstraining vermittelt bekam?

Ich wollte ihn.

Und wie ich ihn wollte.

Aber ich hatte auch lebhaft in Erinnerung, wie schlecht ich mich seinetwegen schon einmal gefühlt hatte. Noch ein zweites Mal würde ich diesen Schmerz nicht überleben, denn er würde auf Nortrum bleiben wollen, bleiben müssen – und ich nicht.

»Mein Kopf und mein Herz sagen mir unterschiedliche Dinge«, murmelte ich rau.

Er lehnte seine Stirn gegen meine. Es fühlte sich fantastisch an. Zum ersten Mal seit vielen Jahren verstummte das ewige Fernweh in mir. Ich wollte nirgendwo anders sein. Weder in Südamerika noch sonst wo. Hier war ich genau am richtigen Ort. Mit dem einen Menschen, dem ich alles von mir geben wollte.

»Kopf und Herz kann man nicht trennen«, erwiderte Thore leise.

Ich spürte seinen heißen Atem an meinen Lippen. Ich müsste mein Kinn nur ein wenig anheben, um ihn zu küssen, aber ich rührte mich nicht. Kämpfte mit mir und meinen Emotionen. Und mit den Gründen, warum das hier keine gute Idee war.

»Ja, allmählich beginne ich das zu verstehen«, sagte ich zu ihm und seufzte leise. »Das heißt noch lange nicht, dass es mir gefällt, oder dass es einfach wäre. Mein Kopf will nicht das, was mein Herz mir sagt.«

Ein schrilles Piepen durchschnitt die aufgeladene Stille.

»Verdammt«, fluchte er und löste sich von mir. Sofort überkam mich ein schreckliches Verlustgefühl, das mich schwanken ließ. Ich klammerte mich an der Stuhllehne fest und schob es auf den Alkohol, dabei wusste ich, dass es nur ein lahmer Versuch war, das herunterzuspielen, was zwischen uns war.

»Tut mir leid, ich muss gehen«, brummte Thore. »Aber dieses Gespräch ist nicht beendet«, verkündete er und warf mir einen Blick zu, der mein Herz zum Stolpern brachte.

»Notfall?«, mutmaßte ich mit piepsiger Stimme.

»Leider ja. Es kann dauern, Wiebke! Versprich mir, dass du mit mir redest, wenn nicht mehr heute, dann morgen. Ich habe einiges auf dem Herzen, das ich loswerden möchte. Was ich loswerden muss.«

»Ich habe nie nicht mit dir geredet«, wich ich aus.

Ich sah einen Hauch von Resignation über sein Gesicht huschen, dann kam Thore noch einmal zu mir und umarmte mich flüchtig. Viel zu schnell trat er zurück und umfasste mein Kinn. »Du hast keine Ahnung, wie es sich anfühlt, wenn man die Kontrolle über sein Herz verliert. Bei dir passiert mir das ständig.«

Doch, ich wusste sehr genau, wie sich das anfühlte. Ein bisschen zu gut vielleicht. Aber es blieb keine Gelegenheit, ihm das zu verraten, denn er war bereits auf dem Weg zur Tür. Ich vermutete, dass er etwas zum Überziehen im Auto haben musste, oder dass der Notfall so eilig war, dass er sogar in Sportklamotten seinen Dienst tun konnte.

Dann war er fort.

Es war merkwürdig, allein in seinem Haus zu sein. Kurz überlegte ich, ob ich die Gläser abräumen sollte, entschied mich aber dagegen. Ich wollte nicht, dass es sich nach zu viel

Vertrautheit anfühlte, was albern war. Als ob Gläserspülen irgendetwas bedeuten könnte.

Leise schloss ich die Tür hinter mir und tapste gedankenverloren auf die Straße. Ich war so in Gedanken vertieft, dass ich die ehemalige Bürgermeistersfrau erst bemerkte, als sie mich fast mit ihrem E-Bike über den Haufen gefahren hätte. »Kannst du dummes Gör nicht aufpassen?«, kreischte sie, und ich war zu perplex, um entsprechend zu reagieren. Bis ich eine Antwort parat hatte, war sie längst um die Ecke gebogen.

Diese Elektroräder waren gemeingefährlich. Und die Frau unfassbar unhöflich.

Ich sammelte mich kurz, dann setzte ich den Nachhauseweg fort.

Was für ein Abend!

Erst als ich in Omas Garten stand, bemerkte ich, dass schon die ersten Sterne am Himmel zu sehen waren. Abendröte teilte den unendlich weiten Horizont. Wo es im Osten längst dunkel war, schimmerte es im Westen rötlich. Das gab es nur hier, und ich liebte es so sehr, dass mein Herz schwer wurde. Ein paar Schwalben flatterten hoch über meinem Kopf über die reetgedeckten Häuser.

»Was stehst du hier draußen herum?«, erschreckte mich meine Mutter, die mit dem Gartenschlauch herumhantierte. Ich hatte sie gar nicht gesehen und auch nicht gehört.

»Gott, willst du mir einen Herzinfarkt bescheren?«, zischte ich und hielt mir eine Hand auf den Brustkorb.

»Du bist wohl schon zu lange alleine mit Oma, dass du über solche Krankheiten redest«, scherzte Mama.

Ich winkte ab. »Eben hat mich Frau Hansen fast über den Haufen gefahren. Die hat mich als Kind schon immer aus fadenscheinigen Gründen rundgemacht. Wenn ich die früher gesehen habe, habe ich mich versteckt. Ist die eigentlich zu allen so fies, oder nur zu mir?«

Meine Mutter ließ den Schlauch sinken und starrte mich stumm an.

»Mama?«

»Äh, entschuldige, mir ist nur eingefallen, dass ich noch etwas erledigen muss.«

Ich kniff die Augen zusammen. »Du gießt gerade die Hauswand, ist sicher alles okay?«

»Klar, alles super.«

Meine Mutter war im Lügen genauso lausig wie ich. Normalerweise würde ich nachhaken, aber heute war ich schlicht zu erschöpft und aufgekratzt. »Soll ich übernehmen?«, bot ich ihr an, weil ich nicht wusste, was ich sonst mit mir anfangen sollte.

»Na gut, danke.« Bereitwillig drückte meine Mutter mir die Gartenbrause in die Hand und war schneller verschwunden, als ich bis drei zählen konnte.

Auch gut.

Jeder hatte so seine Probleme. Gerade wurde mir bewusst, dass ich wohl nicht nur in der letzten Zeit viel zu sehr um mich und meine Angelegenheiten gekreist war. Vielleicht sollte ich ein bisschen aufmerksamer mit meinen Mitmenschen umgehen.

Ich wusste jedoch, dass Mama mir ausweichend antworten würde, wenn ich sie danach fragte, was sie gerade umtrieb. Hatte es etwas mit ihrer Arbeit zu tun? Wie war überhaupt diese Ausstellung gelaufen? Oder machte sie sich Sorgen um Oma?

Nachdenklich goss ich das Grünzeug in Omas Garten.

Es war spät geworden, bis ich das Wasser zudrehte. Vielleicht hatte ich auch so ausgiebig gegossen, weil ich gehofft hatte, dass Thore vorbeikommen würde, um das Gespräch fortzusetzen, das wir angefangen hatten. Und nicht nur das.

Ich hatte mich gefreut und auch davor gefürchtet. Weil ich die Hortensien nicht ertränken wollte, war jetzt aber Schluss. Ein zunehmender Mond hing am Nachthimmel. Die Sterne leuchteten heller als anderswo. Das war immer schon so gewesen und hatte mich stets am Inselleben auf Nortrum fasziniert. Ich liebte die klare Luft. Wie anders es hier war! So ursprünglich und nordisch klar.

Als ich ins Wohnzimmer kam, verstummte das Gespräch zwischen Oma und Mama. Die beiden guckten mich aus großen Augen an, und ich spürte, dass etwas in der Luft lag.

»Habt ihr über mich geredet?«, wollte ich wissen.

Mama winkte ab und lächelte, aber mir war klar, dass sie mich nur beschwichtigen wollte. Sie startete ein Ablenkungsmanöver. »Nein, aber jetzt, wo du da bist, kann ich ja fragen, wie lange du bleiben willst.«

Perplex stammelte ich. »W-weiß ich noch nicht? Warum? Weil ich dein Bett in Beschlag nehme? Kein Problem, ich kann in Omas Bett schlafen, oder auf dem Sofa.«

»Rede keinen Unsinn, Wiebke«, fuhr mich meine Mutter an.

Oma ging gleich dazwischen. »Okka kann auch in meinem Bett schlafen, darum geht es doch gar nicht.«

»Worum dann?« Ich verstand tatsächlich nicht, warum alle hier so angespannt waren. Hatten Oma und Mama gestritten?

»Oma hat mir erzählt, dass du deine Reise storniert hast«, erklärte Mama jetzt etwas milder.

»Richtig. Aber Flüge lassen sich auch wieder buchen und Hostels auch«, erwiderte ich, obwohl ich gerade gar nicht weg wollte. Das war seltsam ungewohnt, und ich behielt es deshalb auch für mich.

»Natürlich«, gab Mama zurück. »Ich wollte einfach wissen, was du jetzt vorhast. Als Mutter darf man das doch wohl mal fragen?«

Ihr Ton gefiel mir nicht, aber ich wollte nicht streiten. »Natürlich ist es erlaubt, und ich werde gleich nach neuen Verbindungen sehen, ich will ja schließlich nicht für immer auf Nortrum bleiben. Seid mir nicht böse, ich gehe schlafen. Kann ich dir vorher helfen, Oma?«

Mein Herz schlug nach der kleinen Lüge höher, denn tatsächlich beschäftigte mich die Frage, ob ein *Für immer* für mich vielleicht doch möglich sein könnte.

»Nicht doch, ich mache das heute Abend«, mischte Mama sich ein, und für den Moment fand ich es in Ordnung, dass sie das Ruder übernahm. Das war eben ihre Art zu zeigen, dass es ihr leidtat, dass sie nicht früher gekommen war.

Ich staunte nicht schlecht, als ich sah, wie behände Oma sich mittlerweile in den Rollstuhl hieven konnte. Mama musste kaum mit anpacken.

»Vielleicht probiere ich es morgen mal mit den Krücken, was meint ihr?«, plauderte Oma fröhlich, vermutlich weil sie tatsächlich glücklich darüber war, dass Tochter und Enkelin im Haus waren. »Gute Nacht, Wiebke.«

Damit war ich »entlassen«.

Weil ich tatsächlich gerade keinen Nerv hatte, weiter zu plaudern und am Ende doch noch mit Mama zu streiten, weil mir mal wieder etwas herausrutschte, was ich mir besser verkneifen sollte, ging ich nach oben und machte mich bettfertig. Ich zog die Vorhänge in meinem Zimmer nicht zu und schaute in den Sternenhimmel, während ich mich fragte, was Thore gerade machte. Ob er vielleicht auch an mich dachte?

So viel hatte sich in den letzten Jahren also doch nicht geändert, ich schwärmte immer noch wie ein junges Huhn für ihn. Fraglich war nur, wie die Geschichte mit uns dieses Mal enden würde. Und ob das überhaupt sein musste: ein Ende. Vielleicht gab es ja auch so etwas wie einen neuen Anfang. Ein Teil von mir hoffte darauf, während die Stimme der Vernunft immer leiser wurde.

# Kapitel Dreizehn

Der Himmel war grau und die Wolken hingen tief über dem Dorf. Kräftiger Westwind fegte durch Baumkronen, als ich am nächsten Morgen aufwachte. Verschlafen tastete ich nach meinem Handy und stellte überrascht fest, dass es schon kurz vor elf war. Wow. So lange hatte ich seit tausend Jahren nicht geschlafen. Ich konnte mich jedenfalls nicht daran erinnern. In meinem Alltag fing ich üblicherweise früh an. Checkte Mails, Nachrichten, die Neuigkeiten aus aller Welt, noch während der erste Kaffee durchlief. Seit ich mich offiziell ein paar Tage in den Online-Urlaub, der eigentlich Offline heißen müsste, verabschiedet hatte, war ich viel entspannter. Es hatte also doch was, dieses »Entschleunigen«, von dem alle ständig posteten. Ein Widerspruch in sich, wie mir erst jetzt klar wurde.

Davon ließ ich mir die gute Laune nicht verderben und machte mich frisch. Schon als ich aus dem Bad kam, roch ich den verführerischen Duft aus der Küche. Jemand hatte Brot gebacken.

Ich ging nach unten und hörte Stimmen aus dem Wohnzimmer. Thore war da. Mein Puls beschleunigte sich ganz selbstverständlich. Ich versuchte nicht übermäßig zu strahlen, als ich eintrat. »Moin!«, trällerte ich in die Runde.

Okay, toll. Das mit dem Coolbleiben hatte also schon mal nicht geklappt.

Sogar meine Oma schaute mich an, als wäre ich ein Alien. Meine Mutter saß auf dem gepolsterten Sessel, ließ ein Kluntje in ihre Ostfriesenteemischung fallen und beäugte mich unter halb gesenkten Lidern.

Egal, ich lächelte weiter. »Na, wie ist die Lage?«

»Die ist gut«, erwiderte Thore und packte sein Blutdruckmessgerät wieder ein. Er sah mich nur flüchtig an, und ich fragte mich, ob ich was Blödes gesagt oder getan hatte? Mir fiel nichts ein, außer Fröhlichkeit wäre neuerdings verboten. »Deine Oma erholt sich prächtig, dank deiner Pflege«, betonte er gerade.

Da schwang doch etwas im Unterton mit? Bitterkeit? Resignation? Warum? Hatten sie in meiner Abwesenheit über mich gesprochen? Mein Magen zog sich nervös zusammen.

Vielleicht täuschte ich mich ja auch.

»Schön, das freut mich«, erwiderte ich und merkte, dass mein Lächeln erstarb.

Oma und Mama schwiegen auch, was ich sehr seltsam fand. Es war damit klar, dass in meiner Abwesenheit irgendwas besprochen worden war, was jetzt drohend in der Luft hing.

Allmählich wurde es mir unangenehm. »Kann ich kurz mit dir reden?«, fragte Thore mich und schnappte sich seine Tasche.

Solche Sätze waren selten gut. Mein Mut sank, aber ich versuchte mir nichts anmerken zu lassen.

»Natürlich, ich begleite dich zum Auto.« Vor meiner Familie wollte ich nicht mit Thore plaudern, und ihm war es bestimmt auch lieber, wenn wir unser Gespräch unter vier Augen führten.

Oma und Mama tauschten einen Blick, den sie gar nicht kommentieren brauchten. Ich wusste auch so, dass die beiden Lunte rochen. Seit ich gehört hatte, dass Oma all die Jahre über mich und Thore Bescheid gewusst hatte, brauchte ich die Gefühle für ihn auch nicht mehr zu leugnen, sollten sie mich darauf ansprechen. Meine Klamotten von gestern lagen im Flur.

Ich schloss die Haustür hinter mir und lief neben Thore her. Es fühlte sich gut an. Vertraut. Nicht mehr so seltsam wie eben noch. Der Wind zerzauste unsere Haare und wehte einen Hauch seines Parfums zu mir herüber. Gott, wie sehr ich ihn liebte.

Den Duft natürlich nur!

Himmel.

Okay. Den Mann auch. Obwohl ich in unserer Konstellation doch nicht von Liebe sprechen konnte. Wir waren nicht mal zusammen.

»War es spät gestern?«, erkundigte ich mich bei ihm, weil ich nicht wusste, was ich sonst sagen konnte. Schließlich hatte er am Vorabend davon geredet, dass wir unser Gespräch weiterführen sollten. Oder hatte er seine Meinung geändert?

Thore nickte, öffnete den Kofferraum und warf die Tasche hinein, dann klappte er ihn wieder zu und lächelte mich an.

Erleichterung durchflutete mich, und ich merkte, dass

meine Beine ganz wackelig wurden. Ich hatte mir diese komische Stimmung also doch nur eingebildet. Gott sei Dank.

»Wie wäre es, wenn wir unsere Unterhaltung heute fortsetzen? Bei einem Abendessen vielleicht?«, schlug er vor, und ich wäre ihm am liebsten um den Hals gefallen.

»Das klingt so hochoffiziell.« Das tat es wirklich, außerdem hatte ich noch das Desaster mit Leo in Erinnerung. Ich würde es lieber etwas lockerer angehen – denn ich selbst war schon angespannt genug.

Er hob eine Braue. »Wie wäre es dann mit einer kleinen Radtour um die Insel?«

»Au ja! Schon besser«, freute ich mich.

»Abgemacht. Wann hast du Zeit?«

Ich lachte. »Das müsste ich ja wohl eher dich fragen, Herr Doktor.«

Thore schaute mich an, als ob er mich gleich küssen wollte. Ich hätte nichts dagegen.

Er räusperte sich und trat einen Schritt zurück, was mich ein wenig enttäuschte. »Ich werde zusehen, dass uns heute Abend niemand in die Quere kommt.«

O Gott. Das klang beinahe nach einem sinnlichen Versprechen. Mir wurde flau im Magen. »Ich freue mich.«

»Bis später, Wiebke. Ich komme gegen sechs vorbei, ja?«

»Perfekt.«

Er öffnete die Tür und wollte gerade einsteigen, dann wandte er sich erneut mir zu. »Ich freue mich auch. Ich freue mich sehr.«

Mein Herz machte einen Satz. »Bis nachher dann.«

Und schon brauste er mit seinem Notarztwagen davon und ließ mich mit einem grenzdebilen Grinsen auf dem Gesicht stehen. Weil man in unserem Dorf selten lange allein blieb, war es auch an diesem Morgen nicht anders.

»Moin, Wiebke«, rief mir Marieke zu, die offensichtlich gerade vom Einkaufen kam. Sie schob ihren kleinen Trolley vor sich her, Möhrengrün hing oben heraus.

»Moin«, erwiderte ich.

»Na, wie geht's unserer Patientin heute? Und deine Mama ist auch endlich angekommen?«

Natürlich wusste Marieke darüber Bescheid, das überraschte mich nicht. »Oma geht es gut, aber das weißt du ja. Du warst doch gestern Abend da. Danke übrigens, dass du die Katze gefüttert hast.«

»Katze? Ich habe keine gefüttert.«

»Nicht?«

Marieke schaute mich an, als ob ich verrückt wäre. »Nein, hätte ich Hektor was geben sollen? Ich weiß doch gar nicht, wo Griet das Futter hat.«

»Nein, schon gut«, lenkte ich mit einer Geste ein und fragte mich, welchen Bären mir Oma da aufbinden wollte. Allmählich wurde ich misstrauisch. Da stimmte doch was nicht. Um ein bisschen was zu erfahren, setzte ich eins obendrauf. »Ich hoffe, deine Bandscheiben haben es gut verkraftet, dass du Oma gestern mit dem Toilettengang geholfen hast.«

Ich war gespannt, was sie dazu zu sagen hatte. War es möglich, dass Oma gar nicht mehr so hilfsbedürftig war, wie sie es hatte aussehen lassen? Aber warum?

»Also, vielleicht werde ich ja dement, Wiebke, aber daran kann ich mich beim besten Willen nicht erinnern. Vielleicht hast du was falsch verstanden, und es war später noch jemand anders da. Außerdem war Griet auch ganz gut mit den Krücken unterwegs. Dass sie mir keinen Kaffee serviert hat, war alles.«

Mein Kiefer klappte auf. Wie bitte? Ich brachte nur ein »Oh« zustanden, was vielleicht auch besser war.

»Ich würde gerne weiter mit dir plaudern, aber ich habe gleich noch was vor, tschüss Wiebke.« Marieke zockelte davon, und ich schaute ihr verdattert hinterher.

Da hatte mich Oma aber ganz schön reingelegt. Sie hatte tatsächlich die Hilflosigkeit simuliert, vermutlich, damit ich länger bei ihr blieb. Ich war wütend auf sie. Aber auch irgendwie froh.

Während ich diese Neuigkeiten verarbeitete, begriff ich etwas. Jetzt, wo Mama hier war und es Oma halbwegs besser ging, hatte ich keinen Grund mehr zu bleiben.

Oder doch?

# Kapitel Vierzehn

Den ganzen Tag über war ich rastlos und aufgeregt. Ich war schrecklich nervös und wollte doch nicht über mein bevorstehendes Date sprechen. Auch Omas kleines Schauspiel hielt ich ihr nicht vor, denn meine Reise war abgesagt und – wenn ich ganz ehrlich war – war ich gar nicht so traurig, wie man nach der langen Vorbereitungszeit annehmen sollte. Völlig untypisch für mich wechselte ich sogar zweimal das Outfit, obwohl ich überhaupt nicht geschwitzt oder gekleckert hatte.

Das konnte nur eines bedeuten: Ich wollte Thore gefallen.

Ein bisschen zu sehr vielleicht.

Ich feilte meine Nägel und trug etwas von Omas Klarlack auf, kämmte meine Haare ordentlich und tuschte mir sogar die Wimpern. Oma und Mama schauten eine Seifenoper im Fernsehen an und knabberten dabei Nüsschen, als ich ihnen um kurz nach sechs mitteilte, dass ich loswollte.

»Mit wem triffst du dich denn?«, fragte Mama mit einem unschuldigen Augenaufschlag.

Kurz überlegte ich, ob ich lügen sollte, weil ich keine Lust auf unliebsame Fragen hatte, entschied mich aber dagegen. Denn allmählich befasste ich mich mit dem Gedanken, dass aus einer Fahrradtour mit Thore mehr werden könnte. Viel mehr. Dann wüssten es sowieso alle.

Der Gedanke, eine feste Bindung einzugehen, löste immer noch ein wenig Panik in mir aus, aber zumindest wollte ich nicht wie sonst gleich schreiend davonlaufen.

»Mit Thore«, erwiderte ich, so ruhig es mir möglich war.

Oma sagte nichts, aber stellte den Fernseher lauter. Nicht aus Desinteresse, das war mir klar, sondern weil sie Mama davon abhalten wollte, mir mit gut gemeinten Sprüchen auf die Nerven zu gehen.

»Ich bin nicht taub«, Mama nahm Oma die Fernbedienung wieder aus der Hand.

»Tschüss«, war alles, was ich von mir gab, bevor ich durch die Hintertür verschwand, um mir Omas Rad zu holen. Kurz blieb ich vor Opas Werkstatt stehen und stellte mir vor, wie hübsch es wäre, wenn man zwei Blumenkübel mit Margeriten im Eingangsbereich aufstellen würde. Obwohl der Laden etwas in die Jahre gekommen war, sah er nach meiner Grundreinigung überhaupt nicht mehr so kläglich aus. Im Gegenteil, er hatte Charme, und es wäre wundervoll, wenn sich jemand dafür finden ließe ...

»Hey, da bist du ja«, riss mich Thores Stimme aus meinen Überlegungen.

Ich wirbelte herum und strahlte. »Pünktlich wie die Maurer.«

»Fast. Und du? Bist du startklar?« Aus seinen Augen schlug mir so viel Wärme und Sympathie entgegen, dass ich verlegen wurde.

Es war ein lauer Abend, die Sonne schien und wärmte

meinen Nacken. Ein elektrisierender Schauer rieselte durch meinen Körper. Das hier könnte der Anfang von etwas ganz Wunderbarem sein. »Bin ich, ich hole mir nur eben Omas Fahrrad aus dem Schuppen.«

Im Vorbeigehen fiel mir auf, dass Thore Taschen am Gepäckträger befestigt hatte, und ich fragte mich, ob sich auch etwas Proviant darin befand.

Ich hoffte es, denn es würde bedeuten, dass er mich nicht nach einem kurzen Ausflug um die Insel wieder loswerden wollte.

»So, da bin ich wieder«, verkündete ich kurz darauf, schwang mich in den Sattel und trat in die Pedale. Die Frage, wohin wir wollten, erübrigte sich. Es gab nur einen Inselrundweg, wenn man an der Küste entlangfahren wollte – was ich definitiv vorhatte. Thore holte mich ein und fuhr neben mir her. Hier und da grüßte er jemanden oder winkte Leuten zu, die uns begegneten oder in ihren Gärten saßen. Mir war klar, dass es in diesem Dorf kaum Geheimnisse gab.

»Weiß Svantje, dass wir uns treffen?«

Ich spürte seinen Blick von der Seite auf mir. »Ich habe ihr gesagt, dass ich heute mit dir verabredet bin. Ja. Wieso sollte ich ihr nicht davon erzählen?«

O Gott. Ich war so schrecklich nervös. Auch, weil ich dieses Treffen nicht überbewerten wollte. Aber warum sollte er Zeit mit mir verbringen, wenn ihm nicht auch etwas an mir lag?

Ich beneidete Leute, die ihr Herz und ihre Gefühle auf der Zunge trugen. Ich war anders. Wenn es ans Eingemachte ging, blieb ich zu oft stumm wie ein Fisch, wenn ich besser etwas sagen sollte. Wahrscheinlich war das mein größtes Problem, was nicht hieß, dass ich etwas daran ändern konnte.

Ich hatte es versucht, aber die Angst, nachdem ich meine Seele entblößt hatte, verletzt zu werden, war einfach stärker.

»Und? Wie findet sie das?«, wollte ich wissen und merkte, wie dünn meine Stimme klang.

»Ich brauche Svantjes Segen nicht. Wie du weißt, sind wir kein Paar.«

Ich schluckte und war froh, dass ich nach vorn schauen konnte und nicht in seine Augen blicken musste. Mir war jedenfalls sehr heiß geworden, was nur bedingt am Tempo unserer Radtour lag. »Ja, hat sie mir erzählt.«

»Und mehr muss sie für den Moment auch gar nicht wissen, oder?«

Daraus wurde ich nicht schlau. Hieß es, dass er selbst nicht wusste, warum wir uns heute trafen? Oder hieß es, dass er Herzensangelegenheiten nicht mit seiner Ex besprach? Beides war irgendwie logisch, trotzdem war ich ein wenig enttäuscht. Doof. Denn ein Teil von mir hatte darauf gehofft, dass er vielleicht etwas Romantisches von sich geben würde.

»Keine Ahnung, sag du es mir«, erwiderte ich und fühlte mich befangen. Warum war das nur so schwer? Ich sehnte mich nach der Unbeschwertheit zurück, die uns durch unseren ersten Sommer getragen hatte. Damals schien mir das Leben noch einfach. Ich wollte ihn. Und er wollte mich.

Aber seitdem war eine Menge passiert. Ich durfte nicht erwarten, dass wir einfach da weitermachen konnten, wo wir aufgehört hatten.

O Mann. Wann war mein Leben eigentlich so kompliziert geworden?

Ja, richtig. In dem Moment, als ich die Insel betreten hatte. Trotzdem bereute ich es nicht, hergekommen zu sein. Im Gegenteil. Mir war dennoch bewusst, dass ich Thore mit Vergnügen mein Herz auf einem silbernen Tablett anbieten würde – fraglich war nur, ob er es wollte, oder ob das alles hier auch nur »rein freundschaftlich« war, wie das Verhältnis mit Svantje.

Der Gedanke gefiel mir ganz und gar nicht. Ich konnte nicht mit ihm befreundet sein. Ich würde immer mehr in ihm sehen. Ganz oder gar nicht. Das war für mich hier das Motto. Aber natürlich traute ich mich nicht, ihm das zu sagen.

»Wiebke. Ich wollte nicht den ganzen Abend über die Mutter meines Sohnes reden«, riss er mich aus meinen Gedanken. Er klang halb amüsiert, aber ich wusste, dass er es auch so meinte. Das war doch ein gutes Zeichen. Oder etwa nicht?

Ich lachte kurz. »Nicht?«, fragte ich. Etwas Besseres fiel mir nicht ein.

»Nein. Lass uns lieber aufs Hier und Jetzt zurückkommen. Wie gefällt es dir auf der Insel?«

»Ich liebe Nortrum.«

Und dich.

Die Worte hingen in der Luft, vielleicht spürte er, dass da mehr war, aber er sagte ebenfalls nichts.

Wir radelten schweigend an einem Weizenfeld vorbei. Die Ähren bogen sich in der Abendbrise, und die Sonne ließ sie golden schimmern. Es würde ein paar Wochen dauern, bis das Getreide geerntet werden konnte. Meine Lungen weiteten sich, als ich die Nordsee in der Ferne erblickte. Die Stille zwischen uns war harmonisch, nicht angespannt wie zuvor. Ich wusste nicht, wann ich mich zuletzt so gut gefühlt hatte.

»Ehrlich, es gibt keinen Fleck auf dieser Erde, der es mir

mehr angetan hat als Nortrum«, fügte ich an, als ich das Gefühl hatte, doch noch etwas sagen zu müssen.

»Ich kann dir nur zustimmen, aber ich bin auch nicht so weit herumgekommen wie du. Sollen wir hier kurz anhalten?«, schlug er vor und bog auf einen kleinen Feldweg ab, der zum Ufer führte. Hier gab es keinen Sand, nur Wiese, Weite und Ruhe. Ein paar Schafe grasten zufrieden auf einer Weide. Dieses idyllische Fleckchen hier war ein echter Geheimtipp, den wir natürlich schon lange kannten. Mit diesem Ort verband ich nur gute Erinnerungen, und ich ließ den Gedanken, mit wem Thore außer mir wohl noch hier gewesen war, gar nicht erst aufkommen. Ich legte Omas Rad ins Gras und schaute aufs Wasser hinaus. Sonnenstrahlen glitzerten auf der dunklen Oberfläche, ein paar Möwen flatterten im Wind. Der Geschmack von Salz lag in der Luft.

»Ich hoffe, du hast jetzt keine schlechten Erinnerungen an ein Picknick«, hörte ich ihn hinter mir und drehte mich um. »Wegen Leo meine ich. Weil ihr auch ein Picknick...«

Ich unterbrach ihn sofort. »Hör mir bloß mit dem auf. Du hast nichts mit ihm gemeinsam, und ich hätte mich auch nie mit ihm treffen sollen. Schon meine Zusage war ein Fehler gewesen. Und glaub mir, ich habe es auch sofort bereut, nachdem ich ja gesagt hatte. Am Ende bin ich nur aus Höflichkeit mitgegangen. Ich wusste, dass mit ihm was nicht stimmt.« Ich verschwieg Thore, dass ich mich nur mit Leo verabredet hatte, um ihn zu vergessen. Heute war mir klar, dass es albern gewesen war. Ich würde Thore, egal was ich anstellte, niemals aus meinem Herzen verdrängen. Es war immer nur er gewesen.

So sehnsüchtig, wie Thore mich gerade ansah, mochte ich glauben, dass es ihm mit mir genauso ging. Aber das konnte Wunschdenken sein.

Wahrscheinlich.

Es wäre auch zu schön.

Tief in mir meldeten sich alte Zweifel, eine lauter werdende Stimme, die mir erzählte, dass ich nicht der Typ für ein Happy End war.

Ich brachte sie zum Verstummen und konzentrierte mich auf die Gegenwart und meinen Begleiter.

Das hier war perfekt und wunderschön. Oft hatte ich von Momenten wie diesen geträumt, aber nirgendwo sonst auf der Erde hatte ich ein solches Glück erlebt.

Thore breitete gerade eine Wolldecke auf dem Boden aus und verteilte seine berühmten Tupperdosen darauf. Das war der Moment, in dem ich ihm gerne um den Hals gefallen wäre. Mit einem breiten Lächeln kniete ich mich zu ihm.

»Das sieht fantastisch aus«, kommentierte ich. Am liebsten wollte ich mit den Fingerspitzen über seine Wange fahren, seine Haut, die Bartstoppeln, sehnte mich danach, die Linie seines Kinns zu spüren.

Ich beherrschte mich, weil ich nichts überstürzen wollte. Wenn ich diese Grenze einmal überschritt, gab es kein Zurück mehr. Ich könnte mehr zerstören als gewinnen.

»Es sind nur ein paar Kleinigkeiten«, erklärte er, und ich sah, dass er Hackbällchen, Gurkenscheiben, Salzbrezeln und Käsewürfel dabeihatte. So wie früher. Es war großartig. Besser als jedes Fünf-Gänge-Menü.

Als er zwei Flens aus der Fahrradtasche zog, konnte ich nicht anders, als ihn zu feiern. »Du bist der Beste.«

Er warf mir einen zweifelnden Blick zu, dann grinste er schelmisch. »Ich kann nicht sagen, dass ich das nicht gerne höre.«

Wir ließen die Bügelverschlüsse ploppen und stießen an.

Eine Weile plauderten wir über Unverfängliches und bedienten uns dabei aus den Tupperdosen.

Irgendwann spürte ich, dass er etwas loswerden wollte. »Was ist?«

»Du hast neulich etwas gesagt, was ich nicht verstanden habe.«

»Was meinst du?« Ich konnte ihm nicht ganz folgen.

»Es ging um eine andere Frau, mit der ich mich angeblich getröstet haben sollte. Damals.«

Damals. Ein Wort, in dem so viel mitschwang, dass sich mein Herz schmerzhaft zusammenzog. Jetzt war also der Moment der Wahrheit gekommen, und ich hoffte, dass ich nichts sagte, was ich womöglich später bereuen könnte.

Ich wollte sachlich bleiben, aber schon in meinem Kopf klang die Idee lächerlich. Wenn es um meine Gefühle ging, konnte ich ja nur emotional sein, deshalb sprach ich ja so ungern darüber.

Für heute Abend hatte ich mir jedoch vorgenommen, nicht davonzulaufen, sondern offen mit Thore zu sein. Soweit es mir eben möglich war, ehe ich wieder zur Auster mutierte. Ich trank einen Schluck, um die Trockenheit aus meiner Kehle zu vertreiben.

»Wir hatten uns getrennt. Du wolltest bleiben, und ich wollte die Welt bereisen«, fing ich an.

Thore seufzte leise. »Ich war dabei, ich kenne die Geschichte.«

Ich fuhr das feuchte Etikett der Bierflasche mit meiner Fingerkuppe nach. »Genau. Nachdem wir uns getrennt haben, bin ich gegangen. Als ich an der Fähre war, habe ich Zweifel bekommen.«

Mein Herz hämmerte hart gegen meine Rippen. Die

Erinnerung an diesen furchtbaren Moment tat auch heute noch weh, als wäre es erst gestern gewesen.

Thore wollte etwas sagen, aber ich bedeutete ihm mit einer Geste zu schweigen.

»Ich bin nicht auf diese Fähre gestiegen. Ich bin umgekehrt und habe dich überall gesucht, weil ich dir sagen wollte, dass ich doch bleiben möchte. Bei dir. Bei den Strandkörben habe ich dich endlich gefunden. Du hast ein anderes Mädchen umarmt, es sah innig und vertraut aus. Mein Herz ist in diesem Augenblick zerbrochen, und meine Träume sind zerplatzt. Ich weiß, wir hatten uns getrennt, aber trotzdem – für mich war es nicht vorbei. Für dich wohl schon, was ich heute verstehen kann. Ich bin damals aus allen Wolken gefallen und war unfassbar enttäuscht und traurig. Ich war am Boden zerstört. Ich habe keine Ahnung, wieso du dich sofort in die Arme einer anderen gestürzt hast. Du musst mir nichts erklären, Thore, aber du hattest gefragt.«

»Du bist umgekehrt? Du wolltest bleiben?« Ich erkannte die Fassungslosigkeit und gleichermaßen Bestürzung auf seinen Zügen und verstand, dass diese andere, wer auch immer sie gewesen war, ihm nichts bedeutet hatte.

Ein schwacher Trost, es tat trotzdem weh. Meine Augen brannten, schnell senkte ich die Lider. »Spielt doch heute keine Rolle mehr.« Meine Stimme war leise. Gefasst. Aber jeder, der mich nur ein bisschen kannte, würde wissen, wie viel Kummer auf meiner Seele lastete.

»Doch, Wiebke. Das tut es.« Er hob mein Kinn mit seinem Zeigefinger. »Sieh mich an!«

Ich schluckte und wehrte mich nicht. »Was ist?«

Erstaunen und Wehmut schimmerte in seinen hellblauen Augen. »Das Mädchen war meine Cousine. Sie hat mich getröstet, wir haben uns nicht geküsst.«

Mir wurde schwindelig. Ich blinzelte ungläubig. Das konnte nicht sein.

»Du bist zurückgekommen«, wiederholte er, dieses Mal war er wütend.

Thore sprang auf und raufte sich die Haare, während er wie ein Verrückter hin und her lief. Vermutlich dachte er darüber nach, was aus uns geworden wäre, wenn uns dieses Missverständnis nicht vollends entzweit hätte.

»Thore?«, sprach ich ihn vorsichtig an. Ich war genauso verwirrt, aber für ihn waren es echte Neuigkeiten – denn bis eben hatte er geglaubt, dass ich diese Fähre bestiegen hätte und auf Nimmerwiedersehen davon geschippert wäre.

»Ich fasse es nicht«, murmelte er immer wieder. »Du bist umgekehrt und hast nicht mit mir *geredet*? Du bist einfach wieder abgehauen?«

»Was hätte ich denn sagen sollen? Ich bin davon ausgegangen, dass alles, was du mir vorher erzählt hast, eine Lüge gewesen ist. Dass du dich schnell mit einer anderen getröstet hast.«

Für ein paar Sekunden sagte niemand etwas, dann rieb er sich mit beiden Händen über das Gesicht. »So eine Scheiße!«

Dann schauten wir uns schweigend an. Er brummte etwas Unmissverständliches und setzte sich wieder neben mich. »Ich kann es echt nicht glauben, Wiebke.«

»Und ich weiß auch nicht mehr, was ich denken soll.«

Thore nahm meine Hände in seine. »Meine Cousine hat mich getröstet, das war alles. Eine Umarmung in Freundschaft. Herrgott noch mal, sie ist meine Cousine, und an dieser Umarmung war doch gar nichts Intimes! Es war eine schwierige Zeit für mich, auch wegen der Krankheit meiner Mutter. Du hast mir alles bedeutet, aber ich wollte dir nicht im Weg stehen. Ich wollte dir nicht dein Leben, deine Welt-reise und das alles nicht kaputtmachen. Ich dachte wirklich, dass du mich verlassen hast. Als du gegangen bist, ist meine kleine, sowieso nicht mehr so heile Welt vollständig zusam-mengebrochen. Du kannst meine Cousine fragen, wenn du willst. Es stimmt, was ich dir sage.«

Ich war zu geschockt, um das volle Ausmaß zu verstehen, aber eines wurde mir klar: Unser beider Leben hätte anders ausgesehen, wenn ich seinerzeit die Klappe aufgemacht hätte.

Ich wollte nicht traurig darüber sein, was ich in den letzten Jahren verpasst hatte. Die Vergangenheit ließ sich nicht mehr ändern. Jetzt ging es um die Zukunft, die vor uns lag.

Falls er mich noch wollte.

»Lass mich raten, deine Cousine ist es, die sich um die Strandkörbe kümmert?« Svantje hatte mir von ihr erzählt. Gott, wie hatte ich nur so dumm sein können?

»So ist es.« Thore hielt meine Hände noch immer in seinen.

»Oh Mann!« Ich schluckte trocken.

»Du bist zurückgekommen«, wiederholte er immer wieder, als könne er es nach wie vor nicht glauben. »All die Jahre habe ich nicht verstanden, warum du Nortrum gemieden hast. Jetzt begreife ich es. So ein Mist. Du hättest mit mir reden sollen ...«

»Und dann was?«

Er wirkte innerlich zerrissen. Wir waren beide aufge-wühlt. »Ich weiß es nicht, ich weiß nur, dass es mir ... uns ... vielleicht eine Menge Kummer erspart hätte.«

»Vielleicht hätte es mit uns auch gar nicht funktioniert. Wir waren so jung ...« Ich wich seinem Blick aus und bereute meine Worte sofort.

Ich merkte, wie er sich von mir zurückzog. Womöglich glaubte er, dass ich bis heute daran zweifelte, dass ein »Für immer« überhaupt möglich war.

»Ja, kann sein. Aber das Risiko wäre ich eingegangen. Und du ... Du offenbar auch?«

»Ja«, war alles, was ich hervorbrachte.

Ich wollte ihm sagen, dass es außer ihm keiner in mein Herz geschafft hatte, aber das klang schon in meinem Kopf schmalzig, also ließ ich es sein.

Dabei war ich doch bereit für die Zukunft. Eine Zukunft mit ihm, wenn er es auch wollte.

Bilder blitzten vor meinem inneren Auge auf. Ein Zuhause, gefüllt mit Freude und Liebe. Ich könnte Opas Laden neues Leben einhauchen, meinen anderen Job damit kombinieren. Ich könnte hier sesshaft werden.

Obwohl die Idee noch immer ein Nervenflattern in mir auslöste, überfiel mich keine schwere Beklemmung. Nicht mehr wie früher.

Thore strich mit dem Daumen über meinen Handrücken. Ich blickte auf und verstand, dass er auch darüber nachdachte. Was wäre, wenn ...

Vor allem aber merkte ich, dass wir genug geredet hatten. Ich musste ihn endlich spüren, weil ich mir jetzt sicher war, dass auch er etwas für mich empfand. Nach all den Jahren.

Das musste doch etwas bedeuten.

»Küss mich«, flüsterte ich und beugte mich zu ihm.

Als sich unsere Lippen trafen, hörte die Welt für einen Moment auf, sich zu drehen. Es fühlte sich genauso fantastisch an wie früher. Vielleicht noch besser, weil ich heute wusste, wie es war, von jemandem geküsst zu werden, den man nicht liebte. Mit Thore war es anders. Mit ihm war alles besser. Mein Herz gehörte ihm. Schon seit sehr langer

Zeit. Das machte auch diesen Kuss zu etwas ganz Besonderem.

Ich rückte näher zu ihm und schlang meine Arme um seinen Hals. Aus einer zarten Berührung wurde bald ein leidenschaftlicher Kuss, und die Umgebung versank in Bedeutungslosigkeit. Es gab nur uns beide und unsere lange unerfüllte Sehnsucht. Wir passten perfekt zueinander, das merkte ich nicht erst jetzt. Aber die Bestätigung, dass ich mir über die Jahre nicht alles nur schöngeredet hatte, zeigte mir: Bei ihm war ich richtig. Hier wollte ich bleiben. Mit ihm. Ich würde alle Stürme mit ihm umschiffen und jeden Sonnenstrahl, der auf ein Unwetter folgte, genießen.

Wenn er es auch wollte.

»Ich habe dich sehr vermisst«, murmelte ich an seinen Lippen und atmete schneller.

»Du hast keine Ahnung, wie sehr du mir gefehlt hast.«

Ich lehnte meine Stirn gegen seine und lächelte glückselig. Während ich an seiner Unterlippe knabberte, strich ich mit meinen Fingern durch sein Haar. »Ich bin froh, dass wir die Missverständnisse ausräumen konnten ...«, wisperte ich lächelnd.

»Fast zwanzig Jahre zu spät, aber immerhin«, neckte er mich, und dann küsste er mich immer wieder und wieder.

In seinen Liebkosungen lag nichts Verspieltes mehr, sie waren leidenschaftlich und drängend. Ich stöhnte auf, als er seine Hände unter mein Shirt gleiten ließ. Meine Zurückhaltung verpuffte. Seine Küsse waren wild und ungezügelt, genau wie meine.

Keuchend löste er sich irgendwann von mir. »Ich bringe uns hier in Verlegenheit«, stieß er hervor und zerzauste sich die schon lange nicht mehr vorhandene Frisur. Sein Brustkorb hob und senkte sich schnell.

Meine Lippen fühlten sich geschwollen an, und meine Wangen glühten. Ich hatte mich lange nicht so lebendig gefühlt. Vielleicht noch nie.

Ich hatte keine Ahnung, wie lange wir knutschend am Ufer gesessen hatten, aber die Abendröte am Horizont zeigte mir, dass es nicht nur ein paar Minuten gewesen waren. So war es früher schon mit ihm, Zeit hatte nie eine Rolle gespielt.

Thore war ein Mann, der alles andere nebensächlich erscheinen ließ. Er gab mir das Gefühl, dass es ihm mit mir genauso ging.

»Ich habe dich gehasst. Und geliebt«, wisperte er, während er mit einer Locke meines Haares spielte.

»Du hast mich geliebt?«

Er nickte. »Lass uns nichts überstürzen, Wiebke. Ich weiß, wir haben vieles verpasst ...«

»Scht«, machte ich und legte ihm einen Finger an die Lippen, um ihn zum Schweigen zu bringen. »Ich weiß genau, was du meinst.«

Obwohl ich nichts lieber täte, als mit ihm in die Kiste zu springen, hielt ich mich zurück. Er war schon früher ein fantastischer Liebhaber gewesen, und ich war mir sicher, dass er heute, etwas reifer, ein noch besserer sein würde. Aber er hatte recht. Wir sollten vernünftig sein und es langsam angehen lassen.

Gott, wie sehr ich Vernunft manchmal hasste.

Ich legte mich auf die Decke und stützte mich auf meinen Ellenbogen. »Lass uns reden. Mit dir habe ich schon immer am liebsten die Nächte verbracht.« Ich klopfte auf den Platz neben mir. »Auch ohne Sex.«

»Ich kann dich wärmen«, schlug er mit einem sinnlichen Lächeln vor.

»Oh, mir ist alles andere als kalt.« Ich grinste. »Komm trotzdem her.«

Und so machten wir die Nacht zum Tag und redeten und redeten. Erst in aller Herrgottsfrühe, die Morgenröte hatte ein kitschiges bonbonrosa an den Horizont gezaubert, radelten wir nach Hause.

Ich küsste ihn im Morgengrauen vor Omas Haustür. »Es tut mir leid, dass du meinetwegen jetzt keine Minute Schlaf abbekommen hast.«

Er grinste. »Mir nicht.«

»Wenn du Kaffee brauchst, schreib mir, ich bringe dir welchen in die Praxis. Wo ist die überhaupt?«

»Schlaf dich aus, Wiebke. Ich komme klar. Nach einer Dusche bin ich wieder frisch, und an Kaffee mangelt es auch nicht.«

O Mann, wie sehr ich ihn vergötterte. Ich wollte nicht, dass die Nacht schon vorbei war. Dann erinnerte ich mich, dass uns viele weitere erwarteten. Im besten Fall ein ganzes Leben. Ich stellte mich auf die Zehenspitzen und gab ihm einen letzten Kuss. »Gute Nacht, ich träume bestimmt von dir.«

»Sehen wir uns heute Abend? Linus ist bis zum Wochenende bei Svantje.«

»Sehr gern.« Keine Ahnung, warum ich auf einmal verlegen war, aber der Gedanke an ein zukünftiges Patchwork-Familienleben machte mich irgendwie nervös.

Alles zu seiner Zeit, sagte ich mir. Langsam wollten wir es angehen lassen. Bestimmt erwartete Thore nicht von mir, dass ich zu einer zweiten Mama wurde. Ich hatte keine Ahnung von Kindern und musste das alles erst lernen.

Ich wollte Svantje nicht ersetzen, aber auch nicht gleichgültig wirken. Denn das war ich nicht. Ich fühlte mich nur schrecklich unbeholfen und wollte nichts falsch machen. Nicht schon wieder.

»Alles zu seiner Zeit«, flüsterte er, als ob er meine Gedanken lesen könnte, wofür ich ihn am liebsten schon wieder geküsst hätte.

»Danke«, dabei wusste ich nicht mal genau, was ich damit meinte.

»Schlaf gut!« Nach einem weiteren letzten Kuss schwang er sich auf sein Rad, und ich sah ihm noch lange hinterher. Ich schwebte auf rosaroten Wolken, während ich mich ins Haus schlich. Mit einem Lächeln auf dem Gesicht legte ich mich ins Bett und träumte von einer Zukunft mit Thore.

# Kapitel Fünfzehn

»Bist du krank?«, riss mich eine Stimme aus dem Schlaf. Ich wusste zuerst nicht, wo ich war, aber das änderte sich, als ich sah, wie meine Mutter die Vorhänge aufriss und dann das Fenster.

»Bist du verrückt?«, schimpfte ich und zog mir die Decke über den Kopf.

»Es ist kurz nach eins, ich dachte, ich sehe mal nach dir, und du liegst im Bett?«

»Sag mal, wie alt bin ich denn? Zwölf? Ich werde doch mal schlafen dürfen, wenn ich müde bin«, meckerte ich und drehte mich noch mal um.

Natürlich war mir klar, dass es jetzt vorbei war mit meiner Ruhe.

»Warst du die ganze Nacht weg?«

Ich setzte mich ruckartig auf und starrte meine Mutter finster an. »Echt jetzt? Mama, ernsthaft, selbst wenn, es geht dich nichts an. Ich bin fünfunddreißig!«

Sie hielt inne und guckte mich mit hängenden Mundwinkeln an. »Entschuldigung, dass man sich Sorgen macht. Gut, dann schlaf weiter, verpenne den Tag.«

Sie rührte sich nicht vom Fleck.

Ich rieb mir die Augen, ehe ich antwortete. »Was ist überhaupt dein Problem?«

»Ich? Ich habe kein Problem.«

»Ja, klar. Deswegen führst du dich hier auch auf wie Fräulein Rottenmeier.«

Mama schnappte nach Luft. »Du weißt doch gar nicht, was du da sagst. Weißt du was, steh auf oder schlaf weiter. Mir egal.«

Sie rauschte aus dem Zimmer. Verkehrte Welt. Gerade war sie es ja wohl, die sich wie ein aufmüpfiger Teenager aufführte. Seufzend schwang ich meine Beine aus dem Bett und schaute auf dem Handy nach, ob ich vielleicht eine Nachricht von Thore hatte.

Hatte ich nicht.

Klar. Er musste mir nicht schreiben, sicher hatte er damit zu tun, Leben zu retten. Wir würden uns heute Abend sehen.

O Mann. Wie sehr ich mich darauf freute. Ich strich mir über die Lippen und erinnerte mich, wie gut es sich angefühlt hatte, ihn zu küssen. Vielleicht würde heute Abend mehr passieren.

In meiner Magengrube kribbelte es, und vorsorglich rasierte ich mir bei meiner morgendlichen Dusche alle Körperstellen, die ich gern glatt und stoppelfrei haben wollte. Frau musste vorbereitet sein, selbst wenn es nicht dazu kam. Leise vor mich hin pfeifend ging ich nach unten. Oma saß im Rollstuhl im Garten und las, den Gips hatte sie hochgelegt.

»Moin!«, grüßte ich. »Welche Laus ist Mama denn über die Leber gelaufen?«

»Moin, mein Schatz.« Oma ließ ihr Buch sinken. »Das

musst du sie schon selbst fragen.«

Na super. Die Frau war auch keine Hilfe.

»Ich glaube, ehe ich das Gespräch führe, brauche ich erst einmal einen Kaffee. Wo ist sie überhaupt hin?«

»Während sie davongerannt ist, hat sie was von Friedhof und Kirche gefaselt.«

Ich runzelte die Stirn. Das war untypisch für sie. Seltsam in jedem Fall. Während ich mir einen Kaffee zubereitete, fragte ich mich, was das wohl zu bedeuten hatte.

Ich hatte die erste Dosis Koffein noch nicht im Blut, als Leo mit einem Strauß Blumen vor der Tür stand.

»Was willst du denn hier?«, knurrte ich.

»Ich wollte mich entschuldigen. Es tut mir leid, ich weiß nicht, was in mich gefahren ist. Das Rad habe ich bei der Werkstatt abgestellt ...«

»Spar es dir, Leo. Es war echt das Letzte. Deine Blumen kannst du wieder mitnehmen.«

»Es tut mir ehrlich leid, Wiebke. Ich habe deine Signale falsch gedeutet.«

Ich schüttelte genervt den Kopf. Gerade hatte ich keine Lust, mir von ihm die Laune verderben zu lassen, dafür war meine Nacht viel zu schön gewesen. »Ich zeige dich nicht an, aber wenn ich höre, dass so was noch mal passiert, hole ich das nach. Klar?«

Er nickte und ich sah ihn schlucken. »Einhundert Prozent.«

»Tschüss, Leo.« Ich knallte ihm die Tür vor der Nase zu und kehrte zu Oma zurück.

»Wer war das?«, wollte sie wissen.

»Nicht der Rede wert.«

»Du hast ja an jedem Finger einen Verehrer.«

»Nun übertreib mal nicht.«

»Bist du denn bereit dafür?«

»Wofür?«

»Na, zu bleiben natürlich!«

Ich unterdrückte einen Kommentar, aber natürlich war diese Frage berechtigt. Allerdings wollte ich das nicht mit Oma diskutieren. »Wenn das jemanden was angeht, dann Thore.«

Oma nickte und schmunzelte. »Sehr gut, dann vergiss bloß nicht, mit ihm darüber zu sprechen.«

»Ihr seid ja heute komisch drauf, meine Güte. Weißt du was? Ich werde an den Strand fahren, vielleicht kann ich schwimmen gehen.«

»Mach das, Schatz, mach das.«

Nachdem ich meine Badesachen gepackt hatte, radelte ich zum Strand. Kurz überlegte ich, ob ich mich Thores Cousine Anke selbst vorstellen sollte, ließ es aber sein und ging an den Mathiesen-Strandkörben vorbei. Ich breitete mein Handtuch am Ufer aus und schlüpfte aus meinen Klamotten. Als ich nur noch im Badeanzug auf dem pudrigen, weißen Sand stand, schloss ich die Augen und ließ mir das Gesicht von der Sonne wärmen. Das Rauschen der Wellen in ihrem stetigen Rhythmus war wundervoll. Die Schreie der Möwen gehörten für mich ebenso dazu wie der kühle Wind. Dieses Fleckchen Erde war etwas ganz Besonderes. Ich stand mit beiden Beinen fest auf dem Boden und fühlte mich zum ersten Mal seit sehr langer Zeit, oder vielleicht zum ersten Mal überhaupt, mit der Erde verbunden.

Sei nicht albern, sagte ich mir, weil ich mich nicht auf der Welle meiner Emotionen davontragen lassen wollte. Natürlich war ich heute besonders empfänglich dafür, weil die letzte Nacht so wundervoll gewesen war.

Ich lief los, als meine Füße vom eiskalten Wasser der

Nordsee umspült wurden, quietschte ich auf. Es war nur der erste Moment, ich würde mich schnell daran gewöhnen. Trotzdem kostete es mich etwas Überwindung, weiter reinzugehen. Nach einem kurzen Zögern rannte ich und hechtete kopfüber ins kühle Nass. Als ich wieder auftauchte, schrie ich vor Glück. Wie fantastisch. Mein Körper prickelte überall, und ich spürte, wie etwas von der Energie der See mich belebte. Ich schwamm parallel zum Ufer, nicht besonders schnell und vermutlich auch nicht sehr anmutig, aber das störte mich herzlich wenig. Als ich irgendwann aus dem Wasser kam, war ich durchgefroren, aber glücklich. Ich warf mich auf mein Handtuch und ließ mich von der Sonne und dem Wind trocknen.

Ein Geräusch weckte mich. Huch?

Ich musste eingeschlafen sein. Mit klopfendem Herzen tastete ich nach meinem Handy in der Tasche. Es war kurz nach fünf. Zu früh für unsere Verabredung, schoss es mir durch den Kopf. Ich hatte nichts von Thore gehört, aber mir juckte es in den Fingern, ihm zu schreiben.

Weil ich nicht nervig sein wollte, ließ ich es sein und zog mich an. Ich entschied mich, bei der Praxis vorbeizufahren, um ihn zu besuchen.

Hoffentlich empfand er mein Auftauchen nicht als übergriffig oder so. Dann erinnerte ich mich, dass ich ja diejenige mit Bindungsangst war – nicht er, und lachte über meine Bedenken.

Thore würde sich freuen, mich zu sehen, davon war ich überzeugt und schalt mich eine dumme Gans, weil ich für eine Sekunde daran gezweifelt hatte.

Ich radelte durchs Dorf, dabei grinste ich die ganze Zeit – was einerseits sehr merkwürdig war – ich zeigte sonst nicht gern, wie es mir ging. Andererseits war es sehr schön, denn es war fantastisch und meinetwegen konnte es jeder erfahren. Nicht mal von der grummeligen Ex-Bürgermeistersfrau ließ ich mir die Laune verderben. Sie jätete Unkraut in ihrem Garten und schickte mir böse Blicke, als ich vorbeikam.

Vor Thores Praxis sprang ich vom Rad und schob es die letzten Meter zum reetgedeckten Friesenhaus. Als ich ein Schild an der Tür entdeckte, auf dem stand: »Heute ab 13 Uhr geschlossen«, stutzte ich.

O je, der Arme. Vermutlich hatte er sich hingelegt. Er war eben auch keine zwanzig mehr, und so eine durchgemachte Nacht forderte irgendwann ihren Tribut.

Ich radelte zu ihm nach Hause, von mir wurde er sicher gern wach geküsst. Blöderweise wusste ich nicht, ob es hier ein geheimes Schlüsselversteck gab – und die Hintertür war verschlossen. Ich zögerte, aber entschied mich zu klingeln. Nichts rührte sich.

»Hm«, brummte ich und schaute von außen auf das obere Fenster, hinter dem ich das Schlafzimmer vermutete. Steinchen werfen war dann doch zu viel. Dann würde ich doch lieber warten. Bei dieser Gelegenheit konnte ich gleich mal bei Svantje auf den Zahn fühlen. Ich hielt es für sinnvoll, offen damit umzugehen, dass Thore und ich jetzt ein Paar waren. Andererseits – hatte er ihr schon davon berichtet? Ich würde es bald herausfinden. Ein wenig mulmig war mir schon zumute, das hier war keine alltägliche Situation für mich. Ich schloss Omas Rad vor Svantjes Café an und ging darauf zu. Als sie mich entdeckte, winkte sie fröhlich. »Moin, Wiebke! Wie schön, dich zu sehen.« Sie umarmte mich herzlich.

Erleichterung durchflutete mich – es hätte ja auch sein können, dass – obwohl sie mir gesagt hatte, dass sie mich gern als Partnerin an Thores Seite sehen würde – es aber nicht ernst gemeint gewesen war. Nun wusste ich, dass es keine leeren Worte gewesen waren.

»Hast du ein Stück Friesentorte für mich?«, fragte ich, weil ich tatsächlich hungrig war und was Süßes vertragen konnte.

»Aber logisch! Komm, setz dich. Einen Kaffee dazu? Oder vielleicht einen Pharisäer?«

»Au ja, den nehme ich.« Normalerweise trank ich so früh keinen Alkohol, aber ich fand, heute gab es etwas zu feiern. Außerdem war der Rum ja unter einer Haube Sahne im Kaffee versteckt und zählte vielleicht gar nicht ...

Kurz darauf brachte mir Svantje die Bestellung und setzte sich mit einem Glas Wasser zu mir. »Lass es dir schmecken, ist es okay, wenn ich dir ein wenig Gesellschaft leiste? So kurz vor Feierabend ist nichts mehr los.«

»Klar, ich freue mich. Wo steckt denn Linus?«, wollte ich von ihr wissen, Thore hatte mir erzählt, dass er bis zum Wochenende bei ihr sein würde.

Svantje wirkte für einen Moment überrascht, dann lächelte sie wieder. »Thore kam vorhin an und hat ihn abgeholt, sie besuchen meine Eltern drüben in Husum.«

Mir fiel die Gabel aus der Hand. Mit einem Scheppern landete sie auf dem weißblauen Teller.

»Stimmt was nicht?«

»Doch, doch.« Vielleicht hatte ich ja auch etwas missverstanden. Ich nahm den Teelöffel und rührte in meinem Heißgetränk herum.

»Thore hat mir von euch erzählt«, fing sie an, und jetzt wurde mir vollends schlecht.

»Ach ja?«, krächzte ich. »Was genau?«

Svantje schaute mich mitfühlend an, und das war kein gutes Zeichen. Ganz und gar nicht. »Ich will mich nicht einmischen«, erklärte sie bedeutungsschwanger, und mein Herz wurde schwer.

Also war doch etwas nicht in Ordnung. Ich verstand nur nicht, was. Heute Morgen war doch alles bestens gewesen – das konnte ich mir nicht eingebildet haben.

»Ich war früher sehr in ihn verliebt«, murmelte ich und kam mir blöd vor. Immerhin war sie die Mutter seines Sohnes.

»Ja, das hast du schon mal gesagt. Und ich sehe, dass da auch heute noch was ist. Thore hat mich nie so angesehen wie dich.«

Mein Herz flatterte für einen Moment. »Wann kommt er denn wieder?«

»Entweder mit der letzten Fähre, oder morgen früh. Warum, wart ihr verabredet?«

Okay, dann wusste sie also nicht alles. »Kann sein, dass ich ihn missverstanden habe«, gab ich unsicher zu.

Svantje neigte ihren Kopf. »Thore war ein wenig durch den Wind vorhin.«

»War er? Hat er gesagt, wieso?«

»Nein, ich habe keine Ahnung. Thore und ich verstehen uns super, aber vorhin war er ziemlich in sich gekehrt und wortkarg. Ich habe mich auch gewundert, dass er mit dem Vorschlag kam, nach Husum zu fahren, sonst ist er nicht so spontan.«

Das konnte ja wohl nur heißen, dass er mir aus dem Weg gehen wollte. Erst war ich traurig, aber nach einem Moment merkte ich, dass ich wütend wurde. Womöglich hatte ich die letzte Nacht falsch interpretiert, aber konnte das sein? Was ich nicht akzeptierte, war sein Schweigen. Wenn er mich nicht wollte, sollte er es mir sagen, und ich war schneller weg, als er bis drei zählen konnte.

Ich schob den Teller von mir. »Tut mir leid, die Torte ist super, aber ich kann gerade nicht.«

»Schon okay.«

»Ich verstehe Männer nicht.«

Svantje lachte. »O Wiebke, da bist du nicht allein.«

»Wieso haut er ab, statt mit mir zu reden?«

»Das kann ich dir nicht sagen.«

»Aber du hast eine Vermutung? Du kennst ihn doch ganz gut – ich weine vielleicht nur einer Version von vor zwanzig Jahren hinterher.«

Während ich das sagte, kam ich mir immer blöder vor.

»Wenn ich jetzt was sage, dann nimmst du es mir nicht übel?«

»Ich? Nein!«

Sie strich sich die Schürze glatt und guckte mich dann direkt an. »Alles, was ich weiß, ist, dass du dein Leben in zwei Koffer packen kannst. Vielleicht hat er Angst, dass du genau das tun wirst? Immerhin bist du schon einmal von der Insel verschwunden und erst viele Jahre später wiedergekommen ...«

Ich wollte protestieren und schimpfen, aber dann ließ ich ihre Worte einen Augenblick auf mich wirken, während ich nachdachte. Ich schüttelte den Kopf. »Selbst, wenn es so wäre, kann er doch nicht einfach selbst abhauen?«

Svantje zuckte die Schultern. »Wenn man verliebt ist, macht man manchmal unlogische Dinge.«

»Gott, warum erzählt einem niemand, wie kompliziert das ist.«

Svantje tätschelte meine Hand. »Ich glaube, ihm liegt wirklich etwas an dir, Wiebke. Eure Angelegenheiten müsst ihr selbst klären, ich kann dir nur versprechen – wegen mir hakt es nicht.« Sie grinste schief. »Alles, was ich dir zu Thore und mir erzählt habe, stimmt. Wir sind nur Freunde und in erster Linie Eltern.«

»Denkt er, dass ich einen schlechten Einfluss auf Linus haben könnte?«

»Was? Nein! Ganz bestimmt nicht. Ich glaube, Thore ist einfach unsicher und braucht etwas Zeit zum Nachdenken.«

»Nachdenken schön und gut, hätte er mir ja sagen können.«

Svantje wollte mich einladen, aber ich zahlte meine Torte und den Kaffee, dann radelte ich nach Hause zu Oma.

Es war niemand da, vielleicht schob Mama sie im Rollstuhl durchs Dorf, wundern würde es mich nicht. Eine Info hatte mir jedenfalls keiner hinterlassen. Egal, ich musste sowieso in Ruhe nachdenken. Ich holte mir Wasser und setzte mich. Während ich in der Küche vor mich hin grübelte, tauchte ich den Zeigefinger ins Glas und fuhr damit über den Rand. Ich lauschte dem sphärischen Klang und kam trotzdem zu keinem Ergebnis.

Hektor schlich herein und sprang auf meinen Schoß. Gedankenverloren streichelte ich ihn, bis es mit der Stille vorbei war, als Oma und Mama zurückkamen.

Sie waren gut gelaunt und plauderten über das bevorstehende Dorffest. Als sie mich sahen, waren sie überrascht. »Hallo, Wiebke«, meinte meine Mutter. »Du bist ja da?«

Wo soll ich denn sonst sein, lag mir auf den Lippen. »Ja.«

»Hast du gegessen?«, wollte Oma wissen und ich musste schmunzeln.

»Keinen Hunger«, erklärte ich.

»Okka, mach uns doch Abendbrot, ja?«, forderte Griet und überging meinen Kommentar.

Während meine Mama anfing, Brote zu richten, fragte sie

mich: »Hast du schon deine Südamerikareise neu geplant?«

Ich furchte die Stirn. »Wie kommst du denn jetzt darauf?«

»Ist fragen jetzt auch nicht mehr erlaubt?« Sie drehte sich zu mir um und wirkte beleidigt. »Was ist denn mit dir los, Wiebke?«

»Mit mir?«, quietschte ich. »Mit mir ist gar nichts los.«

»Nu lass das Mädchen doch, Okka«, mischte Oma sich ein. »Ich freue mich, dass ihr mal beide da seid, da sollt ihr nicht zanken.«

»Ich wollte nur Konversation betreiben, entschuldigt bitte, wenn das nicht erwünscht ist.«

Oma und ich guckten uns stumm an, sie gab mir mit ihrem Gesichtsausdruck zu verstehen, dass ich mir nichts daraus machen sollte. Aber mit meinen Nerven war es nach dem Gespräch mit Svantje einfach nicht zum Besten bestellt.

»Jetzt sag halt, was dich stört«, pflaumte ich meine Mutter an.

Die drehte sich zu mir um und zeigte mit einer Möhre auf mich. »Mich stört gar nichts, Wiebke. Gar nichts.«

Es lag mehr in ihren Worten, etwas, was ich nicht fassen konnte. »Warum reitest du denn so darauf herum, ob ich meine Abreise schon geplant habe. Willst du mich loswerden, oder was? Oder nein!« Ich schnappte nach Luft. »Mein Vater lebt immer noch hier, und du hast Angst, dass ich es herausfinde?«

Die Stille in der kleinen Küche wurde ohrenbetäubend. Meine Mutter war kreidebleich geworden, und sogar meine Oma schwieg entsetzt.

»Nein«, knurrte meine Mutter und drehte mir wieder den Rücken zu. »Du musst endlich mal akzeptieren, wer *du* selbst bist, dafür brauchst du keinen Vater.«

Ich verdrehte die Augen, denn ich hatte es satt. So satt. »Vielleicht sollte ich wirklich meinen Kram packen und gehen. Aber das habe ich ja dann wohl von dir und nicht von ihm. Du haust ja auch immer ab, wenn es mal unangenehm wird.«

Ich hörte nicht mehr, was meine Mutter oder Oma sagten, denn ich knallte die Tür so laut hinter mir zu, dass die Wände wackelten. Ich zitterte vor Wut am ganzen Körper. Weil ich nicht wusste, wohin mit mir und meinen Gedanken, schwang ich mich aufs Rad und trat so lange und schnell in die Pedale, bis ich atemlos und völlig erschöpft war.

Ich stieg ab und realisierte, dass ich am Hafen angekommen war. Das Sinnbild für mich und meine Geschichte. Am liebsten würde ich mich tatsächlich auf die nächste Fähre stürzen und abhauen. Mir war alles zu viel.

Ich ließ mich mit einem Seufzen auf eine Bank fallen, die vor dem Friseurladen stand. Eine Möwe ließ sich neben mir nieder und guckte mich ziemlich aufdringlich an.

»Moin, brauchst du einen Haarschnitt oder einen Lebensrat?«, sprach mich eine sympathische Frau an, die ungefähr in meinem Alter sein musste. »Das ist übrigens Angelika, die kleine Möwe will von jedem Leckereien abstauben.«

»Oh, tut mir leid, ich wollte nicht ... ist es okay, dass ich hier kurz sitze, oder gehört die Bank zum Laden?«

»Du kannst hier so lange grübeln, wie du willst. Manchmal hilft eine neue Frisur«, scherzte sie.

»Lass mich raten, das ist dein Laden?«

»So ungefähr. Ich bin übrigens Lotti.«

»Wiebke, freut mich. Du bist nicht von hier.«, stellte ich fest.

»Du auch nicht«, gab sie grinsend zurück. »Urlaub oder Arbeit?«

»Weder noch. Und bei dir?«

»Auch nichts von beidem, wobei, Arbeit habe ich mir schon aufgeladen.« Sie lachte. »Haare schneiden kannst du überall.«

Ich überlegte kurz. »Ich nehme den Haarschnitt – oder Farbe. Mach einfach was, damit ich mich besser fühle.«

»Das kriegen wir hin, dann komm mal mit.«

Zuerst verpasste sie mir einen Umhang, dann drückte sie mich auf einen gemütlichen Stuhl und schob mich zum Waschbecken. Der Laden wirkte wie ein Hippie-Sammelsurium mit frischem Anstrich. Irgendwie schräg und doch gemütlich.

»O Gott, das ist ja fantastisch«, stöhnte ich, während sie mir eine Kopfmassage verpasste.

»Ich gebe mein Bestes«, erklärte Lotti sanft, und ich genoss jede Sekunde.

Nachdem sie meine nassen Haare ausgedrückt hatte, fing Lotti an, mir die Haare zu schneiden. Ich hielt meine Lider geschlossen, weil ich Angst hatte, dass sie mir einen extremen Kurzhaarschnitt verpassen würde. Man sollte eigentlich einem Friseur nie freie Hand lassen, die schnippelten doch so gerne. Egal. Gerade war mir alles recht, solange es anders sein würde und ich mich hinterher besser fühlte.

»Und welcher Mann ist für deinen Besuch verantwortlich?«, fragte sie mich irgendwann.

»Sind es immer Typen, die Frauen dazu bringen, sich verändern zu wollen?«

»Nein, nicht immer. Aber als ich dich gesehen habe, wusste ich gleich, dass es um eine Herzensangelegenheit geht.«

»Echt?«

»Das lernt man über die Jahre.«

»Krass.«

Sie lachte. »Ich föhne kurz, dann bist du besser als neu.«

»Na hoffentlich.« Ganz überzeugt war ich nicht.

Nach ein paar Minuten erklärte sie mir. »Du kannst jetzt gucken.«

Vorsichtig öffnete ich erst ein Auge, dann das zweite. »Hä? Ich sehe ja gar nicht anders aus?«

Sie grinste. »Deine Frisur passt super zu dir, es geht doch gar nicht darum, eine andere aus dir zu machen.«

»Und wie ist dann dein Rat an mich?«

»Sag dem Typen doch einfach, was das Problem ist. Vielleicht kann man es ausräumen, wenn nicht, weißt du wenigstens Bescheid und kannst ihn abhaken.«

»Wenn das so einfach wäre!« Ich verzog meine Lippen.

»O je, so schlimm?«

»Noch schlimmer. Aber du hast recht. Ich sollte nicht darauf warten, dass andere meine Probleme lösen. Was bin ich dir schuldig?«

»Der erste Besuch geht aufs Haus, hat mich gefreut, Wiebke. Bis bald mal wieder.«

»Ja, vielleicht. Danke, Lotti.«

Ich verließ ihren Laden und fühlte mich tatsächlich ein wenig besser, wenn auch nicht schlauer als zuvor. In den Hafen tuckerte gerade ein altes Fischerboot. Möwen folgten dem Kahn und kreischten um die Wette. Nachdem ich Omas Rad wieder aufgeschlossen hatte, schwang ich mich in den Sattel und trat in die Pedale. Für mein Glück würde ich kämpfen, denn mir war klar, dass ich Thore verlieren würde, wenn ich es nicht tat. Vielleicht war das unsere einzige Chance. Unsere letzte.

## Kapitel Sechzehn

Auf dem Nachhauseweg hatte ich versucht, Thore zu erreichen, aber nur die Mailbox war angesprungen. Nachdem ich ein paar Stunden am Strand in mich gegangen war, fuhr ich nach Hause. Gestern hatte ich gedacht, dass mein größtes Problem wäre, wann wir das erste Mal Sex haben würden.

Wie man sich täuschen konnte.

Omas Haus lag ruhig und still vor mir, die Sterne leuchteten hell vom Firmament. Irgendwo schrie ein Kauz. Ich schob das Rad in den Schuppen und schloss ab.

»Wiebke?«, sprach mich jemand an, und ich fuhr zusammen.

»Thore!«, stieß ich hervor, als ich ihn am Zaun lehnen sah.

Das *Wo bist du gewesen?* schenkte ich mir. Jetzt war er ja da. Ich ging auf ihn zu, wusste aber nicht, ob ich ihn umarmen sollte oder nicht.

Ich ließ es sein.

Sein Gesicht lag im Schatten, aber seine Körperhaltung

sagte mir alles, was ich wissen musste. Mein Herz wurde schwer. Meine Träume zerplatzten in der Sekunde, als er den Mund aufmachte.

»Können wir reden?«, bat er mich leise.

Ich unterdrückte den Impuls abzuhauen und antwortete. »Natürlich. Klar. Sollen wir ein Stück gehen? Ich würde das Gespräch ungern in Omas Garten führen.«

»Sicher.«

Einige Minuten liefen wir schweigend nebeneinander her und schließlich landeten wir am Strand, wo ich auch schon die letzten Stunden gewesen war. Das Meer wogte sanft und tröstlich in einem stetigen Rhythmus. Hier hatte ich so viele schöne Momente erlebt. Vielleicht war es in Ordnung, dass ich hier auch meine schwierigsten erleben sollte. Ich war bereit, mir anzuhören, was er zu sagen hatte.

Thore und ich setzten uns auf den noch immer lauwarmen Sand. Der Mond leuchtete hell. Ich konnte sehen, wie angespannt er war.

»Ich war mit Linus bei seinen Großeltern«, fing er an.

»Ja, hat mir Svantje erzählt.«

»Ich hätte Bescheid sagen sollen.«

»Kein Problem.«

Thore fuhr sich durch die Haare, dann faltete er die Hände im Schoß zusammen, weil er vermutlich auch nicht wusste, was er damit anfangen sollte. »Ich weiß nicht, ob das mit uns eine gute Idee ist.«

Obwohl ich geahnt habe, was kommen würde, traf mich dieser Satz tiefer als vermutet. »Aha«, war alles, was ich erwiderte.

Dabei wollte ich ihn anschreien. Ihn anflehen. Aber ich blieb stumm.

»Wiebke.«

»Ja, so heiße ich.«

»Hör auf, so ironisch zu sein.«

Ich lachte humorlos. »Dann hör du auf, ein Arsch zu sein.«

»Kann sein, dass du es so siehst, aber was soll ich denken? Du bist eine Weltenbummlerin, und ich bin nicht der Typ für Abenteuerreisen.«

»Ist das dein Problem? Dass ich mehr herumgekommen bin als du? Das kann man ändern, wenn es dich stört.«

»Das ist es nicht. Ich fühle mich wohl hier. Und du? Wie lange wirst du bleiben, bis du merkst, dass du doch nicht auf Nortrum leben willst?«

»Wie kannst du mir das vorwerfen, wenn ich es nicht mal versucht habe.«

»Das ist die Sache, Wiebke. Ich weiß nicht, ob ich das noch mal aushalte. Ob ich das noch einmal aushalten will. Du bist schon einmal gegangen.«

»Ja«, schrie ich jetzt. »Und ich bin zurückgekommen!«

»Du willst mir erzählen, dass du heute nicht überlegt hast, das nächste Schiff zu besteigen?«

Tja. Er hatte recht. Und ich verloren.

Die Wahrheit tat weh. Sie war schmerzvoll, aber ich wollte nicht lügen. »Ja, ich habe daran gedacht. Aber wie du siehst, bin ich noch hier.«

»Das reicht mir nicht, Wiebke. Ich brauche mehr von dir.«

»Und was bietest du mir an? Du hast mir doch gar keine echte Chance gegeben.«

Ich hatte das Gefühl zu zerbrechen.

»Ich hatte gehofft, dass Liebe genug wäre. Aber ich will nicht eines Morgens aufwachen und feststellen, dass du weg bist, weil dir das Inselleben doch zu langweilig war.«

»Ich habe mich hier keine Sekunde gelangweilt.«

»Weil du immer wusstest, dass du wieder gehen kannst.«

»Wie schön, dass du weißt, was ich will oder nicht will. Der Punkt ist doch der, du vertraust mir nicht. Du bist derjenige, der Nein sagt. Das tut weh, Thore, denn ich hatte geglaubt, dass es anders wäre. Letzte Nacht hatte ich Hoffnung, dass wir endlich zueinanderfinden würden.«

»Rosarote Wolken können nicht für immer bleiben«, flüsterte er. »Wir sind keine Teenager mehr.«

Eben, wollte ich schreien, aber ich ließ es sein.

Welchen Kampf sollte ich austragen, er stand nicht mit mir im Ring, er hatte sich schon lange verabschiedet.

»Okay, wie du meinst. Ich werde dich nicht um deine Liebe anbetteln, Thore. Aber eines will ich dir sagen, und dann lasse ich dich in Ruhe. Du warst der Einzige für mich. Nach dir habe ich nie mehr jemanden kennengelernt, dem ich mein Herz schenken wollte, weil du meins immer noch hattest. Ich wäre bereit gewesen, Wurzeln zu schlagen, aber ich verstehe, dass es dir zu schwierig mit mir ist. Jeder von uns trägt Ballast mit sich herum. Ich verstehe, wenn du keine Lust auf meinen hast.«

Damit stand ich auf und sah ihn nicht an. »Leb wohl, Thore. Ich hoffe, du wirst irgendwann glücklich. Das hoffe ich wirklich.«

Damit ließ ich ihn am Strand zurück, während mir heiße Tränen über die Wangen liefen. Zu Hause fing ich an zu packen, denn jetzt konnte ich wirklich nicht mehr bleiben. Für uns beide war diese Insel zu klein. Ich würde morgen die erste Fähre nehmen und anderswo meine Wunden lecken. Überall war es besser, als hier zu sein, wo ich mir jeden Tag ansehen musste, was ich nicht haben konnte.

Ein leises Klopfen an der Zimmertür ließ mich aufblicken. Meine Mutter steckte ihren Kopf herein. Als sie sah, dass ich geweint hatte, trat sie ein. »Was ist los?«

Mit einer wütenden Geste wischte ich mir über das Gesicht. »Gar nichts. Ich packe. So, wie du es mir prophezeit hast.«

Mit sorgenvoller Miene setzte sie sich aufs Bett und klopfte auf den Platz neben sich. »Können wir kurz reden?«, bat sie mich, und erst jetzt sah ich, dass sie einen Zettel in der Hand hatte.

»Wozu soll das gut sein?«, brummte ich, folgte aber ihrer Einladung. »Also, was ist?«

Sie legte mir den kleinen Brief aus dem Bilderrahmen auf die Handfläche. »Ich will dir erzählen, wer es ist.«

Mein Herz setzte einen Schlag aus. »Wirklich? Wieso jetzt? Meinen Vater zu kennen, löst auch nicht meine Probleme.« Waren das nicht immer ihre Worte gewesen, gerade war ich da absolut ihrer Meinung.

»Es wird sie nicht lösen, tut mir leid, wenn ich das sagen muss, aber trotzdem glaube ich, dass du es wissen solltest.«

»Wie kommst du auf einmal darauf?«

»Ich habe nachgedacht, weißt du? Und das, was du heute gesagt hast, stimmt. Davonlaufen machen wir beide sehr gern.«

»Ja, und wieso?«

»Ich war jung damals und dumm. Viel zu leichtgläubig.« Sie seufzte. »Ich habe mich auf einen Mann eingelassen, der verheiratet war.«

Ich schnappte nach Luft. O Gott. Mein Herz pochte wie verrückt in meiner Brust. Ich sagte nichts.

»Er war viel älter als ich und einflussreich. Ich habe ihm geglaubt, dass er in hoffnungsloser Leidenschaft für mich entbrannt war. Aber das hat nicht gestimmt, er wollte einfach nur ein junges Mädchen rumkriegen, und er hat ja auch bekommen, was er wollte. Schöne Worte eines verlogenen Mannes. Als ich gemerkt habe, dass ich schwanger war, war es dann ganz schnell vorbei mit uns.«

So ein Arschloch, dachte ich, aber hielt die Klappe. Ich wollte nicht riskieren, dass meine Mutter doch wieder den Mut verlor. Als ich sah, wie schwer es ihr fiel, nahm ich ihre Hand und drückte sie aufmunternd.

»Er wollte, dass ich abtreibe. Er hat damit gedroht, dass er allen erzählt, dass ich mich an ihn rangemacht hätte. Er wollte dich nicht, ich schon. Deshalb bin ich gegangen. Er war ein einflussreicher, mächtiger Mann, den hier alle geschätzt und verehrt haben.«

»Wieso war?«

»Er lebt nicht mehr.«

»Wusste er von mir? Ich meine später? Ja klar, oder? Wer ist es? Ich meine, wer war es?«

»Herbert Hansen.«

Mir wurde übel. Endlich begriff ich, warum seine Frau mir gegenüber immer so feindselig gestimmt war. »Sie hat es gewusst, oder?«

»Ich glaube schon. Und da sie selbst keine Kinder hatten, war es wohl schwieriger für sie. Es tut mir leid, dass ich es dir nicht früher erzählt habe, aber ich wollte dich nicht verletzen. Als Kind hast du dir immer vorgestellt, dass dein Vater ein wunderbarer, liebenswürdiger Mann war. Und ich wusste es besser.«

»Wenn es nach ihm gegangen wäre, hättet es mich nie gegeben«, murmelte ich tonlos.

»Es tut mir leid, Wiebke.«

Ich begriff endlich, welche Opfer meine Mutter für mich

auf sich genommen hatte. »Mir tut es leid, dass ich dich so lange damit genervt habe. Das war nicht okay.«

»Doch, Wiebke, natürlich hast du ein Recht darauf, es zu wissen, aber ... Ich wollte dich nur beschützen. Die Wahrheit tut manchmal mehr weh als die Ungewissheit. Das habe ich jedenfalls bis vorhin gedacht. Ich hoffe, du kannst mir verzeihen, dass ich so lange geschwiegen habe.«

»Es gibt nichts zu verzeihen, Mama. Danke, dass du immer für mich da warst.«

»Ich hab' dich lieb.«

»Ich dich auch.«

Wir fielen einander in die Arme, und für einige Minuten sagte niemand etwas. Irgendwann löste ich mich von ihr.

»Du willst abreisen?«, fragte sie sanft.

»Ist besser so.«

»Warum?«

»Weil der Mann, den ich liebe, auch nichts von mir wissen will.«

»Thore?«

»Genau der.«

»Vielleicht hat er nur Angst? Wir Jannen-Frauen sind ein wenig kompliziert, das müssen wir uns eingestehen«, versuchte sie mich aufzumuntern.

Ich schüttelte den Kopf. »Selbst wenn, dabei kann ich ihm nicht helfen. Ich habe ihm gesagt, was er mir bedeutet, und er hat mich gehen lassen. Mehr kann ich nicht tun.«

»O Mäuschen!«

Sie stand auf und drückt mich noch einmal an ihr Herz. Dankbarkeit und Liebe übertrugen sich von ihr auf mich, und ich hielt sie ein wenig fester.

## Kapitel Siebzehn

Das war es also, dachte ich und starrte auf den glänzenden Granit-Grabstein.

Herbert Hansen. Geboren 14. Mai 1957. Gestorben 7. September 2014.

Nie kennengelernt, konnte ich in der Biografie meines Vaters ergänzen.

Auch heute hatte ich mich noch nicht an den Gedanken gewöhnt, dass ich nun wusste, wer es gewesen war, der zumindest den biologischen Teil dieser Sache erfüllt hatte.

Ich legte keine Blumen nieder und versuchte auch nicht die Frage zu stellen, warum das alles so hatte kommen müssen. Das hatte ich gestern bereits begriffen.

Nicht jede Geschichte hatte ein Happy End.

Bei mir sollte es gleich zweimal keins geben.

War auch okay.

Das Leben war eben kein Wunschkonzert.

Ich wollte trotzdem kein Trübsal blasen, denn mein

Schicksal konnte ich selbst in die Hand nehmen, und das würde ich tun.

Der Wind trieb das Gurren einiger Tauben zu mir herüber, die im Vorhof der alten Kirche auf dem Boden pickten.

Es war an der Zeit für mich zu gehen. Bei Opas Grab hatte ich vorhin schon einen Blumenstrauß niedergelegt. Die Fähre würde nicht auf mich warten, und ich hatte heute nicht vor, sie zu verpassen oder umzukehren.

Von Thore hatte ich mich nicht verabschiedet – zwischen uns war alles gesagt. Manchmal entsprachen Träume eben nicht der Wirklichkeit. Ich war keine zwölf mehr, das konnte ich verstehen. Es musste ja nicht heißen, dass es mir gefiel. Zu Svantje war ich noch einmal ins Café gegangen, um Tschüss zu sagen. Ich hatte ihr erklärt, was gewesen oder eben nicht gewesen war. Sie war traurig, dass ich gehen wollte, aber sie konnte mich verstehen. »Wer Männer kapiert, der kann auch durch Null teilen«, hat sie mir mit einem Kuss auf die Wange mit auf den Weg gegeben.

Ich würde sie vermissen.

Wie alles hier.

Nortrum und ich, das hatte wohl nicht sein sollen. Der Gedanke stimmte mich wehmütig, weil es bisher das einzige Zuhause gewesen ist, das ich jemals so bezeichnet hatte. Nun, ich war fest entschlossen, mir ein Neues zu suchen, das diesen Namen verdient hatte. Ich hatte kapiert, dass ich Wurzeln brauchte, um fliegen zu können. Dabei spielte mein Vater tatsächlich keine Rolle mehr, das war mir schlussendlich klar geworden. Vielleicht musste ich ein bisschen nach dem Ort suchen, an dem ich sesshaft werden konnte, aber die Mühe würde ich auf mich nehmen. Ich gab die Hoffnung nicht auf, dass auch für mich irgendwo ein Quäntchen Glück reserviert war.

Mama und Oma warteten vor dem Friedhof. Sie saßen auf dem Trecker-Anhänger, auf dem auch meine Koffer und mein Rucksack standen. Oma hatte extra Bodos Trecker organisiert, der alte Bauer grüßte mich mit zwei Fingern an der Stirn. »Kann's losgehen?«, wollte er wissen, während ich mich über die zwei Stufen nach oben hievte.

»Ja, kann losgehen.«

»Willst du es dir nicht überlegen?«, fragte Oma, und mein Herz wurde schwer.

»Ich kann nicht bleiben, tut mir leid, Oma.«

Mama legte mir einen Arm um die Schultern und sagte nichts, ich verstand sie auch so.

Mit einem lauten Rumpeln setzte sich mein Transport samt Abschiedskommando in Bewegung. Ich schwieg und nahm die Eindrücke dieser besonderen Insel ein letztes Mal in mich auf.

»Wir sehen uns bald wieder«, versprach ich Oma, als wir uns dem Hafen näherten. Die Fähre war schon da, es blieb nicht viel Zeit für lange Verabschiedungszeremonien. Die hasste ich sowieso.

Ich drückte Oma fest. »Ich hab' dich lieb und danke für alles.«

»Da nich' für«, erwiderte sie, und ich spürte, dass sie ihre Tränen mir zuliebe zurückhielt.

»Bis bald, Mäuschen«, sagte Mama und küsste mich zum Abschied auf die Stirn.

Ohne mich umzublicken, schob ich meine Koffer vor mir her und trug den Rucksack auf dem Rücken.

Ich würde nicht weinen. Ich wollte nicht weinen.

Seltsamerweise spürte ich etwas Heißes an meinen

Wangen hinablaufen, das unmöglich Tränen sein konnten. Ich sah alles verschwommen. Hörte das Schreien der Möwen und das Geplapper der Leute um mich herum und rang um Fassung.

Ich zeigte meine Fahrkarte und ging an Bord, gleich nach oben auf das Sonnendeck, obwohl die Sonne heute nicht schien. Ich sah die Leute am Kai, Bodos Trecker stand noch dort. Oma und Mama saßen nebeneinander und hielten Händchen.

Kurz überfiel mich der Impuls, dass ich umkehren und bleiben sollte, aber ich ließ es sein. Den Fehler hatte ich einmal gemacht, auch wenn es damals anders gewesen war.

Durch die Lautsprecher teilte uns der Kapitän mit, dass es gleich losgehen würde. Das Rumpeln des Dieselmotors erklang, und die Hafenarbeiter lösten die Taue von den Pollern.

Aus der Ferne hörte ich den Lärm eines Martinshorns, ich sah mich nicht um, sondern blickte auf die weite See und kämpfte noch immer mit mir und meinen Gefühlen.

Die Sirene kam näher. Irgendwo musste etwas passiert sein. Ich versuchte den Lärm auszublenden, aber es gelang mir nicht.

»Meine Güte«, murrte ich und bekam mit, wie ein paar Leute tuschelten und sich an die Reling drängten.

Endlich ließ das Getöse nach.

»Gib dem Mann doch mal einer ein Megafon«, rief jemand, und ich sah mich auch um, aber ich konnte nichts erkennen, weil ich auf die andere Seite in Richtung offene See gegangen war.

»Er sucht jemanden. Braucht jemand Hilfe an Bord?«, fragte eine weitere Person und ein merkwürdiges Gefühl breitete sich in meiner Magengrube aus.

Nein, mach dir keine Hoffnungen, Wiebke, sagte ich mir. Noch mehr Enttäuschungen konnte ich gerade nicht verkraften. Ich wollte mich eben abwenden, als es laut auf dem Vorplatz knisterte.

»Er hat tatsächlich ein Megafon gefunden«, stieß eine Frau verzückt hervor.

»Wiebke!«, schrie jemand und ich begriff, dass es Thore war.

Der Mann mit dem Megafon.

Mein Magen sackte in meine Kniekehlen.

Mir wurde schwindelig.

Ich musste träumen.

Das konnte unmöglich sein.

»Sind Sie Wiebke?«, sprach mich eine ältere Dame an. »Sie sehen ganz entgeistert aus, kommen Sie.«

Wie eine Puppe ließ ich mich von ihr zur Reling führen, von der aus man auf den Kai sehen konnte. Da war er. Thore. Er stand breitbeinig vor seinem noch immer blau blinkenden Licht auf dem Dach seines Dienstwagens. Er hatte besagtes Megafon in der Hand und hielt es sich vor den Mund. Als sich unsere Blicke trafen, schlug mein Herz gegen meinen Willen schneller.

»Wiebke! Hör mich an, bitte!«

»Hat jemand dem Kapitän gesagt, dass er nicht auslaufen soll?«, trällerte eine Frau.

»Der soll ablegen, ich muss meinen Zug am Festland kriegen. Wenn die sich nicht einig sind, ist das nicht mein Problem«, brummte ein Mann im Anzug, und ich musste schmunzeln. Dann konzentrierte ich mich wieder auf Thore.

»Ich war ein Idiot!«, rief er mir zu.

Leute klatschten. »Endlich mal ein Mann, der es zugeben kann!«

»Bitte komm zu mir zurück!«, fuhr Thore fort. »Ich will nicht, dass du gehst.«

»Hat er was von Liebe gesagt?«, rief eine Frau. »So gewinnst du kein Herz, Freundchen!«

O Gott. Die Leute hier an Bord hatten offenbar zu allem und jedem eine Meinung. Thore hatte es aber anscheinend gehört, denn er verdrehte kurz die Augen, dann grinste er.

Meine Mundwinkel bogen sich nach oben. Ich klammerte mich mit beiden Händen an der Reling fest, weil ich nicht verpassen wollte, was jetzt kam.

»Eigentlich wollte ich all das nur dir allein erzählen, aber für ein bisschen Privatsphäre komme ich wohl zu spät.«

Ich fand es süß, dass er sogar in dieser Situation selbstironisch sein konnte.

»Ich liebe dich, Wiebke. Ich hätte dir das viel früher sagen müssen. Bitte verzeih mir, dass ich so lange gebraucht habe. Komm bitte zurück. Verlass mich nicht.«

»Hat er dich betrogen, Schätzchen? Dann lass ihn lieber sitzen«, riet mir eine Frau mittleren Alters mit Dauerwelle.

»Hat er nicht«, raunte ich ihr zu.

»Dann schnapp ihn dir! So jung kommt ihr nicht mehr zusammen.«

»Danke für den Tipp!«, ich grinste und wusste nicht, was ich tun sollte.

Ins Wasser springen? Ihm zurufen, dass er warten sollte?

»Sag mal jemandem vom Personal, sie sollen das Schiff wieder festmachen«, nahm ein Mann die Sache in die Hand.

»Och nö, dann komme ich viel zu spät«, beschwerte sich der Anzugträger.

»Sorry, tut mir leid, ich bin auch gleich weg. Würden Sie mich mal bitte durchlassen?«

Ich schob mich und mein Gepäck durch die Menschenmenge auf dem Deck, mit wackeligen Knien ging ich nach unten, und bis ich dort ankam, hatte man die Brücke wieder ausgefahren, und ich konnte von Bord gehen.

Ich kam mir vor wie im falschen Film. Dass es mittlerweile leicht nieselte und strammer Westwind dichte Wolken vor sich hertrieb, störte mich nicht. In der Luft hing der Geruch von Diesel und Meersalz. Als ich wieder festen Boden unter den Füßen hatte, fingen die Leute an zu klatschen. Thore legte das Megafon auf den Boden und rannte auf mich zu. Ich ließ die Koffer stehen und eilte ihm entgegen. Ich sprang ihm in die Arme, und er wirbelte mich im Kreis herum.

»Es tut mir leid, dass ich so lange gebraucht habe, bis der Groschen endlich gefallen ist. Ich habe einfach gedacht, dass Nortrum eine Nummer zu klein für dich wäre.«

»Du bist wirklich ein Idiot, das muss ich mal sagen.«

»Ein liebenswerter Idiot?«, fragte er mit einem schiefen Grinsen.

»Ein sehr liebenswerter.«

Plötzlich wurde er ernst und hielt mein Gesicht zwischen seinen Händen. »Ich liebe dich, Wiebke. Ich liebe es, wie du lachst. Ich liebe, wie du mich ansiehst. Ich liebe, wie du Wünsche in mir weckst, die ich nie zu träumen gewagt habe.«

Mein Herz ging auf, ich schlang meine Arme um ihn. »Ich liebe dich auch, und du kannst dir nicht vorstellen, wie erleichtert ich bin, dass ich nicht mit dieser blöden Fähre davonschippern muss.«

Ich stellte mich auf die Zehenspitzen und küsste ihn lange und vergaß, dass wir alles andere als alleine waren. Erst das Grölen und Klatschen der begeisterten Zuschauer holte uns in die Gegenwart zurück.

Thore grinste selbstbewusst, während meine Wangen ganz sicher feuerrot waren. »Darf ich dich zu einer Fahrt in meinem hübschen Dienstwagen hier einladen?«

»Du darfst!« Ich sah mich nach Bodos Trecker um und entdeckte Oma und Mama, die mir fröhlich zuwinkten. Ich winkte zurück. »Ich schätze, dass wir bald ein Familienessen planen sollten.«

Thore hievte mein Gepäck in den Kofferraum und schlug den Deckel zu. »Das sollten wir, unbedingt. Du kannst dir nicht vorstellen, wie sehr ich mich darauf freue.«

»Und ich mich erst, ich hätte nie gedacht, dass ich das mal sagen würde, aber ab sofort habe ich eine Großfamilie.«

Thore nahm mich erneut in die Arme. »Ich habe mir das mit uns so oft und schon so lange gewünscht, dass ich noch immer nicht fassen kann, dass das hier Realität ist.«

»Mir geht es genauso. Aber ich kann dir versprechen, dass ich dir, sobald wir alleine sind, klarmachen werde, wie echt das mit uns ist.«

Seine Augen funkelten. »Ich kann es kaum erwarten.«

Und dann brausten wir in seinem Dienstwagen über die Insel, die Fenster hatten wir geöffnet, und Fahrtwind wehte uns um die Nasen. Ich kam aus dem Dauerlächeln nicht mehr heraus und zum ersten Mal in meinem Leben war ich genau da, wo ich wirklich sein wollte.

Epilog

Alle waren gekommen. Die Sonne strahlte von einem wolkenlosen Himmel. Eine laue Brise wehte von der See herüber. In Oma Griets Garten hatten wir zwei Tische aneinandergestellt und weiße Tischdecken darübergelegt, so dass daraus eine lange Tafel entstanden war. Mein Traum war in Erfüllung gegangen, die fehlenden Puzzlestücke meines Lebens hatten sich endlich zu einem Bild vervollständigt, das mich glücklich machte. In zwei Vasen standen selbst gepflückte Wiesenblumen. Weil Omas Geschirr nicht für alle reichte, hatten wir improvisiert, und das Sammelsurium des gemischten Porzellans passte für mich perfekt in das Bild meiner Lieben. Svantje und Linus waren hier, und Thore natürlich. Er reichte gerade eine Schüssel mit dampfenden Kartoffeln herum. Oma saß in ihrem Rollstuhl am Kopfende der Tafel und strahlte zufrieden. Meine Mutter trat mit einer Platte voll saftigen Bratenscheiben aus dem Haus. »Jetzt haben wir alles, oder?«, fragte sie mich, und ich nickte lächelnd.

Thores Cousine, Anke, die ich mittlerweile natürlich kennengelernt hatte und sehr mochte, goss allen Wasser in ihre Gläser. Krischan und seine Frau waren auch gekommen, über die beiden freute ich mich besonders, denn der Umgang mit Krischan erinnerte mich so oft an die wunderbaren Zeiten mit meinem Opa. Den vermisste ich zwar noch immer sehr schmerzlich, aber ich wusste, dass ich ihn im Geiste immer um Rat bitten konnte. In der Werkstatt fühlte ich mich ihm sehr nah – und in den letzten Tagen hatte ich dort sehr viel Zeit verbracht.

Als könnte Thore meine Gedanken lesen, wandte er sich an mich. »Bist du heute gut vorangekommen?«

Ich strahlte ihn an. »Ja, es wird langsam.« Im Kabuff neben der Werkstatt wollte ich ein Fenster einbauen lassen, damit ich bei der Computerarbeit in den Obstgarten schauen konnte. Meine Social Media Kunden hatte ich auf ein Minimum reduziert, aber ich wusste auch, dass die Winter hier sehr lang werden konnten – dann war ich vielleicht froh, dass ich die Online-Arbeit hatte. Man würde sehen, ich war auf jeden Fall gespannt.

»Schaffst du alles bis zur Wiedereröffnung?«, erkundigte Svantje sich.

Ich zuckte die Schultern. »Ich hoffe es – und wenn nicht, dann macht das auch nichts. In unserem Laden hier«, ich warf einen kurzen Blick in den Himmel und dachte an Opa und daran, dass er wahnsinnig stolz auf mich wäre. »Da muss nichts auf Hochglanz poliert werden. Ich werde die Werkstatt in seinem Sinne weiterführen – und mich gleichzeitig ein wenig in Richtung Elektro-Fahrräder weiterbilden. Man darf die Trends natürlich nicht verpassen.« Ich grinste breit.

Krischan winkte ab. »Das ist doch dann gar kein richtiges Fahrradfahren mehr!«

Seine Frau Juliana zwinkerte mir zu. »Also ich finde es nicht verkehrt, so kommt man doch auch bei Gegenwind schneller vorwärts. Gerade bei dem stürmischen Wetter hier auf der Insel.«

»Nun, ihr Lieben«, mischte Oma sich ein und schlug mit einer Gabel an ihr Glas. »Ich danke euch, dass ihr alle gekommen seid zu unserem kleinen Sonntagsessen. Greift zu und lasst es euch schmecken! Ich kann nur sagen, dass ich sehr froh darüber bin, dass Wiebke und Thore zu ihrem Glück gefunden haben.« Sie schenkte Svantje ein herzliches Lächeln. »Und wie schön, dass Svantje und Linus heute auch hier sind. Willkommen in der Familie.«

Linus griff nach seinem Glas und kippte es dabei versehentlich um. Svantje sprang sofort mit einer Entschuldigung auf den Lippen auf. Oma winkte ab. »Nicht doch, so ein bisschen Saft ist doch nicht schlimm.«

Linus kniete sich auf seinen Stuhl. »Oma, kann ich mehr haben?«, er hielt Griet sein Glas vor die Nase, und Wiebkes Herz ging auf.

Im Zuge der Renovierungsarbeiten bei Thores Elternhaus war auch endlich das lange versprochene Hochbett in Linus Zimmer eingebaut worden. Das war zum Glück nicht der Hauptgrund, warum Linus und ich uns prima verstanden, worüber ich sehr erleichtert war. Der Kleine hatte nicht nur ganz selbstverständlich akzeptiert, dass ich als die neue Freundin jetzt bei seinem Papa eingezogen war, sondern er hatte auch gleich Oma Griet mit adoptiert. Die freute sich sehr darüber, dass sie endlich wieder jemanden hatte, den sie rundum verwöhnen konnte. Derzeit spielte sie vor allem oft geduldig mit Linus Mensch-Ärgere-Dich-

Nicht oder Mau Mau, da sie noch nicht so mobil war. Aber ich war sicher, dass Oma schon bald mit Linus und seinem Drachen über den Strand rennen würde, als wäre sie fünfundvierzig und nicht Mitte Siebzig. Ich hob mein Glas und prostete allen zu, dann drückte ich Thore einen Kuss auf die Wange und flüsterte an seinem Ohr. »Ich liebe dich.«

Er nahm meine Hand und drückte sie. »Ich dich auch.«

»O Gott!«, stöhnte meine Mutter mit einem Lachen. »Nehmt euch ein Zimmer, ihr beiden!«

Thore und ich tauschten einen amüsierten Blick aus, dann lachten wir in die Runde.

»So, und nun greift zu«, fügte meine Oma an und begann selbst damit, ihren Sitznachbarn Scheiben des Sonntagsbratens auf ihre Teller zu laden.

Ich konnte mein Glück noch immer kaum fassen. Nie hätte ich damit gerechnet, dass sich alles so schnell zum Guten wenden würde. Alle Knoten hatten sich endlich gelöst. Ich war unsäglich dankbar für die Erfahrungen, die ich in der Vergangenheit sammeln durfte, denn sie brachten die Gewissheit mit sich, dass ich genau hier, genau an diesem Ort mit all den lieben Menschen um mich herum, angekommen war. Jeden Tag staunte ich über den Mann meiner Träume an meiner Seite, der aus einer Hälfte ein Ganzes für mich machte. Meine große Liebe. Thore schien meine Gedanken zu erahnen, denn er schenkte mir einen Blick, aus dem so viel Zuneigung strahlte, dass die Schmetterlinge in meinem Bauch wild umherflatterten. Das hier war nicht das Happy End, es war der Anfang eines neuen Kapitels, von dem ich kaum erwarten konnte, wie es weiterging. Ich wusste, dass es in unserem Leben nicht immer nur Sonnenschein geben würde. Gleichermaßen war ich davon überzeugt, dass ich zusammen mit Thore alle Stürme des Lebens meistern würde.

Ich war hier, um zu bleiben.

Am Abend saßen Thore und ich am Deich. Der Mond war bereits aufgegangen und ein Stern folgte auf den Nächsten. Ein laues Lüftchen umschmeichelte uns, Thore hatte seinen linken Arm um meine Schulter gelegt. Ich hatte mich noch nie so vollständig gefühlt, wie in diesem Augenblick. »Danke, dass du bei mir bist«, flüsterte ich und verschränkte meine Finger mit seinen.

Er drückte meine Hand. »Ich habe immer auf dich gewartet, Wiebke.«

»Ich bin froh, dass du so geduldig warst. Deshalb liebe ich dich.«

»Ich liebe dich auch. Obwohl es lange nicht so aussah, hatte ich immer gehofft, dass du irgendwann wieder zurück kommen würdest.«

»Dann müssen wir meiner Oma wohl dankbar sein, dass sie von der Leiter gefallen ist«, neckte ich in.

»Sie war immer in den besten Händen«, gab er zurück und ich hörte das Lächeln aus seiner Stimme.

»Das weiß ich. Und ich bin es auch. Bei dir.«

Ich drehte mich zu ihm, nahm sein Gesicht zwischen meine Hände und zeigte ihm auf meine Weise, wie sehr ich ihn liebte und ich wusste, ihm ging es genauso. Endlich war ich dort angekommen, wo ich immer hatte sein wollen.

* * *

# Mehr aus Nortrum

**Alle Bücher in der Reihe „Inselküsse und Strandkorbglück"
sind in sich abgeschlossen.**

Band 2 Von Stina Jensen

### Stürmisch verliebt

Seit Lektorin Steffi Sonntag weiß, wer ihr neuer Boss im Verlag
wird, muss sie über eine alternative Karriere nachdenken. Niemand
darf je erfahren, welche peinliche Erinnerung sie mit ihm teilt! Da
kommt das unverhoffte Angebot, in einem einsamen
Inselstrandhaus einen sinnlichen Liebesroman zu schreiben, wie
gerufen. Auf der Nordseeinsel stolpert sie in die Arme von Mark,
dem Sohn ihres tüdeligen Nachbarn. Bald schreibt sie nicht nur
über die grünen Augen des lässigen Webdesigners, sie träumt sogar
von ihm ... Doch wenn echte Gefühle im Spiel sind, sollte sie ihm
dann nicht ihre unrühmliche Vergangenheit gestehen? Trotz
Jobintrigen, unverhofften Gästen und bedrohlichen Inselstürmen
rückt das romantische Finale ihrer Lovestory auf dem Papier immer
näher – und Steffi fragt sich, ob es nicht auch für sie ein Happy
End geben könnte ...

**\* \* \***

Band 3 von Karin Koenicke

**Himmelhoch verliebt**

Traum geplatzt! Emmas kleiner Laden „Schickes für Vierbeiner"
steht vor dem Aus. Dabei würde sie mit ihrem Selbstgenähten so
gern für sich und ihren neunjährigen Sohn Benni sorgen. Kurz
entschlossen bricht sie im teuren München alle Zelte ab und zieht
zu ihrer Tante nach Nortrum, um dort mit ihren kreativen
Näharbeiten einen Neuanfang zu starten. Doch der brummige
Jarick, der das Reetdach nebenan repariert und jeden Inselvogel
beim Vornamen kennt, macht ihr das Leben schwer. Nur
widerwillig übernimmt er den Ladenumbau und betont ständig,
dass ihr Geschäft keine Zukunft hat. Der Kerl raubt ihr den letzten
Nerv!

Dummerweise hat Benni Riesenspaß daran, mit Jarick Wattvögel zu
beobachten. Auch Emmas Herz klopft verdächtig schnell, wann
immer sie Jarick begegnet. Der Naturbursche fasziniert sie, doch sie
fürchtet, dass ihr Herz erneut gebrochen wird.

Ein romantischer Dünenspaziergang stellt Emma vor eine
Entscheidung. Soll sie ihre Bedenken über Bord werfen und für
eine neue Liebe alles riskieren?

Band 4 von Anne Stevens

**Haarig verliebt**

Als Lotti Pfeifer auf Nortrum strandete, hätte sie nie gedacht, dort mal einen Friseurladen zu führen und Stammkundschaft zu haben, die es gern bunt treibt. Schließlich ist ihre Heimat doch Berlin und nicht eine verschlafene Nordseeinsel! Die Bewohner haben sie schnell ins Herz geschlossen – mit einer Ausnahme: Fischer Fiete bleibt wortkarg, raubeinig und ihr gegenüber abweisend. Ausgerechnet Lotti soll nun aber als Stylistin tätig werden und die bärbeißigen Fischer der Insel in sexy Kalenderboys verwandeln. Da ist Ärger vorprogrammiert, denn Fiete hat wenig Lust, auf ihrem Friseurstuhl Platz zu nehmen. Doch die Liebe hat manchmal ganz eigene Pläne...

# Über die Autorin

Karin Lindberg war zehn Jahre in den Chefetagen internationaler Konzerne tätig, doch sobald ihr erster Roman veröffentlicht war, reichte sie ihre Kündigung ein, um jede freie Minute zu schreiben. Sie erschafft mit Begeisterung starke Heldinnen und attraktive Helden, legt ihnen Steine in den Weg und lässt sie am Ende doch ihr Happy End erleben. Ihre Fans begeistert sie mit Geschichten voller Humor, aber vor allem mit ihrem Gespür für große emotionale Momente. Karin ist eine der erfolgreichsten Autorinnen Deutschlands, regelmäßig landen ihre Titel weit oben in den Bestsellerlisten. Die Autorin lebt mit ihrer Familie vor den Toren Hamburgs. Inzwischen hat sie mehr als vierzig Romane veröffentlicht, die weit über eine Million Mal verkauft wurden.

Zeitfracht Medien GmbH
Ferdinand-Jühlke-Straße 7
99095 Erfurt, Deutschland
produktsicherheit@kolibri360.de